FEDERHERZ
VERLAG

COSIMA KINCAID

THE Wolves CLUB

DU GEHÖRST IN UNSERE FÄNGE

The Wolves Club
Band 2 von 3 einer Reihe

Bildmaterial: Shutterstock, Freepik
Korrektorat: Nadine Müller

Bestellung und Vertrieb: Nova MD GmbH, Vachendorf

ISBN: 978-3-96966-527-5

WIRmachenDRUCK GmbH
Mühlbachstr. 7
71522 Backnang
Deutschland

Federherz Verlag
Süntelstraße 70
31848 Bad Münder
www.federherzverlag.de
Instagram: @federherz.verlag

VORWORT

*Wer schon andere Bücher von mir gelesen hat,
weiß ja mittlerweile, worauf er sich da einlässt.
Oder auch nicht, weil es immer wieder Überraschungen gibt.
Behaltet einfach im Hinterkopf, dass es sich bei dieser
Geschichte um Dark Reverse Harem handelt – und nicht um
ein Bilderbuch für Vierjährige.*

ZWEI TAGE ZUVOR …

I'm gonna tear down every city on this goddamn planet if I have to.

Seit zwei Stunden fühlte es sich so an, als hätte mein Herz keinen einzigen Schlag gemacht. Rein rational gesehen war das natürlich ausgemachter Bullshit, doch das Gefühl blieb trotzdem bestehen. Egal, wie sehr ich mir wünschte, es würde verschwinden oder ich von einem schlechten Trip aufwachen, nichts geschah.

Beides wären jedenfalls bessere Varianten gewesen. Die mir nicht das Atmen erschwerten, sondern nur für ein kurzes Gespräch mit Daisy gesorgt und die Frage aufgeworfen hätten, wieso ich härtere Drogen als üblich eingeworfen hatte. Das Schicksal, oder wer auch immer die Geschehnisse auf dieser beschissenen Erdkugel lenkte, wollte mir diesen Gefallen dennoch nicht tun.

Atlas' Schrei hallte noch immer tief in meinen Knochen wider und war bis gerade eben das Einzige gewesen, was die Situation real werden ließ. Meine Hoffnung auf einen schlechten Trip hatte die ganze Zeit überwogen, doch langsam wurden die Vorfälle bitterer Ernst, den ich fürchtete.

Du führst dich auf, als wäre sie dein Makamae.

Benutz keine Worte, deren
Bedeutung du nicht kennst,
Bitch.

Ich bin du, Kade. Schon vergessen?
Ich kenne die Bedeutung genau.
Und ich weiß auch, dass du sie viel zu
schnell ins Herz geschlossen hast.
Jetzt geht dir der Arsch auf Grundeis,
weil sie weg ist, und du keine Ahnung hast,
wo sie sich befindet.

Sei einfach leise, Daisy.

Nein. Ich finde, wir sollten darüber reden.
Über dein Trauma sprechen.
Was fühlst du gerade?

Ich überlege, ob ich nicht eine
Therapie besuchen sollte, nur um
dich endgültig loszuwerden.
Was hältst du von der Idee?

Ich biss die Zähne zusammen und drehte die Dose mit den Pillen in meiner Hand. Würden mehr davon das Problem lösen? Sicher nicht. Spielte ich trotzdem mit dem Gedanken, mir zwei weitere einzuwerfen, um die Unruhe in meinem Inneren einzudämmen? Selbstverständlich.

Nur das Wissen, dass ein erneuter Konsum Daisy auf

Hochtouren versetzen würde, hielt mich am Ende davon ab. Die Ereignisse griffen meine Nerven jetzt schon an. Es würde wohl kaum angenehmer werden, wenn mehr von der Droge durch meine Adern floss, meinen Körper zwar entspannte, meinen Geist dafür aber zu einem Minenfeld machte.

Seit zwanzig Minuten drehte ich meine Runden durch den Wohnraum, hinaus auf die Veranda, durch die Küche und zurück in den Eingangsbereich, das Überwachungsvideo aus dem Casino auf dem Smartphone. Liko folgte jedem meiner Schritte und sah zwischendurch fragend zu mir auf, als verstünde er den Sinn meiner Route nicht.

Ahnte er, dass sein Frauchen in Gefahr schwebte? Verspürte er ebenfalls das Bedürfnis, diesen Kerl in Fetzen zu reißen?

Ich unterbrach meinen Trott erst, als ich hörte, wie Alvaro vor der Haustür etwas sagte. Um auszumachen wer dort eingetroffen war, spitzte ich die Ohren, bis ich Atlas' Stimme hörte und dazu eine zweite, unbekannte – auch männlich.

Die Tür ging auf, und Atlas stürmte herein, dicht gefolgt von einem Mann mit militärischem Kurzhaarschnitt und harten Augen. Sein Gesicht war nicht lesbar, die Stirn jedoch von einigen Falten gezeichnet. Hätte ich raten müssen, würde ich wohl behaupten, nicht wenige davon waren in den letzten Stunden erst dazugekommen.

Ich musterte den Kerl mit zusammengekniffenen Augen, während ich innerlich darum kämpfte, die Kontrolle über meine Impulse zu behalten.

Beispielsweise hätte ich ihm liebend gerne die Faust mitten ins Gesicht gedonnert. Mehrfach. Doch angesichts der Tatsache, dass ihm seine militärische Laufbahn praktisch auf den Körper tätowiert war, ließ ich es bleiben. Außerdem erinnerte er mich ein wenig an meinen Vater, und vor dem hatte ich zu Lebzeiten so viel Respekt gehabt, ich wäre niemals auch nur auf die Idee gekommen, die Hand gegen ihn zu erheben. Oder auch nur darüber nachzudenken.

Außerdem brauchst du ihn bei
Bewusstsein, wenn er dir sagen soll,
wer dieser Scheißkerl gewesen ist,
der sie entführt hat.

Ach, was du nicht sagst.

Du kannst dich natürlich auch an
Sentimentalitäten aufhängen und schauen,
ob du damit weiterkommst.

Weißt du eigentlich,
wie nervig du heute bist?

Nichtsdestotrotz hätte ich meinem innerlichen Schmerz – das war es doch, was ich fühlte – gerne Luft gemacht. Nicht nur der trieb mir das Adrenalin durch die Adern ... auch die Sorge. Und das Bedürfnis, etwas zu unternehmen.

»Ich will alle Informationen, die Sie haben. Alle. Jedes noch so kleine Detail, angefangen damit, warum Sie diesen Idioten überhaupt reingelassen haben.« Ich übersprang die Begrüßung, ging Morgan direkt verbal an die Kehle, wenn ich es körperlich schon nicht konnte.

»Morgan, das ist Kade ... Und da kommt auch schon Bishop«, sagte Atlas gerade in dem Moment, da Bishop mit finsterem Blick in den Wohnbereich eilte.

Die Laune in diesem Haus war in den letzten beiden Stunden nicht gut gewesen. Und »nicht gut« war deutlich untertrieben. Selbst ohne Atlas' Anwesenheit hatte sie der Ruhe vor einem unvermeidbaren Sturm geglichen. Die eisige Kälte, die unser Oberhaupt gerade ausstrahlte, jagte selbst mir einen Schauder über den Rücken.

»Ich habe Atlas bereits erklärt, dass ich den Kerl nicht kannte, und das, was er mir aufgetischt hat, plausibel geklungen hat. Wir hatten nie Probleme mit irgendwelchen Idioten und –«

Ich unterbrach Morgan. »Und jetzt ist Bailey ein Teil der Wölfe. Vorfälle dieser Art stehen praktisch auf der Tagesordnung. Deshalb gibt es Menschen, die für unsere Sicherheit verantwortlich sind.«

Ein Grollen begleitete meine Aussage, und ich realisierte, dass es nicht von mir stammte, sondern von Bishop.

Morgan sah wenig beeindruckt aus. Entweder war er es gewohnt mit wilden Tieren zu sprechen, oder er besaß Nerven aus Drahtseilen. Vielleicht hatte er die auch dringend nötig gehabt, als er Bailey aus ihrem alten Leben befreit und zu einer besseren Version ihrer selbst gemacht hatte. »Dann stellt sich mir allerdings die Frage, wieso ihr sie überhaupt allein nach draußen gelassen habt? Aber gut, wir wollen uns ja nicht an Kleinigkeiten aufhängen, oder?«

Ich starrte ihn fassungslos an, ohne ihm etwas zu entgegnen.

Wirst du ihn jetzt endlich umbringen?

Nein. Ich will erst wissen,
was für Informationen er hat.

Und dann bringst du ihn um?

Nicht, wenn das bedeutet,
Baileys Hass auf mich zu ziehen.

Dabei scheint Bishop mit seiner Rolle
doch so glücklich zu sein ...

Atlas hielt den Mann dazu an, ihn auf die Veranda zu begleiten, und auch ich folgte ihnen auf dem Fuße, atmete Morgan praktisch in den Nacken. Er sollte gar nicht erst auf die Idee kommen, sich hier wohlzufühlen.

Jegliche Sympathie, die ich für ihn empfunden hatte, war in dem Moment verraucht gewesen, als ich gehört hatte, dass er unbeaufsichtigt einen Mann in Baileys Büro gelassen hatte. In unseren Kreisen geschah das nie. Alvaro hätte denjenigen, der diese Sache autorisiert hatte, sofort entlassen.

»Wie ich Atlas bereits erklärt habe, gibt es Überwachungsbänder. Vor fünf Minuten hat mir die IT-Firma die Videos inklusive Tonspur geschickt. Und wir wissen, dass sie mit dem *Infiniti* unterwegs sind. Falls ihr also irgendwie Zugriff auf die Straßenüberwachung bekommt ...« Morgan sprach weiter, ich hingegen hatte bereits mein Smartphone in der Hand, tippte eine Nachricht an Alvaro und Thiago, die sich umgehend darum kümmern sollten.

Als ich fünf Sekunden später nach draußen auf die Veranda kam, war der Laptop bereits aufgebaut und das Video darauf geöffnet.

»Kade achtet auf das Gespräch, Bishop auf die Umgebung«, wies Atlas uns an, ließ Morgan damit außen vor, was eine offenkundige Beleidigung war und deutlich machte, was er von dessen Versagen hielt.

War Morgan auch nur ein Bruchteil von dem, was Bailey darstellte, wäre er ohne Zweifel der beste Mann dafür gewesen, das Video in seiner Gänze zu analysieren. Doch er verdiente gerade kein Vertrauen – nicht für den Fehler, den er begangen hatte.

Ich beugte mich nach vorne, drückte den Play-Button und konzentrierte mich vollständig auf die Schwarz-Weiß-Aufnahme aus Baileys Büro.

Zunächst wirkte sie vollständig normal, doch dann entwickelte sich das Gespräch, und die Worte, die fielen, trafen uns alle gleichermaßen hart. Unvorbereitet. Fuck. Mein Fluch war mir wohl lauter über die Lippen gekommen, als beabsichtigt, denn Atlas warf mir einen Seitenblick zu. Eine Warnung? Eine Bestätigung vielleicht, dass in ihm das Gleiche vorging?

... Du wirst mich heiraten, Bailey ...

... Aber das ist nicht passiert, weil du sie mit deiner Pussy verführt hast, oder? ...

... Oder ist es dir lieber, wenn dein Körper exklusiv von Wölfen geschändet wird? ...

... Du wusstest, wer mein Vater ist ...

... Wenn ich dich nicht mit meinen Zähnen in Fetzen reiße, werden sie es tun. Das verspreche ich dir ...

... Sie werden dich jagen ...

... Cyrus Fender ...

Der Name brannte sich in mein Gedächtnis, würde mit großer Sicherheit dortbleiben, bis der Mann, der ihn trug, restlos ausgelöscht war.

Morgans Fluchen drang in mein Bewusstsein, begleitet von der tödlichen Stille, die mittlerweile von Atlas und Bishop ausging. Keiner von uns würde auf die Annahme eingehen, dass Bailey zu uns gehörte. Dass sie unsere Frau war, auch ohne Hochzeit und ohne ein einziges Mal darüber gesprochen zu haben. Ohne dass sie überhaupt dazu gekommen war, eine endgültige Entscheidung zu treffen.

Noch bevor sie geboren worden war, hatte sie zu den Wölfen gehört, so wie wir alle. Unsere Familienzugehörigkeit machte uns zu dem, was wir heute waren. Daran würde sich nichts ändern – nicht einmal der Verrat ihres Vaters.

»Ich hätte niemals gedacht, dass sie so stur sein kann«, zischte Morgan und deutete auf den Bildschirm. Man merkte ihm seine Aufgebrachtheit an. »Als sie mir damals von ihrer Idee mit den Casinos erzählt hat, trat auch dieser Mann im Video auf den Plan. Sie hatte nicht ausreichend Geld, kannte ihn aber durch ihren Vater von früher. Und ich erinnerte mich an seinen Namen, weil er eines der größten Arschlöcher ist, die die Stadt jemals gesehen hat ... ich habe es ihr regelrecht verboten, Geschäfte mit diesem Mann zu machen – und als sie einige Monate später ankam und meinte, sie hätte eine Finanzierung über eine Bank bekommen, habe ich mir nichts dabei gedacht.« Morgan donnerte die Faust auf den Tisch, sodass die Platte erbebte. »Scheiße, verdammt nochmal! Als hätte sie all ihre funktionierenden Gehirnzellen für fünf Minuten vergessen!«

Glaubst du, sie wusste,
auf wen sie sich da einlässt?

Ich glaube, ihr Traum war ihr wichtiger
als die daraus resultierende Gefahr.
Außerdem kann ein Gefallen alles sein.

Er will sie heiraten.
Was glaubst du, welche Gründe das hat?

Ist mir scheißegal, was er will.
Bevor er Bailey heiratet,

leihe ich mir einen Helikopter,
binde den Typen an dessen Kufen fest
und unternehme einen Rundflug mit ihm.
Vielleicht vergesse ich zwischendurch
auch die angemessene Flughöhe.

»Der Name ist uns zumindest nicht unbekannt«, meinte Atlas, ohne näher darauf einzugehen, dass Cyrus auf der feindlichen Seite stand. Nun hatte er sich praktisch selbst ein Fadenkreuz auf den Rücken geklebt, und ich war mehr als bereit, es mit Kugeln nur so zu durchlöchern, falls Atlas die Version aus meinen Gedanken nicht so guthieß.

Ich erwartete alles, nur nicht dass Atlas sich zu Morgan drehte, sich anschließend bei ihm bedankte, bevor er zum geschäftlichen Teil überging. »Ich weiß, es war ein kurzer Aufenthalt, aber ich muss Sie nun darum bitten, zu gehen. Wir haben einige Anrufe zu tätigen und uns einen Schlachtplan zu überlegen ... Gespräche unter sechs Augen zu führen. Wir halten Sie auf dem Laufenden. Auch für den Fall, dass wir Sie noch einmal benötigen. Ich glaube, es wäre wichtig, dass Sie sich jetzt um das Casino kümmern und um die arme Mitarbeiterin, die in den letzten Stunden wohl Todesängste ausgestanden haben muss. Lassen Sie die Cops unser Problem sein, Morgan.«

Perplex beobachtete ich, wie er Morgan die Hand entgegenstreckte, dieser kurz einschlug, um dann den Rückzug anzutreten. Einfach so.

Bevor er die Tür erreichte, wandte Bishop sich um. »Wäre es möglich, dass Sie die Eröffnung in Orlando bis auf Weiteres verschieben? Ich glaube, Bailey würde es begrüßen, das nicht zu verpassen.«

Morgan blieb stehen, drehte sich allerdings nicht noch einmal um. »Natürlich. Ich hatte nichts anderes im Sinn.«

Damit ging er zur Tür und ließ sich selbst hinaus.

Was hatte das zu bedeuten? Morgan hatte eine enge Bindung zu Bailey, und jetzt zusehen zu müssen, wie er ohne Widerrede verschwand ... Welches Ereignis war seinem Auftauchen hier vorausgegangen? Hatte Atlas ihn bedroht?

Natürlich hat er das, Idiot.
Es geht um Bailey. Und wenn
Bailey in dieser ganzen Angelegenheit
auch nur ein einziges Haar gekrümmt wird,
kannst du froh sein, wenn Miami
am Ende des Monats noch steht.

Schön, was für rosige
Aussichten du malst, Daisy.
Immer wieder erfrischend, dir zuzuhören.

Ich vernahm, wie die Tür hinter Morgan ins Schloss fiel.

Zwei Sekunden später brach die Hölle los, weil keiner von uns länger dazu in der Lage war, die ehrlichen Emotionen, die wir angesichts des Gesprächs zwischen Bailey und Cyrus empfanden, zurückzuhalten.

Atlas hatte sich den erstbesten Gegenstand geschnappt und donnerte ihn wiederholt gegen die Hauswand. Der Stuhl war innerhalb von Sekunden Kleinholz. Splitter flogen durch die Luft.

Bishop sprang auf. »Willst du jetzt die ganze Einrichtung zerstören? Das bringt sie auch nicht wieder zurück.«

Automatisch zog ich den Kopf ein. Auf diese Konfrontation hatte ich keine Lust, verspürte aber ebenfalls das

Bedürfnis, meine aufgestauten Gefühle loszuwerden. Ihnen Luft zu machen und gleichzeitig zum Ausdruck zu bringen, wie heftig die momentane Situation an meinem Inneren riss.

»Ihr benehmt euch wie zwei Primaten«, knurrte ich, was sie beide dazu brachte, in meine Richtung herumzuwirbeln.

Ich wusste nicht, wer gerade gefährlicher aussah. Bishop, weil er ehrlich beleidigt von meiner Aussage schien, oder Atlas, weil er wirkte, als würde er mir das Herz mit bloßer Hand herausreißen wollen. Ich zuckte mit den Schultern. »Ist doch so. Fehlt nur noch, dass ihr euch gegenseitig die Köpfe einschlagt.«

»Kann ja nicht jeder Drogen einwerfen, um nichts fühlen zu müssen.«

Ich funkelte Bishop an, die Hände schmerzhaft zu Fäusten geballt. Mit einem Schnauben stieß ich die Luft aus. »Was weißt du schon davon, hm?«

Eigentlich hatte ich mich auf die ganze Sache nicht einlassen wollen. Jetzt verspürte ich den großen Drang, meine Faust Bekanntschaft mit seinem Gesicht machen zu lassen. Allein für diese eine Aussage, die weit unter die Gürtellinie gegangen war.

Doch anstatt zu reagieren, starrte ich ihn einfach nur an. Sollte er doch den ersten Schritt machen. Die Prügelei vom Zaun brechen, die gerade unausweichlich schien.

Wenn wir die blinde Wut aus unseren Körpern rausbekommen hatten, konnten wir uns wenigstens auf die wichtigen Dinge konzentrieren.

Die Stimmung zwischen uns brodelte weiter, entlud sich jedoch nicht in einem heftigen Gewitter, weil Thiago völlig unerwartet in der Tür zum Wohnbereich auftauchte.

Vermutlich analysierte er die Konstellation, in der wir

uns gerade befanden, mit einem Blick. »Das ist nicht die Art, wie wir hier Konflikte lösen.«

Ein Arschtritt von Thiago? Wunderbar, das war doch genau das, was uns noch fehlte.

Atlas drehte sich in seine Richtung, offenbar der gleichen Meinung wie ich.

»Ihr seid verletzt, wütend und besorgt. Ich glaube, das ist absolut verständlich. Weniger nachvollziehbar ist es allerdings, wenn ihr euch wegen dieser Hilflosigkeit gegenseitig an die Gurgel geht.«

Ich schüttelte den Kopf und wandte mich ab. Es gab genug andere Möglichkeiten, die angestauten Gefühle rauszulassen – keine davon beinhaltete die Vorstellung, mir mehr tic tacs einzuwerfen und Daisy aus den Untiefen meines Verstandes hervorzuholen.

»Ich verschwinde«, kündigte ich an.

»Wir sollten uns um einen Plan kümmern.« Atlas klang fast kleinlaut.

»Können wir, sobald ich vor Zorn nicht mehr zittere.« Zorn und all die anderen Gefühle, die gerade durch mich hindurch wirbelten, und mirsomit das Atmen erschwerten.

Diesmal verließ ich wirklich den Raum, denn ich hielt es keine weitere Sekunde mit den anderen Männern aus. Allein das Wissen, dass Baileys Verschwinden die Macht hatte, uns von innen heraus zu zerstören, ließ meinen Groll ins Unermessliche ansteigen.

BAILEY

The shadows on the wall don't sleep.

Es war nur ein dünner Streifen Licht, der durch den Spalt der Tür drang, und doch genug, um mich für einige Sekunden blinzeln zu lassen, bis sich meine Augen daran gewöhnt hatten.

Täuschte ich mich nicht, war das mein dritter Tag in diesem Käfig. Er befand sich in einem weitläufigen, gefliesten Raum. Ein zweiter stand in der gegenüberliegenden Ecke, meterweit von meinem entfernt. Dieser war ebenfalls bewohnt, aber ich hatte nicht weiter versucht, irgendetwas darüber herauszufinden. Möglicherweise war es eh nur ein Versuch von Cyrus, mich zu manipulieren. Gefangene mussten zusammenhalten und all dieser Quatsch. Deswegen ignorierte ich jeden Versuch der Frau im anderen Käfig, mit mir Kontakt aufzunehmen, vehement.

Stattdessen konzentrierte ich mich auf andere Dinge. Beispielsweise darauf, dass alle vierundzwanzig Stunden die Lichtverhältnisse geändert wurden. Sie wechselten zwischen gleißend hell und stockfinster – und das Tageslicht, das jene psychische Folter nun durchbrach, war eine absolute Ausnahme.

Die Tür öffnete sich für gewöhnlich nur zu den Zeiten, zu denen auch die Lichtverhältnisse verändert wurden. Man nutzte die fünf Minuten, um Essen und neue Wasserflaschen zu bringen, die Bettpfannen auszuwechseln und kurz unseren Allgemeinzustand zu überprüfen.

Das Wichtigste bei dieser Überprüfung war wohl, dass ich lebte. In welchem Zustand war eher zweitrangig.

Ich erkannte einen Schemen im Türspalt und vermutete, dass es sich um keinen Geringeren als Cyrus selbst handeln musste. Das erste Mal, dass ich ihn sehen würde, seitdem er in meinem Büro auf mich gewartet hatte.

Gänsehaut bildete sich auf meinem halbnackten Körper.

Die beiden dürftigen Kleidungsstücke waren mittlerweile trotzdem verschwitzt. Ich hatte nicht versucht, mich aus dem Käfig zu befreien, dazu waren die Metallstäbe zu dick und zu gut verschweißt, aber ich bereitete mich dennoch auf den Zeitpunkt vor, in dem ich wieder einen Fuß heraussetzen würde.

Er glaubte, er konnte mich mit dem absoluten Minimum an Essen und Wasser schwächen? Er glaubte, dass er mir mit dem Wechsel zwischen Licht und Dunkelheit psychisch schadete? Er glaubte, es machte mir Angst, ihn dort vor der Tür lauern zu sehen?

Ich hörte mich selbst lachen. Über ihn. Und seinen Plan, der niemals in Erfüllung gehen würde. Cyrus Fender hielt sich für besonders schlau und gerissen, doch ich wusste, welche Gegenspieler er sich aufs Spielfeld geholt hatte. Sie würden ihn einkesseln, ihn schlagen und anschließend vernichten.

Den Platz in der ersten Reihe zu diesem Spektakel hatte ich mir bereits gesichert.

Eines musste man Cyrus allerdings lassen, so ungern ich es zugab. Er war gründlich. Ich hatte zugesehen, wie er den *Infiniti* in einem See versenkt hatte. Anschließend war die Welt um mich herum schwarz geworden – die Wunde an meinem Hinterkopf blutete zwischendurch immer noch nach, es hätte wohl ein paar Stiche gebraucht, um sie ordentlich zu behandeln.

Selbst das versagte er mir. Ob aus strategischen Gründen, weil er glaubte, die bohrenden Kopfschmerzen würden mich schwach halten, oder weil es ihn schlichtweg nicht interessierte.

Nach allem, was passiert war, schien ich äußerlich wirklich viel zu ruhig zu sein. Ich sollte schreien, toben und ihm die Pest an den Hals wünschen. Ich sollte ihm drohen, inständig dafür beten, dass mein Rudel mich fand.

Innerlich sah es allerdings anders aus. Die Frage, was im *Señorita* geschehen war, plagte mich. Ging es allen gut? Hatte es doch eine Explosion gegeben? Hatte Morgan Kontakt zu Atlas aufgenommen? Hatten sie das Video gesehen? Würden sie jede Minute hier auftauchen und mich befreien?

Jetzt würde sich herausstellen, was mich meine Wüsche am Ende wirklich kosteten.

»Baileeeeeey«, flötete Cyrus so unerwartet, dass ich zusammenzuckte und automatisch gegen das Gitter stieß. Metallisches Klirren erfüllte den Raum, den Schmerzenslaut auf meiner Zunge unterdrückte ich.

Er wusste, dass er mir kaum Platz für ordentliche Bewegungen gewährte, das musste ich nicht auch noch untermalen. Womöglich gefiel es ihm ja, mich in dieser Verfassung zu sehen.

»Ich weiß, dass du nicht schläfst. Du liegst da, klein und zusammengerollt, und bist wach. Schlägt dein Herz schnell? Spürst du, wie dein Puls in die Höhe schießt, weil dein süßer Körper weiß, wie nah die Gefahr ist? Und meinen Blick – spürst du ihn auf dir ruhen?« Seine Stimme durchdrang den Raum, fraß sich durch mein Gehör direkt in mein Hirn, setzte sich dort hartnäckig fest.

Mir wurde eiskalt, und das lag nicht an der Klimaanlage.

Ich hob die Hände, schob sie über meine Ohren. Während meiner Dienstzeit hatte ich Schlimmeres erlebt … wieso gingen mir ausgerechnet diese Worte so nah, riefen eine solche Reaktion hervor? Weil ich ihn vage kannte? Weil ich einen persönlichen Grund hatte, ihn derart zu hassen?

»Ich weiß, dass du mich hören kannst, liebes Kind. Ob du willst oder nicht, ich werde dich nicht aus den Augen lassen, und wenn du erst einmal meine Frau bist, wirst du mir so nahe sein, wie ich es mir schon lange wünsche.«

Mein Magen drehte sich, doch ich war nicht bereit, seinen Inhalt auf den unbequemen Boden des Käfigs zu verteilen. Also schloss ich die Augen, atmete tief durch und wartete, bis das Licht wieder erlosch. Es dauerte. Etliche Minuten. Vielleicht sogar eine ganze Stunde. Mit Sicherheit konnte ich es nicht sagen.

Eine ganze Weile wagte ich es nicht, mich überhaupt zu bewegen, ehe ich mich schließlich in eine sitzende Position schob. Sehr viel mehr ließ der Käfig nicht zu.

Blind tastete ich nach der Wasserflasche, leerte die letzte Hälfte in einem Zug und gewöhnte mich gleichzeitig daran, dass es mindestens die nächsten acht Stunden nichts mehr geben würde. Falls meine innere Uhr einigermaßen stimmte und ich mich nicht völlig vertan hatte.

»Es ist nicht das erste Mal, dass er das tut«, hörte ich eine leise, weibliche Stimme durch den Raum dringen. Kaum mehr als ein Flüstern und doch so deutlich, dass ich jedes Wort verstand, trotz des eindeutig europäisch geprägten Akzents, der in ihrer sanften Stimme mitschwang.

Ich stieß ein Schnauben aus. Diesmal war es kein vorsichtiges Hallo. Keine Frage, ob bei mir alles in Ordnung sei.

Sie klang älter als ich und so, als wäre Englisch nicht ihre Muttersprache. Sammelte Cyrus Frauen, die ihn reizten? Oder eher Menschen, die ihm als Mittel zum Zweck dienten? Vielleicht war es auch ein Trick, um über sie einen Zugang zu mir zu finden, nachdem seine anderen Methoden offenbar nicht ganz fruchteten.

»Ist mir egal. Wenn er glaubt, mich damit zermürben zu können, liegt er falsch.« Ich wischte mir mit dem Handrücken übers Gesicht und glitt wieder in eine liegende Position. Meine Gliedmaßen schmerzten, die Muskeln protestierten. Trotzdem hielt ich daran fest, mehrmals täglich zu trainieren ... Im Rahmen des Platzes, den mir der Käfig bot. So auch jetzt, als ich nahtlos dazu überging, ein paar Liegestütze zu machen.

Vielleicht half mir das Brennen in meinen Muskeln dabei, Cyrus' Worte zu vergessen.

»Habt ihr ... eine gemeinsame Vergangenheit?« Sie klang nicht neugierig, allerdings hatte ich auch nicht vor, ihr zu vertrauen und meine gesamte Lebensgeschichte vor ihr auszubreiten. Nicht mal einen Teil davon.

»Lass mich einfach in Ruhe«, murmelte ich und presste die Lippen aufeinander. Mein Körper geriet bereits ins Schwitzen, mir ging die Luft aus. Ein deutlicheres Zeichen für meine aktuelle Schwäche hätte es kaum geben können.

»Falls du es dir anders überlegst … ich bin Ylva.«

Ich erwiderte nichts, blieb bei meinem Entschluss. Immerhin war ich nicht hier, um Freunde zu finden oder mich völlig Fremden anzuvertrauen. Genau genommen wollte ich überhaupt nicht hier sein und musste dringend dafür sorgen, dass sich mir eine Gelegenheit bot, um mich aus meiner prekären Lage zu befreien.

Ich hielt den Teddy in meinen Armen fest umklammert. Ihm fehlte ein Arm, und sein Stoff war ausgeblichen und rau, aber das änderte nichts an meinem Glauben, er würde mich nachts vor all den Monstern beschützen, die auf diesem Planeten hausten.

Meinen Vater eingeschlossen.

Die Wände im Haus waren dünn, und obwohl ich seit Stunden hätte schlafen sollen, lag ich hellwach in meinem Bett unter der dünnen Decke und sah dabei zu, wie die Schattenumrisse der Palme, die auf der gegenüberliegenden Seite der Straße stand, über meinem Kopf an den Wänden entlang wogten.

Hin und her. Hin und her. Im Takt des sanften Windes, der heute herrschte und die sternenklare Nacht etwas von der Hitze des Tages abkühlte.

Ich hörte sie reden. Vor allem meinen Vater, der händeringend nach Argumenten für etwas suchte, das ich nicht verstand. Genau genommen verstand ich in letzter Zeit immer weniger. Seine Wut nahm zu, je mehr Turnierleitungen meine Teilnahme an den Schachspielen ablehnten.

Ich war zu gut. Sie glaubten, ich würde schummeln. Kein Kind meines Alters konnte derart gut spielen. Oder?

Ihn machte diese Tatsache sehr wütend. Mich hingegen traurig. Denn das bedeutete, dass ich all die Menschen, die irgendwie zu meinen Freunden geworden waren, nicht mehr wiedersehen würde. Stattdessen würde er mich zurück in zwielichtige Clubs schleppen, in dunkle Keller und verrauchte Hinterzimmer. Mit Typen, die mir Angst einjagten und die über mich lachten, wenn ich in den rosafarbenen Kleidern auftauchte, die mein Vater mir jedes Mal über den Kopf zog. Selbst wenn ich protestierte.

Seine Stimme wurde lauter. »Ich kann nicht glauben, dass du überhaupt so einen Vorschlag machst. Sie ist neun!«

In meinem Magen bildete sich ein mulmiges Gefühl. Ich schloss die Arme fester um den Teddy, versuchte zeitgleich, seine Stimme auszublenden. Natürlich redeten sie über mich.

»Du benimmst dich, als würde ich ihr etwas Böses wollen, Ramon. Das ist lächerlich. Was denkst du eigentlich von mir?« Die andere Stimme erhob sich lauter. Männlich. Der beste Freund meines Vaters, wenn ich mich nicht täuschte.

Manchmal musste er auf mich aufpassen, wenn mein Vater wieder einmal zu irgendeinem geschäftlichen Treffen aufbrach.

»Ich weiß es nicht?! Du hast mir gerade Geld für etwas geboten, was ...« Mein Vater brüllte und der letzte Teil seines Satzes ging in der sich entwickelnden Geräuschkulisse unter.

Dann wurde es mit einem Mal still. Die Anspannung aus meinen Muskeln löste sich langsam. Vielleicht konnte ich jetzt schlafen – und vergessen, das Gespräch jemals mit angehört zu haben.

Ich schloss die Augen, drückte das Gesicht zurück in mein kratziges Kissen und wartete darauf, dass die Müdigkeit mich einholte und mich in den Schlaf gleiten ließ.

Dort war alles ruhig. Friedlich.

Ich hörte, wie sich die Tür öffnete und schoss in eine aufrechte Position. Doch das Licht in meinem Zimmer ging nicht an, und ich vernahm auch keinen Tadel von meinem Vater, weil ich noch immer wach im Bett lag.

Stattdessen schob sich gleichmäßiges Atmen in mein Be-

wusstsein, und als ich den Kopf drehte, konnte ich einen Schatten erahnen.

»Leg dich wieder hin, Bailey. Es ist alles in Ordnung.« Das war nicht mein Vater. Das war sein bester Freund.

»Aber …«, brachte ich hervor.

Unsicherheit packte mich, dicht gefolgt von einer Gänsehaut, die erst meine Arme überzog, dann das Bedürfnis in mir weckte, das Weite zu suchen.

»Es passiert nichts, versprochen. Ich sorge nur dafür, dass du gut einschläfst.« Die Art und Weise wie er das sagte, machte mir klar, dass ich die nächsten Stunden kein Auge zumachen würde. Nicht, solange er im Rahmen meiner Tür lehnte und mich … ansah.

»Ich schlafe lieber allein«, flüsterte ich und ließ mich Schutz suchend unter die Decke gleiten. Ich zog sie bis zum Kinn nach oben, den Teddy gegen meine Brust gedrückt, den Blick auf das Fenster gerichtet. Es spiegelte schwach … er stand noch immer dort, seine Augen auf mich gerichtet.

Wusste er, dass ich mich unwohl fühlte? Wieso stand er überhaupt dort? Wieso beobachtete er mich … und behauptete, er würde dafür sorgen, dass ich besser einschlief?

Ich traute mich kaum, zu atmen, so groß war die Angst inzwischen geworden. Sollte ich nach meinem Vater rufen?

Oder würde Cyrus dann noch näherkommen?

BISHOP

Your words like an echo ... I have let you down, but this time I won't cave in.

Meine Faust donnerte gegen den Boxsack. Der Raum war einzig und allein von der lauten Musik erfüllt, die ich seit Stunden in Dauerschleife laufen ließ. Sie half mir nicht dabei, meine Wut unter Kontrolle zu bringen, aber dabei, sie nach außen zu tragen. Sie gab ihr eine Stimme.

Nicht, dass irgendwer in diesem Haus sich nicht exakt genauso fühlte wie ich. Baileys Entführung war ein Affront gegen uns. Eine Beleidigung. Eine Kriegserklärung.

Es gab nur ein Problem: Wir hatten bislang keine Ahnung gehabt, wo genau wir ansetzen sollten, um Bailey zu finden. Drei Tage war ihr Verschwinden inzwischen her, und keiner von uns wusste, wo wir mit unserer Suche beginnen sollten.

Die Musik verstummte, ich wirbelte herum und entdecke Kade, der neben der Tür lehnte und mich mit finsterem Blick beobachtete. Neben ihm saß der Hund, der in den letzten Tagen sicher auch bemerkt haben musste, dass etwas nicht stimmte. Er wich ihm nicht mehr von der Seite. Und manchmal lag Liko stundenlang vor der Haustür, als würde er dort auf Baileys Rückkehr warten. Fiepte bei jedem Atemzug, den er machte.

Vielleicht legte ich mich das nächste Mal einfach dazu, tat es dem Hund gleich, in der Hoffnung, dieses Verhalten würde etwas an der beschissenen Situation ändern, in der wir uns gerade befanden.

Unter Kades Augen hatten sich dunkle Ringe gebildet, und seine Pupillen waren so stark geweitet, dass ich mir sicher war, er hatte mehr von seiner Droge eingeworfen, als gut für ihn war. Oder war es bloß die Tatsache, dass sein Schlaf unter all dem litt – wie bei jedem von uns?

»Alvaro hat die Straßenüberwachungsbänder ausgewertet«, rief er mir viel zu laut zu, obwohl der Raum nicht mehr von Musik erfüllt wurde.

Ich ließ die Hände sinken und begann damit, die Bandagen abzuwickeln. So wie er klang, waren die Nachrichten nicht erfreulich.

Innerlich spürte ich bereits, wie meine Reaktion darauf ausfallen würde.

»In Miami ließ sich der *Infiniti* problemlos verfolgen, aber sobald sie den Highway verlassen haben ...«

» ... hat sich ihre Spur verloren«, beendete ich den Satz. Es wunderte mich nicht.

Cyrus war immerhin nicht dumm. Im Gegenteil. Wie er die ganze Sache eingefädelt hatte, war äußerst schlau gewesen. Morgan hatte er eine Lüge aufgetischt und behauptet, jemand anderes zu sein. Bailey hatte er keine andere Wahl gelassen, als mit ihm zu kooperieren. Anstatt sie in den *Aston Martin* steigen zu lassen, hatte er den *Infiniti* ausgewählt, obwohl sie mit dem überhaupt nicht angekommen war. Atlas' Auto aufzuspüren wäre wegen des

GPS ein Kinderspiel gewesen. Baileys Auto hingegen hatte keine eingebauten Schutzmaßnahmen.

Weil keiner von uns daran gedacht hatte, ihr Leben an die neuen Standards anzupassen, obwohl bereits nach dem ersten Abend mit mir in der Stadt klar gewesen war, dass sie nun mit uns auf einer Stufe stand.

Ich rümpfte die Nase. »Gibt es ausnahmsweise auch eine gute Nachricht? Wir finden den Typ nicht, wir finden Bailey nicht, wir finden nicht einmal jemanden aus seinem Umfeld. Nach allem, was wir wissen, könnte er sie längst dazu gezwungen haben, ihn zu heiraten.«

So ungern ich es auch zugab, die Option einer Ehe war ein kluger Schachzug. Einen Wolf zu heiraten gab einem ein Druckmittel in die Hand, das nicht zu unterschätzen war. Davon konnte ich ein Lied singen, und das fiel nicht ganz so schön aus, allein deshalb, weil meine Stimme sich für Gesang nicht eignete.

Cyrus könnte ihr längst all die Informationen, die sie über uns hatte, entlockt haben. Stand er demnächst vielleicht schon mit einem Raketenwerfer vor unserer Tür, klopfte an und jagte uns dann mit einem Grinsen in die Luft? Oder glaubte er, dass ein Teil unseres Imperiums in seine Hände fiel, wenn er Bailey heiratete? Vermutlich nahm er auch noch an, zukünftig die Geschäfte ihrer Casinos zu führen.

Mein Hass auf ihn erreichte ungeahnte Höhen.

»Hast du schon vergessen, was sie gesagt hat, Idiot?«, knurrte Kade und stieß sich von der Wand ab, um sich dann in meine Richtung zu bewegen.

»Natürlich nicht!« Ihre Worte waren nicht so leicht aus meinem Verstand zu löschen. Ob ich wollte oder nicht. »Aber siehst du uns auch nur irgendwo in der Nähe von Cyrus? Siehst du uns irgendetwas unternehmen?«

Atlas hatte ich seit vierundzwanzig Stunden nicht gesehen, Kade war offensichtlich wieder auf einem Trip, hatte seinerseits ohnehin nur schlechte Nachrichten im Gepäck, und ich hatte keine Ahnung, welches Arschloch ich bei der Kehle packen musste, um herauszufinden, wohin man Bailey verschleppt hatte.

Es lief wunderbar. Nicht.

»Wenn ich wüsste, wo sie ist – glaubst du, ich würde noch hier stehen und mich mit dir unterhalten?« Kade wirkte verärgert.

Ich erinnerte mich daran, dass es ihm ähnlich gehen musste wie mir. Keiner von uns verfügte über eine gesunde Art der Aggressionsbewältigung. Atlas war nicht hier, also blieb nur ich als jemand, der sich seinem Ärger entgegenstellte. Nur hielt sich meine Lust in Grenzen, mich mit dem Hawaiianer anzulegen.

Egal, ob es nun verbal oder körperlich war.

»Wieso stehst du hier, wenn du genauso gut herausfinden könntest, wo sie ist?«, bellte ich zurück, ließ meine Knöchel knacken und stapfte an ihm vorbei. »Und hältst du es wirklich für so schlau, wieder mehr Drogen einzuwerfen?«

Irritiert sah er mich an. »Legst du es darauf an, einen Streit vom Zaun zu brechen? Mehr Drogen? Ich glaube, dir steigt der ganze Stress langsam auch zu Kopf.«

»Wenn du meinst.«

»Meine ich. Und misch dich besser nicht in meine Angelegenheiten ein, was die Drogen anbetrifft, Bishop. Zumindest nicht, wenn du mir so dämlich von der Seite kommst.« Das Grollen in seiner Stimme entging mir nicht.

Ich griff nach einem Handtuch, das auf einer nahegelegenen Bank auf mich wartete, und ließ ihn im Gym stehen, ohne mich noch einmal dazu zu äußern.

Zwei Treppenstufen auf einmal nehmend lief ich nach oben. Als ich an dem Gästezimmer vorbeikam, das Bailey bis vor Kurzem noch bewohnt hatte, hielt ich kurz inne. Die Tür stand offen, und ich bemerkte, dass sich jemand die Mühe gemacht hatte, ihr Zeug, das im gesamten Haus verteilt gewesen war, einzusammeln und hierher zu bringen. Als wäre ihr Zimmer eine Gedenkstätte.

Bevor ich mir zu viele Gedanken darüber machen konnte, ging ich weiter. Kaum hatte ich meine eigenen vier Wände erreicht, griff ich nach meinem Smartphone auf dem Bett und wählte eine Nummer, die ich in den letzten drei Tagen des Öfteren angerufen hatte.

»Irgendwelche Neuigkeiten?«, fragte ich, sobald die Verbindung hergestellt war.

»Nichts. Und bei dir?«

Ich schüttelte den Kopf, obwohl Morgan das sicher nicht sehen konnte. »Wenn du mich fragst, ist es verschenktes Potenzial, nicht zusammenzuarbeiten.«

Atlas hatte anscheinend recht deutliche Worte für Morgan gefunden, als sie sich auf dem Weg hierher befunden hatten. Der Ex-Militär konnte froh sein, dass er ihn nicht umgebracht hatte, demzufolge, was mir zu Ohren gekommen war.

»Tja, ich konnte mir immer Besseres vorstellen, als ausgerechnet mit den Wölfen zu kooperieren«, murmelte er. Etwas lauter fuhr er nach einer Pause fort: »Aber es geht um Bailey. Ich will sie in Sicherheit wissen. Ihr wollt sie anscheinend auch zurückhaben, so schwer es mir auch fällt, das zu sagen ... Also sollten wir miteinander arbeiten, statt gegeneinander.«

Ich brummte. »Hier arbeitet gerade niemand mit irgendwem zusammen. Jeder macht sein eigenes Ding.«

Es war nicht einfach, die Tatsache auszuklammern, dass wir uns alle aus demselben Grund sorgten, und dass die Wut uns beinahe zu blind machte, um rational und gelassen zu handeln. Atlas kochte sein eigenes Süppchen,

Kade ging in alten Verhaltensmustern auf, und ich fiel den beiden in den Rücken, indem ich mit Morgan sprach.

Dabei war irgendeine Art von Zusammenhalt das, was in der aktuellen Situation nötig gewesen wäre. Dringend.

»Du musst dafür sorgen, dass ihr schnellstmöglich zu eurer alten Form zurückfindet. Ansonsten ist das nicht nur Baileys Untergang, sondern auch euer Ende, Bishop. Selbst wenn ihr es nicht gerne hört – dieser Mann wird seinen Vorteil nutzen, um euch zu zerstören. Wenn ich euch so ansehe ... ist er auf einem guten Weg.«

Mir lag ein Knurren in der Kehle, das Morgan zum Verstummen bringen sollte, doch ich hielt es zurück. Er hatte recht. Cyrus Fender war es mit einem einfachen Schachzug gelungen, uns wie eine kopflose Gruppe Idioten dastehen zu lassen.

Wegen einer Frau, die wir weniger als vier Wochen persönlich kannten. Wegen Bailey, die sich zu einer Person entwickelt hatte, die in unserem Leben jetzt eine besondere Rolle innehatte.

»Deine Abneigung uns gegenüber könnte nicht offensichtlicher sein.« Es gab keinen Grund, Morgan das nicht wissen zu lassen. »Aber du liegst richtig. Das alles hilft uns nicht dabei, Bailey zu finden.«

»Mir fehlen die richtigen Kontakte, um die Informationen zu erhalten, die ich bräuchte«, fuhr Morgan fort. »Ihr hingegen habt all diese Kontakte – und die Mittel, um alles herauszufinden, was ihr wollt. Mir ist es ein Rätsel, wie es sein kann, dass ihr nicht schon längst auf seiner Türschwelle steht.«

Ich lachte. Wir waren nicht untätig gewesen. Doch die üblichen Verdächtigen hielten sich bedeckt. Von den Kubanern war keiner auffindbar, die Kleinkriminellen flüchteten, sobald sie uns auch nur in ihrer Nähe entdeckten.

Einige unserer Informanten waren wie vom Erdboden verschluckt.

Trotzdem hatte ich Leute auf Cyrus angesetzt und bisher nichts weiter als nutzlose Brotkrumen vorgesetzt bekommen.

»Wieso hast du mich vor drei Tagen angerufen, Bishop?« Damit erinnerte Morgan mich daran, dass er noch immer am anderen Ende der Leitung war.

Ich konnte mir das Seufzen nicht verkneifen. Seine Frage war berechtigt, angesichts der Tatsache, wie feindlich Kade und Atlas ihm begegnet waren. »Bailey und ich waren in einem anderen Leben mal befreundet gewesen. Sehr gut befreundet. Und als ihr Vater uns verraten hat und sie mitnahm, als er flüchtete ... was soll ich sagen, Morgan? Noch einmal werde ich es sicher nicht versäumen, sie zu retten.«

Sie hatte mir schon einmal einen halbherzigen Vorwurf daraus gemacht, um mir unter die Haut zu gehen. Diesmal würde es keine Ausrede geben, die meine Untätigkeit rechtfertigte, also nutzte ich lieber jede Möglichkeit, die sich mir bot. Selbst dann, wenn es bedeutete, mit Menschen zusammenzuarbeiten, die ich nicht rational einschätzen konnte.

Für einen Moment blieb es still, dann: »Sie hat mir nichts von ihrem Aufenthalt bei euch erzählt. Nicht das kleinste bisschen.«

Auch wenn es nicht an mir war, diese Geschichten zu erzählen, nahm ich mir die Zeit und gab Morgan eine ungefähre Zusammenfassung, die ihn einigermaßen ins Bild setzte. »Ich bin mir sicher, dass sie dir all das auch noch geschildert hätte.«

»Mein letzter Stand war, dass sie nicht sicher ist, ob sie überhaupt bei euch bleiben will.«

Ich lachte. »Natürlich nicht. Wir reden von Bailey.

Aber ich bin mir sicher, sie hätte sich am Ende dafür entschieden. Mit den richtigen Kompromissen, versteht sich. Niemand von uns hätte sie dazu gezwungen, ihr altes Leben hinter sich zu lassen.«

»Wer weiß. Wir sollten sie danach fragen, sobald sie wieder bei uns ist.« Mir entging die plötzliche Provokation in seiner Stimme nicht.

Glaubte er wirklich, sie hätte sich dafür entschieden, all das hier wieder aufzugeben? Uns? Nicht, dass Atlas das zugelassen hätte. Ich kannte ihn, seit wir Kinder waren – und egal, ob es diesen dämlichen Deal gab oder nicht, seine Psyche hätte es ihm untersagt, Bailey gehen zu lassen. Denn für ihn bedeutete ihr Weggehen den Untergang, den wir mit der Kontaktaufnahme zu ihr überhaupt erst versucht hatten, zu verhindern.

Um diese Thematik konnte ich mir allerdings auch noch Gedanken machen, wenn Bailey wieder in Sicherheit war. Wenn sie sich in unserer Mitte befand und Cyrus tot war.

»Mach's gut, Morgan.« Ich verabschiedete mich, warf das Smartphone zurück aufs Bett und kam nicht umhin, festzustellen, dass es gewissermaßen eine Art von Verrat war, mit ihm zusammenzuarbeiten.

ATLAS

Control is my best friend, what secures us. When did I start to hope?

Nachdem unser eigentlicher Folterkeller von der Mafia gestürmt worden war, hatte ich mich nicht damit aufgehalten, nach einem Ersatz zu suchen. Genau sechsunddreißig Stunden nach Baileys Verschwinden war mir allerdings klar geworden, dass es nicht ohne ging … nochmal drei Stunden später hatte ich eine leerstehende Lagerhalle auf Key Biscayne aufgetan, die für unsere Zwecke perfekt war.

Ich scherte mich nicht darum, dass die Halle in unmittelbarer Nähe zu unserem Zuhause war und wir dadurch eine gewisse Gefahr eingingen. Es kümmerte mich auch nicht weiter, dass es kein Sicherheitssystem gab oder eine Überwachungskamera oder überhaupt irgendetwas, was den Feind auf Abstand halten würde, wenn er denn an die Tür klopfte. Derjenige, der ungebeten hier hereinspazierte, würde von einer Kugel begrüßt werden.

Wie es sich gehörte. Wie es die ganze Zeit über schon

hätte sein sollen. Gewissermaßen waren wir nachlässig geworden. Hatten Bailey ohne Begleitung nach *Little Havanna* gelassen, waren davon ausgegangen, dass sie sich im Notfall selbst verteidigen konnte.

Keiner von uns hatte einen Schritt weitergedacht oder überlegt, was für Möglichkeiten außer körperlicher Gewalt in Frage kamen, um einen anderen Menschen gefügig zu machen. Psychischer Druck gehörte dazu ... wir nutzten ihn selbst oft genug. Warum war mir diese Methode nicht eingefallen, bevor ich ihr einen schönen Nachmittag in ihrem Casino gewünscht und ihr den Schlüssel zum *Aston Martin* in die Hand gedrückt hatte?

Bedeutete das im Umkehrschluss nicht auch, dass die Schuld an diesem ganzen Desaster bei mir lag? War es meine Fahrlässigkeit gewesen, die Cyrus die Tür geöffnet hatte, um an Bailey heranzukommen?

Nachdem Kade mir von ihren Bedenken erzählt hatte und auch davon, was sie vermisste, war es für mich selbstverständlich gewesen, ihr trotz allem diesen Ausflug zu ermöglichen. Allein. Ohne das Gefühl, wir folgten ihr auf Schritt und Tritt oder ließen sie permanent überwachen, weil wir ihr nicht vertrauten.

Vermutlich wäre es auch niemals so weit gekommen, hätte sie den Hund dabei gehabt. Ich erinnerte mich gut daran, wie sie mir mit Liko gedroht hatte und bezweifelte nach wie vor nicht die Echtheit ihrer Worte.

Wieso war ich Idiot und Arschloch genug gewesen, um zu meinen, dass ich keine Hundehaare in der Scheißkarre wollte? Ein Staubsauger und zwanzig Minuten Zeit hätten ausgereicht, um den *Aston Martin* wieder wie neu erstrahlen zu lassen.

Stattdessen war Bailey nun verschwunden, und sie zu finden, würde nicht einfach werden.

Meine Hand zuckte, also ballte ich sie zur Faust. Wenn

es sein musste, würde ich ganz Miami unter Druck setzen, um sie zu finden. Irgendwer in dieser gottverdammten Stadt musste ihren Aufenthaltsort kennen.

»Bring ihn her, Kade«, rief ich, um endlich einen Schritt weiterzukommen. Normalerweise war es eine feierliche Angelegenheit, einen neuen Ort mit der ersten Folterung einzuweihen und zu sehen, wie das Blut auf den Beton sickerte. Heute war es mir egal, solange der Kerl am Ende der Nacht all seine Informationen ausgespuckt haben würde. Alternativ würde er erst einen Zahn nach dem anderen verlieren und am Ende seine Eingeweide zu Gesicht bekommen, bevor ich ihn damit erdrosselte ...

Schwere Schritte hallten durch die leerstehende Halle, begleitet von einem lautstarken Schleifen. Offenbar war unser kleiner Freund noch bewusstlos, und Kade hatte alle Hände voll damit zu tun, ihn in meine Richtung zu ziehen.

Irgendwann lag er zu meinen Füßen. Ohnmächtig sahen sie alle unschuldig aus. Doch sobald das Leben in ihre Glieder zurückkehrte, und ihre Augen sich öffneten, war klar, dass Satan höchstpersönlich auf ihrer Schulter saß und jede ihrer Handlungen lenkte. Er beeinflusste sie, brachte sie dazu, seinen Befehlen zu lauschen, trieb sie in die Enge. Nur damit sie am Ende in meinen Armen landeten und lernten, was es wirklich bedeutete, dem Bösen zu begegnen.

Satan saß nämlich nicht auf meiner Schulter. Er und seine Dämonen hausten in mir.

»Weck ihn auf«, befahl ich und machte mich daran, mein Jackett auszuziehen und die Ärmel meines Hemdes nach oben zu schieben. Gemächlich, damit ich nebenbei beobachten konnte, wie Kade den Kerl auf den Rücken drehte. Er zog ein Messer mit kurzer Klinge hervor und rammte diese augenblicklich in den Teil seiner Schulter, der vornehmlich aus Muskeln bestand.

Es würde Schmerz verursachen, ein bisschen bluten ... aber ihn nicht von einem ordentlichen Gespräch mit uns abhalten.

Ein Zucken lief durch den zuvor fast leblosen Körper. Im nächsten Augenblick saß er aufrecht und fluchte, eine Hand auf die Verletzung an seiner Schulter gepresst. Kade ragte sofort über ihm, bereit dazu, ihm eine zu verpassen, falls er auf die Idee kommen sollte, vor uns flüchten zu wollen.

Nicht dass es großartige Fluchtmöglichkeiten gegeben hätte. Wir waren schneller, besser ausgestattet. Ich kannte den Grundriss des Gebäudes auswendig, ebenso die äußere Umgebung. Es gab kein Entkommen, egal, wie sehr er sich darum eventuell bemühte.

Trotzdem vermisste ich den Aufbau unseres alten Folterkellers. Die Waffenauswahl, der geschlossene Raum, der Charme von unzähligen alten Blutflecken auf dem Boden, an den Wänden und der Decke. Das alles existierte hier noch nicht, doch sobald wir mit unserem Freund hier fertig wären, war der erste Grundstein für einen neuen Ort der Folter gelegt.

»Ich hab ein paar Ketten mitgebracht, wir können ihn zumindest fesseln.« Kade griff in einen Berg aus nagelneuen Ketten und Seilen, die seitlich neben ihm am Boden gelegen hatten.

Demonstrativ hob er sie an, nur um sie anschließend fallen zu lassen. Das laute Geräusch ließ unser Opfer zusammenzucken.

Informant traf es besser. Zumindest war er das gewesen, bevor er beschlossen hatte, unsere Anrufe zu ignorieren und lieber einen Flug direkt ins Ausland zu buchen. Er hatte Dreck am Stecken, und ich konnte es in der Angst, die er verströmte, riechen.

»Ich glaube, er weiß ganz genau, warum er hier ist, wird deshalb keine Anstalten machen, vor uns davonzulaufen. Oder liege ich falsch, Remo?« Der Italiener riss die Augen auf und schüttelte den Kopf.

Sein Blick glitt flehend in meine Richtung, so als wüsste er gar nicht, was ihn überhaupt in diese Situation gebracht hatte. Für seine schauspielerischen Leistungen verdiente er auf jeden Fall einen Oscar.

»Natürlich nicht. Aber ich weiß wirklich nicht, warum –«

Kade unterbrach ihn mit einer unwirschen Handbewegung. »Es ist interessant, wie schwer es plötzlich geworden ist, unsere Leute an die Strippe zu bekommen. Alle halten sich bedeckt, und mir stellt sich die Frage, was für einen Grund das hat.«

Das Messer glitt durch seine Finger. Allein die schnellen Bewegungen und die Tatsache, dass er sich dabei nicht selbst verletzte, waren Grund genug, um Respekt vor Kade zu entwickeln. Zumindest für einen normalen Menschen, der nicht zur exzessiven Dummheit neigte.

»Es muss sich schnell herumgesprochen haben, dass Cyrus Bailey vor unserer Nase entführt hat. Und es scheint einige Leute zu geben, die nun glauben, dass wir nicht länger an der Macht sind. Damit liegen sie jedoch falsch.« Der psychologische Effekt von Cyrus' Tat war mir durchaus bewusst. Er stellte sich sogar als so glasklar heraus, dass es mir ein absolutes Mysterium war, wie man nicht dazu in der Lage war, hinter die Fassade zu blicken.

Remos Blick huschte zwischen mir und Kade hin und her. Versuchte er gerade zu entscheiden, vor wem er mehr Angst haben sollte?

In einer anderen Situation hätte ich gelacht. Ein paar Witzchen mit Kade darüber gerissen, dass dieser Idiot glaubte, von irgendeinem von uns Gnade zu erfahren. Hoffte er, uns eine weiche Seite zu entlocken? Oder einen Schwachpunkt zu entdecken, der uns zu umgänglicheren Kerlen werden ließ?

»Du warst immer loyal. Dann muss ich erfahren, dass du erst untertauchst, sogar ins Ausland flüchten möchtest. Was hat dich zu diesem Entschluss bewegt, Remo«, fuhr Kade nahtlos fort und erhöhte damit den Druck, den ich zuvor aufgebaut hatte.

Ich hoffte, dass er sich querstellte, seine Antwort verweigerte. Dann konnte ich meiner Wut nämlich Luft machen und dafür sorgen, dass er bis zum Morgengrauen nicht mehr lebte. Selbst wenn ich Kade nur dabei zusehen konnte, wie er Remo in Einzelteile zerlegte – das war besser als nichts. Eine Form von Genugtuung, die ich dringend brauchte.

»I-ich weiß wirklich nicht, wie ich das erklären soll«, stammelte er, den Blick auf das Messer in Kades Hand gerichtet, an dem bereits sein Blut klebte.

Schnaubend rollte ich mit den Augen. Warum hatten all diese Menschen ein Problem damit, einen Anfang zu finden? Sie sollten mir doch nur erzählen, wo, verdammt nochmal, Bailey steckte! Was war daran so schwer?

»Du sollst keine Autobiographie schreiben, sondern mir sagen, was du weißt«, knurrte ich.

Kurzerhand bezog ich neben Kade Stellung und legte eine Hand an die Pistole unter meinem Arm. Nachdem Morgan angerufen hatte, war die vorhergehende einer geladenen gewichen. Normalerweise war das Magazin leer und die Waffe gesichert, damit ich erst überhaupt nicht auf die Idee kam, sie einsetzen zu wollen … doch daran hatte sich etwas Bedeutendes geändert.

Man hatte mir Bailey gestohlen und damit einen Teil von mir verärgert, der nicht dazu in der Lage war, sich in Zurückhaltung zu üben.

»An jenem Morgen der Entführung hat sich ein Gerücht herumgesprochen«, begann er, immer noch dieses nervig nasale Stammeln zur Schau tragend. »Cyrus ist wohl überzeugt davon, dass er vor Ablauf des Monats Teil des neuen Syndikats ist, das Miami regieren wird.«

Ich lachte. Ein Syndikat? Nur über meine verdammte Leiche. »Und was macht ihn so zuversichtlich, dass er seine Annahme all unseren Anhängern ins Ohr flüstern lässt?«

Schweiß tropfte von Remos Stirn. Wollte er fliehen, weil er auf Cyrus' Seite stand? Oder weil er Angst gehabt hatte, Cyrus würde ihn töten, sobald er erst einmal die Macht erlangt hatte?

»Ich weiß es nicht. Es waren nur Gerüchte, die sich schnell herumgesprochen haben. Ich erinnere mich gut an damals, als eure Väter einen Krieg auf den Straßen Miamis ausgetragen haben. Das wollte ich nicht noch einmal erleben müssen. Cyrus wird seit Jahren gefürchtet und gleichzeitig seine Macht immer größer. Seine Präsenz ist gewachsen, sicherlich auch wegen seiner Kooperation mit der Mafia.«

»Der Mafia?«, hakte Kade nach.

Remo nickte. »Alle, die nicht euch die Treue halten, wurden von der Mafia beiseitegenommen, um sich ihnen anzuschließen. Es gibt kaum noch wen, der keine der beiden möglichen Seiten gewählt hat.«

Nur würden all jene, die die Seite der Kubaner gewählt hatten, am Ende nicht mehr leben, um ihre Entscheidung bereuen zu können.

»Cyrus arbeitet also mit der Mafia zusammen?«, fragte ich.

Abermals nickte Remo.

»Wie lang geht das schon so?« Kade stellte die nächste wichtige Frage.

»Ein paar Monate, allerhöchstens. Es wird auch gemunkelt, dass er Bailey heiraten will. Wenn er eine Wölfin ehelicht, gehört ihm automatisch ein Teil des Imperiums. Stimmt das?«

»Nein!«, knurrten Kade und ich gleichzeitig.

Ich war bereit, ihm umgehend an die Kehle zu gehen. Wer erzählte derart an den Haaren herbeigezogene Geschichten? Bevor Cyrus – oder die Mafia – einen Teil unseres Imperiums in die Finger bekamen, würde eher die Hölle zufrieren.

In der Theorie mochte der Gedanke plausibel sein und der Plan gut durchdacht. Doch an der Umsetzung scheiterte es definitiv, immerhin befanden wir uns nicht mehr im Mittelalter.

»Das Einzige, was stimmt, ist, dass er am Ende dieser ganzen verfickten Show tot sein wird. Was Bailey Cyrus da so nonchalant zugeflüstert hat, ist nämlich die Wahrheit. Wir werden ihn finden, jagen, zerfetzen. Und alle Mafiosi, die uns dabei über den Weg laufen, ebenfalls.« Meine Stimme war zu einem bedrohlichen Tonfall abgesunken. »Du wirst mir einen Gefallen tun, Remo. Im Gegenzug dafür lasse ich dich leben. Meinetwegen kannst du sogar ins Ausland abhauen, wenn dir noch danach ist. Aber vorher wirst du meine Worte verbreiten. Und schieb gleich hinterher, dass ich eine hohe Summe Geld demjenigen verspreche, der mir sagt, wo Cyrus Fender Bailey gefangen hält. Genügend Kohle, dass nicht einmal dessen Ur-Enkel noch arbeiten gehen müssen.«

Das war der Ausgang des Gesprächs, der für uns alle am einfachsten war. Selbst wenn ein Teil von mir hartnäckig danach verlangte, die Pistole zu ziehen, ihm einfach das Hirn rauszupusten – egal, ob er nun etwas getan hatte oder nicht.

»Kade, begleite ihn nach draußen«, wies ich an und ignorierte dessen genervten Blick.

Vermutlich hatte er sich mehr erhofft. Dass er ihm die Haut bei lebendigem Leibe abziehen konnte, während ich ihm dabei genüsslich zusah. Ein verlockender Gedanke, das gab ich gerne zu.

Es gab allerdings Momente, in denen es klüger war, es bei kleinen Verletzungen und einer verbalen Warnung zu belassen.

Als Kade zurückkehrte, war er verärgert. »Der ganze Aufwand für ein kurzes Gespräch und eine halbherzige Drohung?«

»Die Alternative wäre es gewesen, ihn auf der Stelle zu erschießen. Dann hätte ich niemanden gehabt, der meine Botschaft verbreitet.« Ich winkte ab. Nur weil es uns allen nach Blut dürstete, hieß das noch lange nicht, dass wir Gewalt ausübten, wo es nicht notwendig war. Wir brauchten unsere Kräfte für den Zeitpunkt, in dem wir erfuhren, wo Cyrus sich aufhielt.

»Du kennst sie ein paar Wochen und bist kurz davor, das zu tun, was du seit etlichen Jahren bekämpfst?« War das Sorge in Kades Stimme?

Grimmig sah ich ihn an. Zwei Wochen waren eine harte Untertreibung. »Ich würde jeden Mann, jede Frau und jedes Kind in dieser Stadt umbringen, wenn es einen Nutzen hätte. Ich würde die Straßen in Blut tränken, wenn es mir den Weg zu Cyrus offenbaren würde.«

Kein Wort davon war gelogen. Ich wusste es. Kade wusste es. Aber das war nicht genug.

»Das wäre auch der Fall, wenn es um dich oder Bishop ginge. Ihr seid meine Familie. Ich sollte euch alle schützen und für eure Sicherheit sorgen. Bei Bailey habe ich versagt ... und wenn ich zu dem Monster werden muss, das ich nie sein wollte, um sie wieder in unserer Mitte zu wissen, werde ich nicht eine Sekunde zögern. Nicht eine einzige, Kade.«

Ich sah, wie er schluckte. »Auch wenn das bedeutet, dass es dich dein Leben kostet?«

»Auch dann«, entgegnete ich, ohne mit der Wimper zu zucken und wandte mich ab.

Das Rudel war meine Familie. Und niemand riss sie auseinander.

Ich starrte auf Baileys nackten Körper, der in all seinen glorreichen Details vor mir ausgebreitet auf dem Bett lag. Sie war hellwach, sah mich neugierig an und wartete auf meine nächste Reaktion.

Ich hatte sie bereits dazu angewiesen, die Hände über ihrem Kopf liegen zu lassen – egal, was ich auch mit ihr tat. Wenn sie sie nur einen Zentimeter bewegte, würde ich aufhören. Für den Anfang war meine Ansage einfach umzusetzen, denn ich liebkoste ihren Körper nur mit den Händen, den Fingerspitzen, dem Mund und der Zunge.

Sie heizte sich auf. Streckte sich mir fordernder entgegen, wiegte mit den Hüften, in einer verlangenden Geste, die sie keineswegs kontrollieren konnte.

Sie wollte mich. Und ich wollte sehen, wie sehr das immer noch der Fall sein würde, wenn ich dem ganzen Spiel eine neue Komponente hinzufügte. Schmerz. Qual. Eine Form der Selbstdisziplin, die ich ihr bisher nicht aufgebürdet hatte.

Grinsend richtete ich mich auf, beobachtete Bailey dabei, wie sie die Beine nach rechts und links öffnete. Für einen Moment erlaubte ich es mir, den Blick über ihre

Mitte gleiten zu lassen. Sie war feucht. So einladend feucht, dass es mich ein wenig mehr Kontrolle kostete, mich nicht einfach zwischen ihre Beine zu legen und sie zu lecken, bis sie meinen Namen schrie.

Den würde sie heute in jedem Fall schreien. Ohne Zweifel.

»Ich will, dass du dich heute besonders gut benimmst, Bailey. Und mir vertraust, auch wenn es dich etwas kostet.«

»Ich vertraue dir immer, Atlas«, erwiderte sie, verfolgte meine Bewegungen genauestens.

Mein Grinsen wurde breiter. »Das werden wir sehen.«

Aus meiner Nachttischschublade zog ich eine kleine Box hervor, nahm die kleinen Klammern heraus und zeigte ihr, wie sie unschuldig auf meiner Handfläche ruhten. »Das wird weh tun. Aber ich bin mir sicher, du wirst es für mich aushalten.«

Sie hob eine Augenbraue, bereit, darüber zu diskutieren. Ich wollte gar nicht wissen, über welchen Punkt genau, also schüttelte ich schlichtweg den Kopf. »Wenn du etwas sagst, was nichts mit deiner Lust oder meinen Forderungen zu tun hat, werde ich dafür sorgen, dass du nicht mehr dazu in der Lage bist, irgendwas zu sagen.«

Eine unterschwellige Drohung schwang in meinen Worten mit. Und ich meinte es ernst. Ich würde mir nicht anhören, wie sie mir sagte, dass das lächerlich war.

Sie wusste nicht, was auf sie zukam.

»Verstanden?«, hakte ich nach.

Bailey nickte. Wandte sich leicht unter meinem forschenden Blick.

»Die Hände bleiben, wo sie sind«, ordnete ich an und beugte mich über ihren Körper.

Unter ihrer strengen Beobachtung öffnete ich eine der Klammern und ließ sie eine Sekunde lang über ihrem

Nippel schweben, bevor ich mich dazu entschloss, sie zunächst mit dem Mund zu stimulieren.

Ich nahm ihn zwischen die Lippen, saugte, spielte mit der Zunge ... und biss zu, während meine andere Hand an ihrer zweiten Brust lag und diese genauso malträtierte.

Erst als sich mir ihre Knospe fordernd entgegenstreckte, nahm ich die Klammer wieder zur Hand und platzierte sie dort.

Bailey zog scharf die Luft ein, was mich zum einen grinsen und zum anderen meinen Schwanz härter werden ließ.

Mit dem stechenden, pochenden Schmerz war nicht zu spaßen. Er würde sich zunächst auf ihre Brüste beschränken – und sich später seinen Weg durch ihren gesamten Körper suchen, vor allem, wenn ich mich dazu entschloss, eine weitere Klammer anzubringen. Zwischen ihren Beinen. Dort, wo es noch mehr schmerzte.

Vielleicht würde dieser Schmerz sie in den Wahnsinn treiben. Sie wild machen. Wütend. Falls ja, freute ich mich darauf besonders.

»Ich wette, damit hast du nicht gerechnet«, sinnierte ich laut, stieß mit dem Finger gegen die Klammer an ihrer rechten Brust und sah dabei zu, wie sich ihr Gesicht verzog.

Das Feuer in ihren Augen wurde größer, als ich auch die zweite Klammer anbrachte, und probeweise daran zog, um zu testen, ob sie auch wirklich festsaß.

Bailey jaulte auf. »*Hijo de puta*, du liebst es wohl, mich leiden zu sehen«, knurrte sie, verblieb aber weiterhin in ihrer Position, wie ich es ihr angeordnet hatte.

»Bist du wieder so aufgewühlt, dass dein hitziges Temperament mit dir durchgeht? *Sido una niña mala.*«

»Was bringt dich zu der Erkenntnis, dass ich ein böses Mädchen bin?«, fragte sie provokant.

Ich legte den Kopf schief. »Ganz einfach«, begann ich und ließ die Finger über ihren Bauch nach unten zwischen ihre Beine gleiten, die dritte Klammer bereits in der Hand. »Du würdest zulassen, dass ich dich komplett ruiniere, und jede Minute davon lieben.«

Bailey hob eine Augenbraue. »Ist das so?«

»Lass es mich dir beweisen.« Ich sank zwischen ihre Beine, platzierte die Klammer in derselben Sekunde, in der ich auch anfing, sie zu lecken.

Sie verkrampfte sich. Ich hörte sie keuchen. Überrascht. Und so, als würde sie Gefallen an den Reizen finden, die ich in ihrem Körper auslöste.

Ich spürte, wie mein Schwanz zu pochen begann, nach Aufmerksamkeit verlangend. Also ließ ich die Hand nach unten gleiten, um dort wenigstens den Gürtel zu lockern ... nur um festzustellen, dass ich keine Hose trug.

Seltsam ... ich hatte ... Schlagartig riss ich die Augen auf. Realisierte, dass ich gerade geträumt hatte. Und hasste mich dafür, weil es überhaupt nicht möglich sein sollte, in einer solchen Situation derartige Dinge zu träumen.

Ich biss die Zähne aufeinander, bis ich ein fieses Knacken hörte. Der Geschmack von Eisen breitete sich auf meiner Zunge aus.

»Und du bist dir sicher, dass wir ... den Laden verwüsten sollen?«, fragte Kade, den schwarzen Hoodie bereits übergezogen und die Kapuze tief ins Gesicht hängend. Er hatte den Aluminium-Baseballschläger zwischen die Knie geklemmt und schaute aus der Windschutzscheibe auf den Laden, hinter dessen Fenstern nur ein einziges Licht brannte.

Es beleuchtete die Auslage.

Ich griff nach hinten und holte den zweiten Schläger hervor, ließ das kühle Metall durch meine Hand gleiten und nickte mit grimmigem Blick.

»Ich kann deine schlechte Laune riechen. Gibt's dafür Gründe?«

»Du meinst außer der Tatsache, dass wir unfähig sind, Bailey zu finden?«

»Was sollte ich sonst meinen?«

Ich verzog das Gesicht zu einer Grimasse. »Ich glaube, ich kann jetzt nachempfinden, wie sich das anfühlt, mit einem Hirngespinst zu leben.«

Kades Augenbraue wanderte in die Höhe.

»Heute Morgen hab ich geträumt, Bailey läge in meinem Bett. Es fühlte sich so real an, nicht eine Sekunde lang habe ich daran gezweifelt, ob es das ist oder nicht. Bis ... ich aufgewacht bin, und die hässliche Realität auf mich eingestürzt ist.« Wieder einmal fühlte ich den Hass in mir aufsteigen. Auf mich selbst. Weil die Reaktion meines Körpers absolut unangebracht gewesen war.

»Ich würde sagen, dann gehen wir den Laden der Dreckskubaner mal in Kleinholz verwandeln«, meinte er simpel, stieg aus und knallte die Tür zu.

Natürlich waren wir mit keinem unserer Autos hier und hatten auch so geparkt, dass wir auf den Überwachungskameras nicht auftauchten.

Kade sprintete über die Straße, holte aus und zertrümmerte die Kamera, die den Eingang des Ladens bewachte.

Vermutlich war jetzt der stumme Alarm an die Besitzer gesendet worden.

Ich sprang aus ebenfalls dem Auto, überquerte die Straße und holte noch im Gehen weit genug aus, um die Ladentür zu zertrümmern. Glas flog in sämtliche Richtungen davon, große Scherben gingen klirrend zu Boden und knirschten unter meinen Sohlen, als ich über sie hinweg nach drinnen stieg.

Es handelte sich um einen simplen Einkaufsladen. Trotzdem gehörte er der Familie eines Mannes, der mit den Kubanern anbandelte – und damit befand er sich leider auf unserer Abschussliste.

Ich riss das erste Regal um, donnerte den Baseballschläger in eine Pyramide aus Weinflaschen und wirbelte herum, um direkt im Anschluss eine Kiste mit Tomaten gegen die nächste Wand zu schleudern.

Mit jedem Teil, das zu Bruch ging, kam mehr meiner Wut ans Tageslicht. Öl ins Feuer gießen – das war es, was wir hier taten. Jedes Mal, wenn ich hörte, dass Kade seiner Zerstörungslust frönte, fühlte ich einen kleinen Stich, der meinen Ärger erneut anstachelte.

Flaschen platzten, Glas ging zu Bruch, nichts stand am Ende noch an dem Ort, an dem es sich vorher befunden hatte. Der Laden war innerhalb weniger Minuten ein absolutes Schlachtfeld geworden.

Ich beobachtete Kade dabei, wie er Unterlagen heranschleppte und ordentlich aufstapelte. Irgendwie war er auch an das Geld aus dem Tresor gekommen, packte es ebenfalls zum Stapel.

Ohne auch nur ein Wort mit ihm gewechselt zu haben, wusste ich, was er vorhatte und zog ein Feuerzeug aus meiner Hosentasche. Ich warf es ihm zu. Er fischte es aus der Luft, fügte dem netten Haufen Papier noch etwas hochprozentigen Alkohol hinzu und ließ die Flamme dann über einen Geldschein tanzen.

Kade ließ den Schein fallen, sobald er Feuer gefangen hatte. Einige Sekunden lang sah ich dabei zu, wie sich die Flammen durch den Rest fraßen, immer größer wurden ... dann hörte ich die Sirenen.

Mit einem Nicken in Richtung des zertrümmerten

Eingangs bedeutete ich ihm, dass es an der Zeit war, zu verschwinden.

Anders war es nie geplant gewesen. Rein – raus. Ende.

Ein bisschen Chaos stiften, dem eigenen Frust Luft machen und dann verschwinden, bevor wir erwischt, gesehen oder festgenommen wurden.

Wir sammelten die Baseballschläger ein, gingen gemächlich zurück zu unserem Auto und fuhren davon. Als wir den ersten Streifenwagen passierten, lachte ich auf.

»Fühlst du dich jetzt besser?«

»Ein wenig. Wir könnten das häufiger machen.«

»Du meinst, wir sollen zurück zu den alten Tagen?« Kade schmunzelte und sorgte dafür, dass wir im Nachtverkehr Miamis untergingen.

»Wir hatten in unserer Jugend viel Spaß, das kannst du nicht abstreiten.« Kade und ich waren ein schreckliches Duo gewesen. Eine Kombination, die zweifelsohne in der Hölle entstanden war.

Frauen, Alkohol, Sex, Drogen, Eskapaden. Kleinere und größere Verbrechen, die wenigsten davon im Namen des Rudels.

»Und irgendwann sind wir erwachsen geworden und haben erkannt, dass das kein Dauerzustand sein wird.« Ausgerechnet Kade diese vernünftigen Worte sagen zu hören. fühlte sich seltsam an, bewies aber, wie sehr er in den vergangenen Jahren an sich gewachsen war.

»Schade, irgendwie dachte ich, wir könnten nochmal zu diesen anarchischen Zeiten zurückkehren.«

»Sind wir doch jetzt. So im Großen und Ganzen finde ich es aber schon gut, wenn wir die Kontrolle über Miami haben.« Mit einem Grinsen sah er zu mir nach drüben.

Das schloss zukünftige Ausnahmen ja nicht aus.

BAILEY

You're trying to break me but killing me would be easier.

Mein Unterbewusstsein lebte, machte seine Existenz nur allzu deutlich, indem es mir immer wieder denselben ekelerregenden Traum schickte. Die Erinnerungen an mein Leben vor Morgan und dem Militär hatte ich über die Jahre hinweg immer weiter zurückgedrängt und in eine Ecke meines Geistes verbannt, von wo aus sie mich nicht länger heimsuchen konnten.

Mir war es leichtgefallen, eine Grenze zu ziehen und damit klar zu unterscheiden zwischen dem, was hinter mir lag, und der Person, zu der ich mich entwickelt hatte.

Selbst als die Wölfe in meinem Leben aufgetaucht waren, hatte ich keine Probleme damit gehabt, diese Unterscheidung aufrechtzuerhalten. Vielleicht in einigen, wenigen Momenten, bevor ich ihnen deutlich gemacht hatte, was sie mit mir anstellen durften und was auf keinen Fall.

Doch jetzt ... jetzt vermischten sich die Vergangenheit

und Gegenwart zu einem hässlichen Strudel, der mir den Boden unter den Füßen wegzog und mich in eine Lage brachte, die mich mit all dem konfrontierte, was ich nie mehr wieder hatte durchleben wollen.

Als ich damals auf Cyrus zugegangen war, weil ich von seinem Reichtum wusste, hatte mein Unterbewusstsein die Erinnerungen an das, was er Jahre zuvor getan hatte, längst erfolgreich verdrängt. Für mich war er nur ein Freund meines Vaters gewesen, während er sich seinerseits jedoch die ganze Zeit darüber im Klaren gewesen sein musste, dass er nächtelang an meinem Bett gestanden und ein verängstigtes Kind beim Schlafen beobachtet hatte.

Ich wollte es mir nicht vorstellen, doch ich wusste genau, was ihm währenddessen im Kopf herumgegangen war – und zu was sich diese Gedanken entwickelt hatten, denn inzwischen machte er kein Geheimnis mehr aus ihnen. Aus seinem Verlangen.

Allein das Wort in diesem Zusammenhang zu nutzen, forderte meinen Würgereflex heraus. Dass eine andere Frau Zeugin dessen wurde, was Cyrus inzwischen in regelmäßigen Abständen wiederholte, verbesserte die Situation nicht.

Er stand da, in der offenen Tür und vom Licht hinter ihm in Szene gesetzt, beobachtete mich und ließ seinen Gedanken freien Lauf. Ich versuchte sie mir nicht anzuhören, doch scheiterte ich in den meisten Fällen kläglich.

Ein Teil von mir wünschte sich, dass er näher kam, sich direkt an den Käfig stellte … damit ich meine Hände durch das Gitter strecken und ihm um den Hals legen konnte. Wie viel Kraft würde es schon brauchen, ihm das Genick zu brechen?

»Es wird nicht lange dauern, bis er wieder auftaucht.« Meine Mitgefangene hatte immer noch nicht damit aufgehört, mich anzusprechen. Die meiste Zeit ignorierte ich sie, doch langsam merkte ich, wie ich weicher wurde.

Die Zeit zog sich in die Länge, und allein mit meinen Gedanken zu sein, tat mir nicht gut. Vor allem dann nicht, wenn Cyrus sie mit seinen Worten verpestete und mich somit in eine Lage brachte, in der ich nie wieder hatte sein wollen.

Allein. Machtlos. Unfähig, mich zu wehren.

Ein Teil von mir fühlte sich wie damals mit neun. Es kostete mich konstant Anstrengung, nicht in dieses Denkmuster zurückzufallen und mich einfach mit meinem Schicksal abzufinden, wohlwissend, dass ich dem nichts entgegenzusetzen hatte.

Fast zwanzig Jahre sind seitdem vergangen, erinnerte ich mich selbst, *du hast dich verändert. Bist eine andere Frau.*

»Ich weiß«, antwortete ich schließlich auf Ylvas Kommentar. Meine Stimme klang kratzig. Das Wasser, das wir bekamen, reichte nicht aus, um uns ordentlich mit dem zu versorgen, was wir dringend nötig hatten. Ebenso wenig war das Essen nahrhaft genug, um uns bei unseren eigentlichen Kräften zu halten. Ich baute rasant ab, in jeglicher Hinsicht.

»Ich bin nicht diejenige, die er anspricht, aber selbst mir setzt das zu«, fuhr sie fort.

Ich ahnte, in welche Richtung sich das Gespräch entwickeln würde. Allerdings brauchte ich keinen Therapeuten. Wenn überhaupt half ich mir am Ende selbst, denn mit oberschlauen Klugscheißern würde ich sicher nicht über das sprechen, was hier drinnen vor sich ging.

»Ich komme klar, danke.« Meine Erwiderung sollte sie weiterhin auf Abstand halten, so wie die ganze Zeit über auch.

Ich hielt es noch immer für wahrscheinlich, dass Cyrus sie dafür bezahlte, einen Zugang zu mir zu finden.

Wenn ich ihr erst einmal vertraute, würde er leichtes Spiel haben, meine Psyche anzugreifen.

»Wenn du schläfst, kann ich manchmal hören, dass du träumst. Und diese Träume sind ein Fenster zu dem, was dir widerfahren ist. Ich bin nicht dumm. Du solltest es auch nicht sein – wir sitzen beide hier fest, sollten gemeinsam versuchen, uns aus der Situation zu befreien.« Ihre Stimme klang vertrauenswürdig, ebenso ihre Worte. Doch das, was wirklich dafür ausschlaggebend war, konnte ich nicht sehen. Ich musste ihr ins Gesicht sehen können, erst dann würde ich ihr auch Glauben schenken.

Nur so würde ich eine Lüge mit absoluter Sicherheit enttarnen. Ich stieß ein Seufzen aus und starrte in die Dunkelheit. »Er kannte meinen Vater. Mein Vater war ein Arschloch. Er hat sich Geld dafür zahlen lassen, dass andere in mein Kinderzimmer kommen und mich beim Schlafen beobachten durften. Damit hat alles angefangen.«

Cyrus kannte diese Geschichte. Sie enthielt keinerlei Informationen, die ihm weiterhelfen würden, heuchelten aber Vertrauen der fremden Frau gegenüber. Vielleicht verspürte ich auch einfach nur das dringende Bedürfnis, die Worte und damit das Geschehene aus meinem System zu bekommen.

Kade war dem Tod meines Vaters auch nur auf die Schliche gekommen, weil er gehört hatte, wie ich im Schlaf gesprochen hatte. Ylvas Behauptungen waren also zumindest nicht allzu weit hergeholt.

»Und dein Name?«, fragte sie, ohne auf das einzugehen, was ich gesagt hatte.

Ich schüttelte den Kopf. Was machte es für einen Unterschied? Cyrus hatte ihn oft genug benutzt, vermutlich fragte sie ohnehin nur, um absolut sicherzugehen.

»Bailey. Aber das solltest du bereits wissen.«

»Wieso glaubt er, dass du ihn heiratest?«

Ich lachte. Cyrus ging nicht nur davon aus, er würde mich notfalls auch dazu zwingen. »Ich schulde ihm einen Gefallen, weil er mir vor einigen Jahren ausgeholfen hat. Tja. War ein Fehler, ihm überhaupt zu vertrauen. Jetzt will er mich heiraten, weil er sich aus einer Ehe Vorteile erhofft. Er glaubt, sie gibt ihm Macht. Macht, die er braucht, um die Stadt zu kontrollieren.«

Mit einem Schnauben drehte ich mich auf die Seite. Cyrus hatte gewusst, dass mein Vater ein Teil der Wölfe gewesen war, ebenso, dass ich eines der Kinder des Rudels war. Wie gut musste es ihm in den Kram gepasst haben, als plötzlich in der Boulevardpresse darüber berichtet worden war, dass man mich gemeinsam mit Atlas gesehen hatte?

Ich glaubte nicht, dass er von Anfang an darauf spekuliert hatte, dass ich irgendwann wieder Teil des Rudels sein würde. Das konnte man nicht kalkulieren oder planen. Er hätte niemals ahnen können, welche Richtung mein Leben einschlug.

Also war alles ein großer Zufall ... der ihm in die Karten spielte. Würde er versuchen, Atlas zu erpressen? Würde er das Rudel mit dem, was er mit mir anstellte, unter Druck setzen? Oder zog er seinen Plan durch, heiratete mich und meldete dann Ansprüche auf all die Dinge an, die ihm niemals gehören würden, solange das Rudel noch existierte? *Mich eingeschlossen.*

»Die Stadt?«, fragte Ylva vorsichtig.

Ich hob eine Augenbraue an. »Weißt du, wo wir uns befinden?«

»Nein. Aber ich gehe mal stark davon aus, dass das hier nicht Europa ist.«

»Florida, schätzungsweise. Ich hab keine Ahnung, wo er mich hingebracht hat. Aber entführt hat er mich aus

Miami.« Es fühlte sich an, als läge der Tag schon Ewigkeiten zurück, dabei handelte es sich vermutlich noch nicht einmal um eine Woche.

»Miami?« Ich konnte den Unterton in Ylvas Stimme nicht richtig deuten.

»Jap. Weißt du, warum er dich entführt hat?« Wenn sie schon reden wollte, konnte ich die Zeit genauso gut nutzen, um mehr über sie herauszufinden.

»Ich ... nein.«

Es wurde still. Ich fragte nicht nach.

»Steh auf, Mädchen!« Eine barsche Stimme riss mich aus meinem Schlaf und ich blinzelte in das Gesicht einer Frau mittleren Alters. Der Eingang zum Käfig war geöffnet, und sie wartete direkt davor darauf, dass ich mich in Bewegung setzte.

Es dauerte fünf Sekunden, bis ich meine Optionen erwägt und beschlossen hatte, erst einmal mitzuspielen. Ich wusste nicht, wie ich mich fühlen würde, wenn ich aufrecht auf den Beinen stand, und es war äußerst dumm, ohne einen genauen Plan zu handeln.

Ich hatte nicht damit gerechnet, irgendwen anzutreffen, der mich aus dem Käfig befreien würde.

»Warum?«, fragte ich, unfähig den bockigen Unterton aus meiner Stimme herauszuhalten.

Sie sollten nicht glauben, dass sie mich mit ihrer bisherigen Tortur bereits zermürbt hatten.

»Du brauchst eine Dusche, bevor die Schneiderin kommt. Cyrus will, dass du heute ein Hochzeitskleid findest.« Sie sprach so, als wären das alles unumstößliche Fakten, an denen es in keinem Fall etwas zu rütteln gab.

Ich stieß ein wenig begeistertes Geräusch aus, schob

mich aber erst durch die kleine Öffnung, anschließend von allen Vieren in eine aufrechtere Position, bis ich irgendwann stand. In meinem Kopf fühlte es sich an, als würde sich die ganze Welt drehen.

»Sobald du aus der Dusche kommst, werde ich dir das hier anlegen«, verkündete sie und wedelte mit irgendetwas vor meinem Gesicht herum.

Ich hob eine Augenbraue. »Was soll das sein?«

»Es stellt sicher, dass du keine Dummheiten machst. Wenn du dich nicht benimmst oder versuchst abzuhauen, gibt es einen Elektroschock. Cyrus hat die Kontrolle über das Gerät und ... nun ja. In der Theorie reicht die eingestellte Voltzahl aus, um eine ausgewachsene Kuh zu töten. Ich würde an deiner Stelle also nichts ausprobieren, Mädchen.« Die herablassende Art, in der sie mit mir sprach, hing mir jetzt schon zum Hals raus.

Sie kannte mich keine zwei Minuten und meinte bereits, mich kontrollieren zu können. Alles in mir schrie danach, ihr das Gegenteil zu beweisen. Noch hatte ich das Teil nicht um. Noch konnte ich mein Glück versuchen, und ...

Ich schoss in Richtung der geöffneten Tür, bevor die Frau überhaupt reagieren konnte. Mit einer Handbewegung krachte die Tür gegen die Wand und ich war hindurch geeilt. Ich stürmte nach rechts, durch einen kargen Flur, folgte dem Gang dann nach links, eine Treppe nach oben und durch eine weitere Tür hindurch.

Schlitternd kam ich auf poliertem Marmorboden zum Stehen, geblendet vom Tageslicht, das sich durch die unzähligen Fenster in das Foyer ergoss.

Meine Lunge brannte, ich konnte mich kaum auf den Beinen halten. Trotzdem dachte ich nicht daran, aufzugeben.

Hinter mir brüllte jemand. Vermutlich die Schnepfe von eben.

Ich biss die Zähne zusammen, sprintete in Richtung der Haustür, flog mit meinem gesamten Gewicht dagegen, sodass sie sich schwungvoll nach außen hin öffnete. Als ich wieder losließ, hielt ich den Griff der Tür in der Hand.

Ich schleuderte ihn nach hinten, dem Kerl entgegen, der aus dem Nichts aufgetaucht und mir jetzt dicht auf den Fersen war.

Wie ich es die Treppe nach unten schaffte, war mir ein absolutes Rätsel. Kaum stand ich auf dem geschotterten Weg, raste ich nach vorne, dann seitlich auf die verdorrte Wiese und zwischen braunen Büschen hindurch.

Je länger ich rannte, desto mehr Adrenalin peitschte durch meinen Körper hindurch. Meine Beine spürte ich nicht mehr, trotzdem wurde ich noch schneller. Ich ignorierte das Brennen meiner Lunge und die Art, auf die meine Haut durch die Sonne erhitzt wurde. Der Boden schlitzte meine Fußsohlen auf, machte jeden Schritt schmerzhafter als den davor. Aber das alles spielte keine Rolle – ich war auf der Flucht.

Wenn ich daran festhielt, dass ich es schaffen würde …

Befehle schallten über das Grundstück. Ich vernahm Hundebellen. Bildete mir ein, den heißen Atem irgendwelcher Verfolger im Nacken zu spüren, bis mich Hände an den Schultern packten.

Ich fuhr herum, die Faust bereits geballt und war trotzdem zu langsam. Sterne explodierten vor meinen Augen. Schmerz raste durch meinen Körper, als ich auf dem Boden aufschlug, mit dem Kopf schutzlos auf dem harten Untergrund aufkommend.

Ich wollte fluchen, meine Beine nutzen, um die Kerle von mir fernzuhalten, doch mir entglitt nur die Kontrolle über mein Bewusstsein.

KADE

I need some new nerves.

Mit jeder Stunde, die verging, wirkte Atlas mehr so, als würde er demnächst explodieren, die sorgfältig aufgebaute Kontrolle über all das verlieren, was ihm wichtig war.

Ich ließ ihn nicht aus den Augen, nicht eine Sekunde. Bishop machte mir ebenfalls Sorgen. Noch viel mehr aber, dass sich nichts tat, was uns irgendwie dabei half, Cyrus Fender auf die Schliche zu kommen.

Nur einmal in meinem Leben hatte ich mich bisher derart hilflos gefühlt und ich ahnte, dass es noch viel schlimmer kommen würde, wenn es nicht bald etwas für mich zu tun gab.

Der Tag, an dem ich beide Elternteile verloren hatte, war schlimm gewesen. Ich wollte nicht herausfinden, wie es sich anfühlte, wenn Cyrus uns plötzlich eine Nachricht zukommen ließ, um uns darin mitzuteilen, dass er Bailey umgebracht hatte.

Hätte er dafür überhaupt einen Grund?

Er hat zumindest noch keine
Lösegeldforderung geschickt.

Das wird er auch nicht tun.

Wieso sollte er sie dann entführen,
wenn er kein Geld will?

Er will mehr als das. Ich dachte, das wäre dir zwischenzeitlich
auch endlich aufgefallen.
Deshalb braucht er sie auch lebend.

Lebend wird sie ihm jeden Tag zur
absoluten Tortur machen.

Das will ich doch hoffen.
Noch mehr hoffe ich allerdings,
dass sich endlich ein Hinweis auftut,
der dazu führen wird, dass wir ihn finden.

Aus genau diesem Grund hatten wir uns nun auch alle in Atlas' Büro versammelt. Wir drei Wölfe, Alvaro und Thiago. Mehr Personen gab es gerade nicht, denen wir blindlings vertrauen konnten, und dementsprechend wichtig war es, dass wir uns gegenseitig auf dem Laufenden hielten, wenn wir schon nicht alles daransetzten, miteinander zu arbeiten.

Alvaro räusperte sich zuerst, weil außer ihm anscheinend niemand das Wort ergreifen wollte. »Es herrscht Unsicherheit. Egal, wohin man hört, niemand ist sich sicher, ob sie vor euch oder vor Cyrus mehr Ehrfurcht haben sollen. Euer zurückliegendes Vorgehen hält sie aktuell noch zurück, aber wenn ihr nicht bald erste Erfolge verzeichnet, was Bailey anbetrifft ... Ich glaube, es wird immer wahrscheinlicher, dass wichtige Schlüsselfiguren die Seiten wechseln.«

»Damit haben eure Väter damals auch gewonnen. Sie haben den ganzen Leuten keine andere Wahl gelassen«, schaltete sich Thiago ein.

Es war kein guter Zeitpunkt, das zu erwähnen. Oder mit dieser Geschichte ihre Vermutungen zu untermauern.

Denn uns darauf hinzuweisen, dass wir geradewegs auf den Untergang eines Imperiums zusteuerten, das unsere Väter mühevoll aufgebaut hatten ... einfach keine gute Idee.

Vor allem Atlas schien die Aussagen und die Bedeutung darin nicht sonderlich gut aufzunehmen.

»Dann müssen wir eben noch härter durchgreifen. Ein paar Leichen auftauchen lassen, die Kubaner unter Druck setzen, dafür sorgen, dass sie Angst bekommen. Irgendwann muss Cyrus sein hässliches Gesicht zeigen, und dann warten wir bereits mit gezogenen Waffen darauf, ihm die Haut bei lebendigem Leibe abzuziehen.« Atlas begab sich auf einen Weg, den zuletzt unsere Väter eingeschlagen hatten.

Gewalt hielt die Stadt seit jeher auf der richtigen Linie, das war nicht abzustreiten. Doch sie war seit Jahren nicht mehr derart exzessiv dazu eingesetzt worden, um Angst und Schrecken zu verbreiten.

»Heißt das, ich darf jetzt rausgehen, mir irgendjemanden schnappen und ein paar Stunden in unserer neuen Lagerhalle mit ihm verbringen?«, fragte ich und holte das Messer hervor, das ich Remo vor Kurzem noch in die Schulter gerammt hatte.

Vielleicht hatte ich Glück und fand ihn noch einmal, um mein Werk somit zu vollenden?

Bishop sah mich mit hochgezogener Augenbraue an. »Ich halte es für keine gute Idee, wenn wir jetzt vollständig in den Killermodus schalten. Wir dürfen nicht vergessen, dass es auch noch Behörden gibt ... und unschuldige Menschen, die rein gar nichts mit alldem zu tun haben.«

»Interessiert mich bloß nicht«, knurrte Atlas. »Und dich sollte es auch nicht jucken, wenn du Bailey jemals wieder durch diese Villa spazieren sehen willst.«

Die unterschwellige Drohung in seinen Worten entging keinem der Anwesenden. Beschwichtigend hob ich die Hände. So kamen wir nicht weiter. Es war keine Lösung, uns gegenseitig zu bekriegen, nur weil die Wut auf den Mann, der uns bestohlen hatte, uns blind werden ließ.

»Es macht keinen Sinn, wenn jeder von uns eine andere Richtung einschlägt. Entweder wir stehen geschlossen hinter einer Sache, oder ...« Ich ließ den Satz absichtlich unvollendet. Sie würden sich beide schon jeweils ein Ende für meine Aussage denken können.

Du solltest auf Atlas' Seite bleiben.

Und Bishop damit ausschließen?
Wir sind wie Brüder. Keiner von uns
sollte in dieser Sache allein sein.
Sie trifft uns alle. Hart.

Aber die Wege, die er einschlägt ...

Misch dich nicht ein.

Meine Hand glitt automatisch vom Sofa herunter, hin zu Liko, der zu meinen Füßen ruhte. Als Bailey noch hier gewesen war, war der Dobermann weniger anhänglich gewesen. Hatte sich überall im Haus und auf dem Grundstück seine Schlafplätze gesucht. Inzwischen wich er mir nicht mehr von der Seite, folgte mir sogar ins Bad.

Ich strich über seinen Kopf und versuchte, die beruhigende Wirkung dahinter zuzulassen.

»Dafür müsstet ihr erst einmal eure Wut herunterschlucken, um klar denken zu können. Nicht immer so impulsiv handeln wie kleine Kinder, die sich über ein geklautes Spielzeug aufregen.« Bishops Worte standen einige Sekunden im Raum, ohne dass sich jemand traute, überhaupt zu atmen.

Ich starrte ihn fassungslos an. Alvaro hatte den Blick abgewandt, Thiago sah so aus, als würde er den Raum gerne auf dem schnellsten Weg verlassen, und Atlas, nun, er sprang ihm wohl jeden Moment ins Gesicht und schlug ihm den Schädel ein.

Ein Teil von mir konnte das, was Atlas in diesem Moment zweifelsohne empfand, verstehen. Ein anderer Teil erkannte aber auch, worauf Bishop hinauswollte. Gewissermaßen hatte er mit seiner Aussage recht.

Die letzten Tage über waren wir in verschiedene Richtungen davon gestoben, alle ganz versessen auf die beste Lösung. Dabei hatten wir nicht eine einzige Möglichkeit gefunden – nicht mal einen Anhaltspunkt, der uns einen Schritt näher an unser gemeinsames Ziel gebracht hätte.

Wir verfolgten doch noch ein gemeinsames Ziel, oder nicht? Wir alle wollten, dass Bailey wohlbehalten zu uns zurückkehrte, und wir dort weitermachen konnten, wo wir aufgehört hatten. Es ging nicht nur darum, die Kubaner und ihre Anhänger ein für alle Mal in ihre Schranken zu verweisen, sondern viel mehr auch darum, unser Rudel endlich zu vervollständigen, damit wir das Leben führen konnten, von dem unsere Väter immer geträumt hatten.

Beschwichtigend hob ich die Hände, bevor Atlas wirklich etwas tat, was er am Ende des Tages bereuen würde. »Er hat ja nicht Unrecht, Atlas. Momentan macht jeder von uns irgendetwas, ohne dass die anderen vollständig davon im Bilde sind. Das war vorher anders. Du hast das Rudel geleitet, wir haben für die Umsetzung deiner Befehle gesorgt. Gerade ist niemand ganz bei der Sache, und ich glaube nicht, dass wir Bailey mit diesem Verhalten retten können.«

Es spielte nämlich keine Rolle, wer Bailey rettete – es ging einzig und allein darum, dass sie wieder wohlbehalten nach Hause zurückkehrte.

Bist du dir sicher? Vielleicht glauben sie,
sie können Bailey für sich beanspruchen,
wenn sie sie von Cyrus befreien.

Bullshit. Darüber haben wir gesprochen.
Hier geht es nicht um männlichen Stolz,
sondern um unsere Unfähigkeit,
mit Emotionen umzugehen.

Du bezeichnest das als Emotion?

Meinetwegen kannst du es auch als Aggressionsproblem
bezeichnen, ist mir egal.
Solange du endlich damit aufhörst,
mir einreden zu wollen, dass sie mir
irgendetwas wegnehmen wollen.

Aber woher weißt du zu
einhundert Prozent, dass dem nicht so ist?

Ich vertraue ihnen, Daisy.
Seit Jahren. Daran wird auch eine Frau

nichts ändern, obwohl dir das sicher gut in den Kram passen würde.

Wie immer suchte Daisy sich den absolut unpassendsten Zeitpunkt aus, um mir auf die Nerven zu gehen. An manchen Tagen waren ihre Kommentare zwar erheiternd, aber zur Zeit meist einfach nur lästig und kosteten mich jede Menge Nerven.

Nerven, die ich gerade nicht besaß, weil ich alles darauf verwenden musste, nicht verrückt zu werden vor unausgesprochenen Sorgen.

Mein Blick glitt zu Atlas und über sein angespanntes Gesicht. Die Tattoos auf seiner Haut wirkten heute besonders dunkel, ebenso wie seine Augen. Sein Kiefer war angespannt und an seinem Hals trat eine Ader hervor, die ich dort noch nie zuvor bemerkt hatte.

Als er das Wort ergriff, klang er gepresst. »Schön. Dann gehen wir zur alten Tagesordnung über. Kade und ich hatten ein Gespräch mit Remo. Er wird dir eine Zusammenfassung davon geben, sobald der offizielle Teil vorüber ist.«

»Ich war auf dem Highway unterwegs und hab dieselbe Abfahrt genommen wie sie, um zu sehen, ob es danach noch irgendwelche Überwachungssysteme gibt, mit denen man hätte arbeiten können. Aber ... nichts. Man könnte es an Tankstellen versuchen, aber der Radius wäre womöglich zu groß. Ich glaube auch nicht, dass er dumm genug war, sie irgendwo anhalten zu lassen«, erzählte ich.

Egal, wie erschöpft ich zwischendurch auch war, ich konnte einfach nicht still herumsitzen und darauf warten, dass irgendetwas geschah. Niemand von uns konnte das.

»Thiago und ich haben mit einigen alten Kontakten unseres Vaters gesprochen, aber Cyrus handhabt seine Privatsphäre ähnlich wie ihr. Es gibt kaum Leute, die wissen, wo er wohnt, und an jene, die es wissen, kommt man nicht heran.« In Situationen wie diesen wünschte ich mir ein geheimes Telefonbuch, das all die Adressen der bösen Kerle listete.

Bishop verschränkte die Arme, lehnte sich zurück, den Blick stur geradeaus gerichtet. Er wirkte ein wenig zufriedener als noch Minuten zuvor, aber seine gesamte Ausstrahlung verriet ihn. Irgendetwas hatte er uns noch nicht mitgeteilt. Angesichts der steilen Falte zwischen seinen Augenbrauen war ich mir sicher, dass er genau wusste, wie wenig es uns gefallen würde.

»Spuck's schon aus«, forderte ich ihn auf.

Atlas sah mich fragend an, also nickte ich in Bishops Richtung, um ihn auf seine angespannte Haltung aufmerksam zu machen.

Er schüttelte den Kopf. »Es wird euch nicht gefallen, aber ich habe mich dazu entschlossen, mit Morgan Vargas zusammenzuarbeiten. Er ist immerhin ihr Ziehvater und wenn wir ihn auf Abstand halten, verärgern oder bedrohen ... Ich glaube, das würde Bailey nicht gefallen.«

Perplex blinzelte ich. Atlas hatte den Mann bedroht. Ihm unmissverständlich klar gemacht, dass er den nächsten Tag nicht erleben würde, wenn er sich einmischte. Und Bishop besaß die Eier, um seinerseits direkt auf ihn zuzugehen und sogar eine verdammte Arbeitsgruppe mit ihm zu eröffnen? *Special Task Force Vargas and Walsh* oder wie? Ich stieß ein Schnauben aus, was sich kurzfristig in ein ungläubiges Lachen verwandelte.

»Und, wie viele nützliche Informationen hat er dir bisher zugetragen? Ich bin gespannt. Erleuchte uns.« Ich konnte den Hohn aus meiner Stimme nicht heraushalten, vor allem nicht, nachdem ich Atlas angesehen und bemerkt hatte, dass er mittlerweile wirklich im Begriff war, Bishop in Handgreiflichkeiten zu verwickeln.

Der Mann hatte echte Probleme – und damit meinte ich nicht Atlas.

»Ist ja nicht so, als hätten wir irgendwelche Ergebnisse vorzuweisen«, knurrte er und sprang auf. »Reißt euch zusammen und seht ein, dass es manchmal notwendig ist, den eigenen Stolz zurückzustellen. Morgan ist wichtig für sie. Also ist er auch für uns wichtig, egal, ob es euch nun in den Kram passt oder nicht. Entweder ihr akzeptiert, dass er mit uns zusammenarbeitet, oder –«

»Oder was?«, zischte Atlas nun und erwachte damit aus seiner temporären Stille.

»Oder ich arbeite mit ihm allein an der ganzen Angelegenheit.«

Das hat er nicht gesagt.

Ah. Also hast du es auch gehört.

Natürlich. Was tust du jetzt?

Du meinst, außer die Hände zu Fäusten
zu ballen und mir zu verkneifen,
sie ihm ins Gesicht zu donnern,
damit er wieder zur Vernunft kommt?

Ja.

Tief durchatmen und auf Atlas' Reaktion warten.

Sie erfolgte prompt. Das Klicken einer Waffe, die entsichert wurde, ertönte.

»Raus.« Der Lauf von Atlas' Pistole zeigte auf Bishops Kopf.

Ich hielt den Atem an.

Wieso hatte er es noch einmal für eine gute Idee gehalten, seine jahrelangen Verhaltensmuster ausgerechnet heute umzukrempeln?

Seine Drohung stand für fünf Sekunden im Raum, bis Bishop die Hände hob und sich zur Tür wandte. »In Ordnung.«

»Vergiss nicht, wer deine Familie ist, Arschloch!«, rief ich, bevor er hinaustrat. Als Nächstes donnerte meine Faust auf die Lehne der Couch.

Liko hob kurz den Kopf, entschied allerdings genauso schnell, dass es ihn nichts anging und legte sich wieder hin.

Atlas stieß ein wütendes Schnauben aus und schüttelte den Kopf. »Das kann nicht sein Ernst sein.«

»Ich glaube, er hatte in den letzten Monaten immer wieder Probleme mit sich und seinem Platz in dieser Welt, wenn ich das so sagen darf.« Alvaro sah unangenehm berührt aus, als er das Thema anschnitt.

»Das ist kein Grund für ... das.« Ich gestikulierte vor mir in der Luft, weil mir die passenden Worte fehlten.

»Trotzdem gibt es einen Konflikt, der ihn beschäftigt.« Alvaro zuckte mit den Schultern.

Manchmal war es lästig, dass er sich nicht nur als Sicherheitsmann eignete, sondern auch als Hobbypsychologe.

»Wir alle haben Probleme. Das heißt noch lange nicht, dass wir plötzlich mit Außenstehenden zusammenarbeiten und uns wie absolute Idioten benehmen. Er fällt uns gerade offenkundig in den Rücken – vor allem mit dieser lächerlichen Drohung.« Ich wollte gerade aufstehen und einen Rundgang durch den Raum machen, als die Tür aufflog.

Bishop stürmte herein. Alle Köpfe drehten sich fragend in seine Richtung.

»Die Cops haben den *Infiniti* gefunden. Im See bei South Bay. Hundert Meilen von hier.«

Eine eisige Hand legte sich um meine Eingeweide. »Gibt es … also … haben sie Leichen gefunden?«

Bishop schüttelte den Kopf. »Bisher nicht.«

BISHOP

Just like in the movies.

Ich beobachtete den See, die zahlreichen Cops und den Kran, an dessen Ende gerade der *Infiniti* baumelte. Einige Algen klebten daran, ansonsten sah man dem Wagen allerdings nicht an, dass er knapp eine Woche unter Wasser verbracht hatte.

Nicht dass er jetzt noch zu etwas zu gebrauchen wäre.

Das ganze Spektakel der Bergung hatte ungefähr drei Stunden gedauert, und diese Zeit hatte ich erfolgreich genutzt, um mich gedanklich von dem abzulenken, was vorhin in der Villa vorgefallen war.

Atlas, der einfach seine Waffe zog, sie auf mich richtete, mit der unmissverständlichen Intention, mir Schaden zuzufügen, wenn ich nicht das tun würde, was er verlangte. Das war neu. Und flößte mir, so ungern ich es zugab, eine Art von Respekt vor ihm ein, den ich bisher nicht gehabt hatte.

Wir waren Brüder. Beste Freunde. Nur selten sah ich ihn wirklich als unseren Boss an, auch wenn er eben genau das war. Mehr noch: An erster Stelle war er eigentlich immer Boss gewesen, nicht Familie.

Heute hatte ich zum ersten Mal am eigenen Leib erfahren, wie es sich anfühlte, wenn Atlas' Zorn sich auf einen richtete. Keine schöne Erfahrung.

Trotzdem hielt ich an meiner Einstellung fest. Wir brauchten Morgan. Wir mussten wie ein intaktes Rudel agieren, ansonsten öffneten wir unseren Feinden die Haustür, baten sie praktisch darum, sich für das nächste Massaker selbst einzuladen.

Die Cops wussten von meiner Anwesenheit, dafür hatte Atlas mit einem schnellen Anruf bei seinem Bekannten gesorgt. Sie hatten auch Anweisungen erhalten, mich über die aktuellen Entwicklungen auf dem Laufenden zu halten, also wunderte es mich nicht, als einer von ihnen zielstrebig auf meinen Wagen zukam, die Beifahrerseite öffnete und auf den Sitz rutschte. Allein das bewies, wie viel Geld an diese Truppe floss.

Ich hatte meinen Standort klug gewählt. Verdeckt, aber so, dass ich einen guten Blick auf alles hatte. Dass er mich auf Anhieb entdeckt hatte, bewies, wie gut er seinen Job erledigte. Oder Atlas hatte einfach meinen Standort freizügig weitergegeben.

»Die werden den Wagen jetzt abstellen und dann geht die Spurensicherung ran. Wir werden den Fall so behandeln, als hätten wir einfach irgendein Auto im See gefunden. Wird 'ne Weile dauern, bis wir den Halter ermittelt haben und von da aus gibt es jede Menge Papierkram. Irgendwann wird natürlich auffallen, dass Miss O'Hara nicht aufzufinden ist ... spätestens dann müssen wir Maßnahmen einleiten. Bisher hat keiner meiner Männer die umliegenden Gebäude zwecks Überwachungsmaterial aufgesucht. Wenn Sie also die Zeit nutzen wollen, Mr. Walsh ...« Der junge Mann gab die Informationen so konzentriert und emotionslos wieder, dass ich mir kurz die Frage stellte, ob ich überhaupt mit einem Menschen sprach.

Schließlich nickte ich. »Danke. Auch für die Mitarbeit Ihrerseits. Das wissen wir sehr zu schätzen. Ihnen sind nicht zufällig Informationen über einen sogenannten Cyrus Fender bekannt?«

»Steht er im Zusammenhang mit der Straftat?«

Ich sparte mir die Antwort darauf, und mein Gegenüber nickte verstehend.

»Sie meinen den kriminellen Gangsterboss, der in den letzten Monaten häufiger in Straftaten innerhalb Miamis und darüber hinaus verwickelt war?«

»Ich schätze schon. Was hat der Staat gegen ihn vorliegen?«

»Außer dem dringenden Haftbefehl?«

Ich zog eine Augenbraue nach oben. »Ja?«

»Delikte wegen Körperverletzung, Raub, Betrug, Menschenhandel, Mord und ungefähr ein Dutzend weiterer Fälle.«

»Und die sind nicht nur in Miami verübt worden?« Na, wenn das Mal nicht interessante Neuigkeiten waren.

»Sarasota, Saint Petersburg, North Naples, Buckhead Ridge, Daytona Beach, Pensacola, Tallahassee ... es gab noch weitere, aber ich kenne nicht alle Fälle auswendig. Soll ich eine Kopie der Akte anfordern, Mr. Walsh?« Sein Vorschlag klang ganz so, als wäre es vollkommen normal, das anzubieten.

»Insofern es Ihnen keine Umstände bereitet«, entgegnete ich.

»Selbstverständlich nicht. Geben Sie mir ein paar Stunden, ja?«

Bevor ich darauf etwas erwidern konnte, war er bereits wieder aus dem Wagen gestiegen und auf dem Weg zurück ans Ufer des Sees, wo sich immer mehr Menschen versammelten. Nicht nur Cops – auch Schaulustige, die unbedingt wissen wollten, was es mit dem versenkten Wagen auf sich hatte.

Ich schrieb eine kurze Nachricht an Atlas, informierte ihn darin über den aktuellen Stand der Dinge, meldete mich kurz bei Thiago, der ebenfalls auf dem Gelände unterwegs war, und stieg dann aus. Die Schutzmaßnahmen, die Atlas angeordnet hatte, erschienen mir zwar übertrieben, doch ich legte es nicht unbedingt darauf an, noch einmal mit ihm aneinanderzugeraten. Nicht heute. Nicht, nachdem er die Waffe gezogen und seinen Standpunkt auf diese Weise klargemacht hatte.

Innerlich bereitete ich mich auf besonders freundliche Gespräche mit den Inhabern der umliegenden Läden vor, denn es würde vermutlich nicht einfach sein, sie dazu zu überreden, ihr Material herauszugeben. Zumal die Cops sich in Sichtweite befanden, und jeder normal denkende Mensch auf die Idee kommen würde, dass auch sie nach den Materialien fragen würden.

Egal. Ich musste mein Glück versuchen, bevor es zu spät war und ich am Ende leer ausging.

Ich startete den Videocall mit Atlas, Kade und Alvaro. Thiago saß bereits neben mir im Wagen und hatte den Laptop auf dem Schoß. Wir hatten das Video bereits gesehen, konnten es aufgrund seines Dateiformats aber nicht ohne Weiteres an den Rest schicken.

Also mussten sie sich die interessante Stelle auf diese Weise ansehen.

»Ich glaube, er hat einfach nicht damit gerechnet, dass es in einem Kaff wie diesem Läden mit Überwachungskameras gibt«, murmelte ich und deutete auf das Video.

Man sah den *Infiniti* und zwei Menschen, die am Ufer standen. Es war kein sonderlich spannendes Video, zumindest nicht bis zu dem Zeitpunkt, in dem Cyrus Bailey mit einem Stück Treibholz auf den Kopf schlug – und sie daraufhin bewusstlos in sich zusammensackte.

Danach ging alles ganz schnell. Ein dunkler Geländewagen fuhr vor – ohne Kennzeichen – Cyrus stieg ein, ein weiterer Typ aus. Bailey wurde vom Boden aufgesammelt, ebenfalls in den Wagen verfrachtet, und dann verschwand der auch schon aus dem Bild, während im Hintergrund der *Infiniti* komplett unter Wasser sank.

»Das gibt uns keine wirklichen Anhaltspunkte«, murmelte Kade.

»Warum sollte er nach South Bay fahren? Das ist am Arsch der Welt. Hier gibt es nichts«, warf ich ein. »Der Cop vorhin hat noch einen weiteren Ort genannt, der zufällig ebenfalls am Okeechobee liegt. Das ist der nächst größere See hier in der Gegend.«

»Der Ort hat gerade mal tausendvierhundertfünfzig Einwohner. Wieso sollte er genau dort eine Straftat begehen?« Thiago wedelte mit der Akte, die der Polizist uns zugespielt hatte. »Das ergibt alles keinen Sinn, außer er hält sich dort in der Nähe auf. Die übrigen Orte sind größere Städte.«

Für mich klang das zumindest halbwegs plausibel. »Zumindest etwas. Eine Spur, die wir überprüfen können.«

»Was willst du jetzt tun? Ans Ende der Welt fahren, dort an beliebige Haustüren klopfen, um nachzufragen, ob sie einen Cyrus Fender kennen? Zufälligerweise?« Atlas schien von der grundlegenden Idee weniger begeistert zu sein.

»Kommt erst einmal zurück. Bringt die Akte und das Video mit, und dann unterhalten wir uns hier vor Ort darüber, was der nächste logische Schritt sein wird.«

Es gefiel mir nicht, aber ich nickte schließlich mit einem Zögern. Es wäre einfacher gewesen, nach Buckhead Ridge zu fahren, sich dort umzusehen, umzuhören, als einfach die nächsten Schritte zu planen.

Die Wahrscheinlichkeit, dass ich mit meiner Vermutung richtiglag, ging sowieso gegen null. Es hätte mit Sicherheit nicht geschadet, sie einfach zu überprüfen und dann abzuhaken.

Atlas beendete den Call und mein Blick glitt zu Thiago.

»Er war schon immer so. Momentan kommt es nur besonders auffällig zur Geltung«, sagte er und zuckte mit den Schultern.

»Was willst du mir damit sagen?«

»Dass du aufhören musst, dich zu fragen, ob das Rudel überhaupt der richtige Platz für dich ist. Es gibt keine andere Familie, in die du eher passen würdest, und auch wenn es momentan nicht leicht ist ... ich glaube, mit Bailey und einer grundlegenden Umstrukturierung wird es auch keinen Ort mehr geben, an dem du dich wohler fühlen könntest.«

Als Antwort gab ich ein Brummen von mir und startete den Wagen. Wieso glaubte er überhaupt zu wissen, was in mir vorging?

BAILEY

Could you just not ...

»Du hältst dich für so schlau, nicht wahr?« Cyrus war vor dem Käfig in die Hocke gegangen und starrte mich unverhohlen belustigt an.

Ich starrte zurück, ignorierte die Tatsache, dass ich gestern mit dem Elektroschockteil am Fuß aufgewacht war – dazu höllische Kopfschmerzen, die immer noch anhielten. Ich war zu stolz, um nach Schmerztabletten zu fragen. Oder Wasser. Oder irgendetwas Essbares.

Bevor ich diesen Mann anbettelte, mir etwas davon zu geben, starb ich lieber einen grausamen Tod.

Ich biss die Zähne fest aufeinander, damit ich nicht doch auf seine Aussage antwortete.

»Irgendwie habe ich fest damit gerechnet, dass du versuchen wirst, abzuhauen. Es war trotzdem spaßig, dir dabei zuzusehen. Soll ich dir etwas verraten, Bailey? Selbst, wenn du vom Grundstück heruntergekommen wärst, hättest du meilenweit nichts gefunden. Keine Zivilisation.«

Aber Wasser. Und irgendwelche Kleintiere, die sich zum Verzehr eigneten und mich bei Kräften hielten, bis ich die Zivilisation fand, von der er gerade behauptete, dass es sie nicht gab.

Ich hielt weiter daran fest, ihm nicht zu antworten. Sollte er doch solange reden, wie er wollte. Wenn er davon ausging, dass er mich mit seinen langweiligen Worten und dem Elektroschocker im Zaum halten konnte, war alles in Ordnung und weiterhin ein Vorteil für mich.

»Als wir in deinem Büro waren, hab ich dir versprochen, dass ich dir das wilde Tier, das dir diese Straßenköter antrainiert haben, schon wieder austreiben werde. Deshalb wirst du auch die Schneiderin treffen und eine Frisörin. Du wirst zulassen, dass sich meine Haushälterin um deinen Körper kümmert. Momentan wirkst du leider nicht so anziehend auf mich.«

Ich hob die Augenbrauen. Als wäre meine Existenz darauf ausgelegt, auf ihn Attraktivität auszustrahlen. Mein Blick wanderte zu der kleinen Fernbedienung, die er locker in seiner Hand hielt. Ich kannte ihren Zweck und den Schaden, den sie anrichten konnte, wenn er nur den Knopf drückte und damit einen Schock durch meinen Körper jagte.

Vielleicht hatte die Frau nicht gelogen. Vielleicht war die Voltzahl so hochdosiert, dass ich auf der Stelle tot umfiel.

Gerade kam mir diese Vorstellung sehr verlockend vor. Mit jedem Tag, den ich in diesem Käfig verbrachte, wurde mir bewusster, dass Cyrus das alles nur tat, um den Wölfen Schaden zuzufügen. Er versuchte, sie mit meiner Entführung und der Gefangenschaft zu beeinflussen. Selbst der Zweck der Hochzeit ... symbolisch Macht absprechen – Macht, die automatisch zu seiner werden würde, wenn das Imperium langsam in sich zusammenbrach.

Womöglich war es gar nicht so verkehrt, die Wirkungsweise des Elektroschocks auszutesten. Wenn ich starb, rettete ich dem Rudel damit im besten Fall noch den Arsch. Sie würden sich schon daran gewöhnen, dass sie wieder allein leben mussten. Was waren zwei Wochen gemeinsames Zusammenleben schon, wenn dem Jahre gegenüberstanden, die sie ohne mich verbracht hatten?

»Sag mir, was in deinem hübschen Kopf vorgeht, Bailey? Ich kann sehen, dass du über etwas nachdenkst, und es sind nicht meine Worte.«

Ich presste die Lippen fester aufeinander. Wenn ich starb, hätte er kein Druckmittel mehr gegen die Wölfe. Die Macht, die er sich durch die Hochzeit erhoffte, existierte dann nicht länger. Meine Männer hätten keinen Grund mehr, nach mir zu suchen, könnten sich stattdessen voll und ganz darauf konzentrieren, Cyrus Fender zur Strecke zu bringen.

Ein Vorteil nach dem anderen sprang mich an, und je länger ich in seiner Gegenwart darüber nachdachte, desto sinnvoller erschien mir mein eigener Tod.

»Schön. Dann unterhältst du dich eben nicht mit mir. Spätestens am Altar solltest du deine Zähne aber auseinanderbringen, um mir das Ja-Wort zu geben. Sonst bekommen wir echte Probleme miteinander, Wolfsmädchen.« Cyrus erhob sich und klatschte tatkräftig in die Hände, ehe er sich umwandte und nach draußen ging.

Diesmal erlosch das Licht nicht wieder, sondern brannte weiterhin gleißend hell von der Decke.

Ich stieß den angehaltenen Atem aus, drehte meinen

Kopf, bis die Muskulatur in meinem Nacken knackte und schloss dann die Augen. Für den Moment hatte ich meine Ruhe vor ihm, doch sobald ich mich schlecht benahm oder Anstalten machte, ihm wieder abzuhauen, würde er mit der kleinen Fernbedienung in seiner Hand auftauchen …

Würde er zögern, den Knopf zu drücken, weil er wusste, was er mit meinem Tod verlor?

Oder wäre es ihm in der Sekunde egal, weil er seinen Standpunkt so oder so klarmachen würde?

Als Alternative blieb letztendlich nur noch, dass er gelogen hatte, und die Kraft, die hinter dem kleinen Gerät steckte, gar nicht die war, die er mir vormachte. In diesem Fall allerdings würde ich genug andere Möglichkeiten finden, ihn so weit zu provozieren, dass er eine falsche Entscheidung treffen und mein Leben für mich beenden würde.

Zumindest kalkulierte ich damit.

Ich hörte, wie Ylva sich in ihrem Käfig bewegte und wandte automatisch den Blick in ihre Richtung. Ihre helle Haut stand im starken Kontrast zu ihren dunklen Haaren, und obwohl sie tatsächlich einige Jahre älter war als ich, sah man vor allem um ihre Augen herum einen jugendlichen Touch, den viele Erwachsene verloren, sobald sie den Ernst des Lebens akzeptierten.

Sie schloss ihre Finger um die Gitterstäbe und sah mich unverhohlen an. »Wie hat er dich gerade genannt?«

Mit einem Augenrollen winkte ich ab. »Unwichtig.«

»Nein! Wiederhol es.«

Ich seufzte. »Er hat mich Wolfsmädchen genannt.«

»Weißt du, wieso er das getan hat?«, bohrte sie nach.

Abermals verdrehte ich die Augen. Als wären die Hintergründe von Relevanz. Als würde sie als Europäerin überhaupt irgendetwas davon verstehen.

»Das ist doch vollkommen egal. Es ändert nichts an der Situation.«

»Erst die Straßenköter. Dann die wilde Seite. Jetzt das Wolfsmädchen«, zählte sie mit drängendem Unterton auf. »Kommt dir irgendetwas daran bekannt vor, wenn ich dir sage, dass mein vollständiger Name Ylva Wallin ist?«

Mein Blick schoss zu ihr, doch dann musste ich lachen. »Ist das ein billiger Trick von Cyrus? Jeder in Miami kennt Atlas' Nachnamen.«

»Dummes Mädchen!«, zischte sie plötzlich und schlug mit der flachen Hand gegen die Gitterstäbe. »Als hätte er genügend Gehirnzellen, um sich so etwas auszudenken. Außerdem könnte ich dir auch den Nachnamen seines Vaters nennen.«

Ich schüttelte den Kopf, beschloss aber, zumindest für ein paar Minuten mitzuspielen. »Schön. Ich nehme mal an, du bist, wer du behauptest zu sein. Wo ist dann dein Mal?«

Obwohl die Entfernung zwischen den Käfigen sich in den letzten Tagen nicht verändert hatte, konnte ich sehen, wie in ihren Augen etwas aufblitzte. Sie drehte sich um, zog den Träger ihres Tops nach unten und legte den Wolfskopf frei, den ich von Atlas, Bishop und Kade kannte – und der sich eigentlich auch auf meiner Schulter hätte befinden sollen.

Ich wurde skeptisch. Was, wenn Cyrus das Mal gefälscht hatte? Wenn es gutes Make-Up war, dessen Echtheit sich auf die Entfernung einfach nicht erkennen ließ? Bishop hatte wegen guten Make-Ups meine Narben auch nicht bemerkt.

»Jetzt bist du dran«, forderte sie, nachdem sie sich wieder herumgedreht hatte. Also wiederholte ich das, was sie getan hatte – wohlwissend, dass sie außer einem Geflecht aus Narben nichts erkennen würde. Und das war kein Beweis für irgendetwas.

»Und jetzt?«, fragte ich belustigt.

»Jetzt beantwortest du mir nur eine Frage: Wie kommt es, dass dieser Mann glaubt, mein Rudel mit jemandem wie dir unter Druck setzen zu können?« Die Abneigung, die plötzlich in ihrer Stimme zu hören war, jagte mir eine eisige Gänsehaut über den Körper.

So verärgert wie sie mich gerade musterte, konnte ich mir gut vorstellen, was das Rudel meinen Vater wirklich gekostet hatte.

»Nicht, dass ich freiwillig dazugestoßen wäre. Man hat mich gewissermaßen … überredet. Eine finale Entscheidung stand noch aus«, knurrte ich.

Wieso fühlte ich mich auf einmal so defensiv? Als müsste ich meine Zugehörigkeit verteidigen, weil Atlas' Mutter der Meinung war, dass ich im Rudel ihres Sohnes nichts verloren hatte.

Jetzt, da ich mir ziemlich sicher war, dass sie nicht log, fielen mir auch die Ähnlichkeiten zwischen ihr und Atlas auf. Den Rest musste er wohl von seinem Vater geerbt haben, trotzdem waren sie nicht zu übersehen, wenn man denn beide kannte.

»Ich verstehe nicht.« Das war alles, was sie dazu sagte.

Ich zuckte mit den Schultern. »Musst du auch nicht.«

Allerdings brachte es meinen zuvor gefassten Plan ins Wanken. Wusste Atlas, dass Cyrus auch seine Mutter in seiner Gewalt hatte? Was, wenn er sie statt meiner als Druckmittel benutzte und damit noch erfolgreicher war, schlichtweg weil wir hier von seiner Mutter sprachen?

Ich rümpfte die Nase. Plötzlich war es keine gute Idee mehr, mein Leben aufs Spiel zu setzen. Stattdessen sollte ich vielleicht alles daransetzen, uns aus diesen Käfigen und der Villa zu befreien, um ihm somit gleich beide Druckmittel zu entziehen.

Das konnte ich bloß schlecht mit ihr besprechen, wenn Cyrus womöglich jedes Wort belauschte.

»Tut mir leid. Ich ... ich wusste ja die ganze Zeit nichts davon. Atlas tauchte eines Tages einfach in meinem Casino auf und bat mich um ein Gespräch. Um die lange Geschichte abzukürzen: Sie haben mir erzählt, wer mein Vater war. Außerdem erhofften sie sich wohl durch meine Anwesenheit, das Schwinden ihrer Macht aufzuhalten, zu ihrer alten Form zurückzukehren. Ich hatte einen Deal mit Kade. Zwei Wochen bleibe ich freiwillig, dann entscheide ich, wie es weitergeht. Es ist ja nicht so, als hätte ich mich winkend vor die Villa gestellt und darum gebettelt, aufgenommen zu werden. Ich kann mir ehrlich gesagt auch Besseres vorstellen als entführt zu werden, nur weil irgendein Idiot glaubt, dass es ihm dem Rudel gegenüber einen Vorteil bringt.« Wie gut es tat, die Worte auszusprechen, bemerkte ich erst, als ich es getan hatte.

»Also wissen sie, dass du entführt wurdest und suchen dich?«

»Davon gehe ich zumindest aus. Mein Vater ... Ziehvater ... *Morgan,* nicht Ramon, wird sicher auch nach mir suchen. Cyrus' Name ist auf den Überwachungsbändern.« Die Frage war nur, ob sie damit irgendeinen Erfolg verbuchen konnten, wenn Cyrus sich schon während der Fahrt so große Mühe gegeben hatte, seine Spuren zu verwischen.

»Als Ramon unser Zuhause damals an die Feinde verraten und Graysen an sie verkauft hat ... habe ich ihn darum gebeten, dass sie dich finden und nach Hause holen sollen. Ich hätte dich aufgezogen wie eine Tochter – bis sich herausgestellt hat, was für bleibende Schäden Ramons Taten bei Atlas hinterlassen haben. Ich weiß, es ist nicht deine Schuld, aber … «

Ich stieß ein Seufzen aus, unfähig die einzelnen Aussagen aus ihren Worten zu ziehen. »Die Vergangenheit lässt sich nicht ändern. Gegenwart und Zukunft schon. Und ich bin es leid, so zu tun, als würde sich nichts an ihnen wie Familie anfühlen.« Denn das tat es. Dazu brauchte es keine weiteren Wochen, die ich in ihrer Gegenwart verbringen musste. Dazu brauchte es auch keine Entscheidung oder sexuelle Eskapaden, die ich vor Atlas' Mutter geflissentlich unter den Teppich kehrte.

Diese Männer hatten mir etwas gezeigt, was ich zuvor nicht gekannt hatte. Das würde ich nicht wieder aufgeben, nur weil mein Vater zu dumm gewesen war, um zu erkennen, was er an diesen Menschen gehabt hatte.

»Ich bin gespannt, was mein Sohn dazu zu sagen hat«, antwortete sie, und es klang verdammt final.

Ich zuckte mit den Schultern. »Dasselbe wie ich, fürchte ich.«

Damit lehnte ich mich zurück, glitt in eine liegende Position und schloss die Augen. Der erste richtige Eindruck von Atlas' Mutter ließ zu wünschen übrig. Aber waren wir nicht beide aufgrund der aktuellen Umstände empfindlicher? Für den Moment konnte ich ihre Worte und die Schuldzuweisungen darin geflissentlich ignorieren.

Fest stand auch, ich musste mir dringend Gedanken darüber machen, wie wir aus dieser Lage herauskommen würden. Ich musste die Sache selbst in die Hand nehmen, konnte nicht einfach abwarten, bis sie uns fanden. Irgendetwas würde sich schon ergeben, das mir in Karten spielte und nicht Cyrus.

Die Auswahl des Brautkleides kam mir wieder in den Sinn, und die dazugehörige Ankündigung, ich sollte mich den Leuten, die sich um mich kümmern würden, unbedingt fügen, wenn ich nicht schlimmer leiden wollte.

Das waren Momente, die sich gut nutzen ließen, um die Umgebung in Augenschein zu nehmen. Vielleicht gelang es mir, eine der Frauen zu bestechen, vielleicht eröffnete sich eine zweite Möglichkeit zur Flucht, wenn sie einen Moment lang unachtsam wären.

Der Elektroschocker an meinem Fuß blieb zwar, aber den konnten sie mir zum Baden oder Duschen wohl kaum angelegt lassen. Es würde sich zwangsläufig eine Möglichkeit ergeben ... ein Zeitfenster, das ich nur richtig nutzen musste.

Ich dachte an Ylva und daran, dass ich sie unmöglich zurücklassen konnte. Sie gehörte zum Rudel, war Atlas' Mutter. Blieb sie hier, würde ich mir das nie verzeihen – und Atlas wohl genauso wenig. Ganz zu schweigen von Kade und Bishop, die ja auch irgendwie die Kinder dieser Frau waren.

Das machte die ganze Sache nicht leichter. Trotzdem hielt ich plötzlich nicht mehr an der Idee fest, mich selbst zu opfern ... sondern wollte alles dafür zu tun, lebend hier herauszukommen.

Tageslicht flutete den Raum, verfing sich in den Kleidern, die fein säuberlich an zahlreichen Kleiderstangen hingen. Der weiße Stoff glitzerte, Perlen funkelten daran und der Duft von frischen Blumen hing in der Luft.

Beinahe hätte die Szenerie mich getäuscht und eingelullt, dafür gesorgt dass ich mich wohlfühlte und meine Schutzmauern fallen ließ. Aber eben nur beinahe, denn die beiden Sicherheitsmänner, die vor der Tür postiert waren, erinnerten mich dann doch daran, wo ich mich befand.

Darüber konnte auch das Bad nicht hinwegtäuschen, das man mir erlaubt hatte zu nehmen. Ich fühlte mich frisch, sauber und einigermaßen bei Kräften, etwas, das ebenfalls ungewohnt war. Es half mir dabei, die Schmerzen in meinen Fußsohlen zu ignorieren und die Kopfschmerzen beiseite zu schieben, die mich mittlerweile konstant plagten.

Zur Abwechslung hatte mir die Frau – der ich entkommen war – sogar ordentliche Kleidung überlassen. Den Elektroschocker hatte sie mir nach dem Bad dennoch wieder angezogen ... und so fest gezogen, dass ich auf keinen Fall seine Existenz vergessen würde.

Erst als ich weiter in den Raum trat, bemerkte ich die beiden jungen Frauen, die vor einer Art Podest standen und sich miteinander unterhielten. Sie hatten sogar kleine Kuchen und eine Flasche Champagner inklusive Gläsern auf einer Etagere aufgebaut.

Unwillkürlich fragte ich mich, ob sie wirklich glaubten, dass das hier eine normale Brautkleidanprobe war. Hatten sie die Sicherheitsmänner nicht bemerkt? War ihnen entgangen, wie man mich vor die Tür geschleppt hatte? Würden sie den Ausdruck auf meinem Gesicht richtig deuten oder einfach annehmen, ich sei eine jener Bräute, die ihre Nervosität nicht ablegen konnte? Hatten sie den Kerl gesehen, den ich heiraten sollte?

So viele Fragen, auf die ich sicherlich keine Antwort erhalten würde, wenn ich mich nicht bemerkbar machte. Leise räusperte ich mich und prompt lag die Aufmerksamkeit beider Frauen auf mir.

»Du bist sicher Bailey, nicht wahr?«

»Wer sonst.«

Breit grinsend kam mir die Jüngere der beiden entgegen. »Du bist sicher furchtbar aufgeregt. Es ist immer ein besonderer Moment, wenn es darum geht, das passende Brautkleid zu finden. Und wie romantisch es ist, dass dein Zukünftiger dir ermöglicht, dass auch noch zu Hause zu tun.«

»Romantisch ... ja ... total.« Ich rang mir ein Lächeln ab und senkte den Blick auf mein Bein und den daran befestigten Elektroschocker, der kaum vom Stoff meiner Hose verborgen war.

Sie würden ihn bemerken, sobald es darum ging, mich auszuziehen und Kleider anzuprobieren.

»Wollen wir dann anfangen?«, fragte die eine und ich nickte abermals.

Irgendetwas sagte mir, dass ich das heute sehr oft tun würde, weil ich keine Lust darauf hatte, ihr irgendwelche Gefühle vorzuheucheln.

»Sollte es nicht auch eine Frisörin geben? Um auszutesten, welche Frisur am besten zum Kleid passt?«, hakte ich nach, als sie mich in Richtung der ersten Kleiderstange führte.

Lustlos glitt ich mit den Fingern über die verschiedenen Stoffe und sah mir halbherzig die Auslage an teuren Kleidern an, die die beiden Frauen mitgebracht hatten.

Keines davon war billiger als ein Mittelklassekleinwagen, dessen war ich mir bewusst, ohne einen Blick auf die Preisschilder zu werfen. Was ging in Cyrus' Kopf vor, wenn er solche Dinge tat?

Glaubte er wirklich, dass mir diese Auswahl gefallen würde? Oder wusste er, was für eine Tortur es war und erfreute sich an den seelischen Qualen, die er mir damit bereitete?

»Sie kommt vorbei, sobald die Kleiderwahl getroffen ist. Ist dir denn schon etwas ins Auge gefallen?«

Mit einem Mal wurde mir bewusst, wie ich die Situation zu meinem Vorteil nutzen konnte. Ließ ich mir irgendein Teil aussuchen, würde es sicher groß, üppig und mit viel Stoff ausfallen. Traf ich die Auswahl jedoch selbst, konnte ich darauf achten, wie locker es saß. Beinfreiheit war ebenfalls wichtig, nicht zu viele Schichten ebenfalls.

Wer wusste schon, was noch passieren würde? Ob ich in den nächsten Tagen nicht doch die Gelegenheit dazu bekam, einen neuen Fluchtversuch zu unternehmen. Und wenn es am Hochzeitstag war ... umso besser, wenn dort alle beeinflussbaren Umstände zu meinen Gunsten ausfielen.

Etwas motivierter ging ich die Reihen durch und sah mich nach den Kriterien um, die ich mir gedanklich gerade noch vorgehalten hatte. Ich nahm der jungen Frau, die mir auf Schritt und Tritt folgte, die kleinen gelben Zettel aus der Hand und begann damit, sie an verschiedene Kleider zu hängen.

Kurze Schnitte, sommerliche Stoffe.

Drei Stunden, zwei halbe Nervenzusammenbrüche und etliche Anproben später hatte ich endlich ein Kleid gefunden, das all meinen Vorstellungen entsprach. Ich konnte mich frei darin bewegen, bekam genug Luft, und wenn ich plante, spontan jemanden umzubringen, würde mir das Kleid dabei nicht im Weg sein. Beste Voraussetzungen, um doch noch irgendwie dieser Misere zu entkommen.

»Behalte das Kleid einfach an, die Frisörin kommt gleich rein. Unser Lieferant wird die Kleider morgen wieder abholen und den Rest klären wir mit deinem zukünftigen Mann. Er wird sicher hin und weg sein, wenn er dich darin sieht. Und wenn du dann auch noch den Schmuck anziehst, den wir für dich ausgesucht haben ... das wird toll. Ich wünschte, ich könnte sehen, was er sich für die Hochzeitszeremonie überlegt hat. Er hat da im ersten Gespräch ein paar Dinge angedeutet ... und ... hach, ich glaube, das wird filmreif. Ich bin neidisch.« Zum Ende ihrer kleinen Rede hin hörte ich ihr schon gar nicht mehr zu. Ehrlich gesagt wollte ich gar nicht wissen, was er sich überlegt hatte. Was er plante, wie er diesen ganzen Zirkus aufzog, um es mir so schrecklich wie möglich zu machen. Er gestaltete einen Tag, der ihm gefiel, der mich in eine Rolle zwängte, die ich niemals freiwillig eingenommen hätte.

»Wie auch immer, die Frisörin sollte jeden Moment hier auftauchen. Viel Spaß noch.« Damit verschwand nicht nur sie, sondern auch ihre Kollegin.

Und als dann die nächste junge Frau im Zimmer auftauchte, ebenfalls ins Schwärmen geriet und ihre Show abzog, spielte ich brav mit und nutze einen Moment ihrer Unachtsamkeit, um mir eine der Scheren zu schnappen und diese in meiner Unterhose zu verbergen – das Einzige, was ich am Ende des Tages noch anhaben würde, wenn der Weg wieder in den Käfig führte, da war ich mir sicher.

Sie würde auch am Morgen der Hochzeit wieder auftauchen und weil sie eine Tratschtante war, die sich im Gossip der reichen Leute besonders gut auskannte und vor allem wohlfühlte, wusste ich auch, dass sie ihr Smartphone immer bei sich trug – weil sie es sich von so ein paar Affen, wie den Sicherheitsmännern vor der Tür, sicher nicht abnehmen ließ.

Sie hielt sich für gerissen, aber letztendlich spielte sie mir mit ihrem Betrug einfach nur in die Karten. Damit sie mir vertraute – insofern das überhaupt möglich war – ließ ich sie am Ende sogar noch ein Foto von meinem Kleid machen, damit sie etwas hatte, was sie heimlich an all ihre Freundinnen schicken konnte.

Vielleicht war es dumm, die Gelegenheit verstreichen zu lassen. Sie nicht darum zu bitten, eine Nachricht an die Wölfe zu überbringen oder danach zu fragen, wo wir uns überhaupt befanden, aber ich wollte kein unnötiges Risiko eingehen. Ich musste sorgfältig abwägen, welche Schritte ich gehen konnte, und mit welchen ich mir womöglich selbst ins Bein schoss. Denn das konnte ich mir beim besten Willen nicht leisten. Dazu war zu wenig Zeit bis zur Hochzeit übrig. Und diese durfte unter keinen Umständen vollzogen werden. Ich würde vielleicht vor den Altar treten müssen und einen Teil des Zirkus' mitspielen, aber keineswegs würde ich von dort als verheiratete Frau wieder wegtreten. Eher griff ich doch auf meinen Plan zurück, mich selbst umzubringen. Vor Cyrus' Augen, vor denen aller Gästen, die er zweifelsohne geladen hatte – damit er auch sehen würde, was ihm durch die Finger glitt, in jenem Moment, in dem das Leben meinen Körper verließ.

Zynismus war nie meine Stärke gewesen, doch in den letzten Tagen hatte ich mich damit angefreundet. Irgendwie hielt er mich nicht nur bei Laune, sondern gab mir auch die nötige Motivation, um den ganzen Scheiß hier durchzustehen, ohne dabei verrückt zu werden. Oder mir konstant vor Augen zu halten, dass ich weder lebend noch unverheiratet aus dem Schlamassel herauskommen würde. Ich konnte nämlich nicht ohne Weiteres an das Gegenteil glauben – also gab ich mich mit einer neutralen Einstellung zufrieden, die es mir ermöglichte, Ruhe zu bewahren. Meine Nerven nicht zu verlieren.

Ich war immerhin Bailey. Ich war eine Wölfin. Und Männer wie Cyrus Fender besaßen nicht die Macht dazu, mich zu etwas zu machen, was ich nicht sein wollte.

Ich starrte das Sammelsurium an Tabletten an, das sich in einem kleinen Plastikbecher neben meinem Essen befand. Ich hatte seit Jahren keine Drogen mehr aus der Nähe betrachtet – sah man mal von Kades tic tacs ab –, konnte sie aber immer noch einwandfrei als solche identifizieren.

Das war nicht das erste Mal, dass sie auf meinem Essenstablett auftauchten. Mir war schon klar, was Cyrus damit bezwecken wollte, umso mehr Genugtuung verschaffte es mir, sie ein ums andere Mal in den Raum zu werfen und damit demonstrativ zu zeigen, dass er mich kreuzweise konnte.

Unter Drogen wäre es einfacher zu ertragen. So viel einfacher. Ich würde meine kraftlosen Muskeln nicht spüren. Meine aktuelle Situation vergessen. Mich davon abschotten können. Vielleicht würde es mir sogar gelingen, mich gedanklich so weit zurückzuziehen, dass ich zumindest dort zu den Jungs zurückkehren konnte.

Vielleicht spazierten sie aber auch hier rein und retteten mich – zumindest in dem Szenario innerhalb meines Kopfes, das zweifelsohne entstehen würde, sobald ich die erste Pille eingeworfen hatte.

Womöglich wäre es auch eine Option, einfach alle gleichzeitig einzuwerfen. Damit wäre ich aber wieder bei jenem Thema, das ich für mich bereits ausgeschlossen hatte.

Verdammt.

Ich schüttete die Pillen auf meine Hand, schob diese durch die Gitterstäbe und warf die Drogen achtlos in den Raum. Ich wollte sie nicht.

Auch nicht, wenn sie mir Kade bringen würden, der mich in diesem Käfig sehen und alles dafür tun würde, um mich zu befreien. Tränen stachen plötzlich in meinen Augen. Wütend wischte ich sie weg.

Vermutlich würde es ohnehin nicht so ablaufen. Eher würde er in Begleitung einer anderen Frau hier auftauchen, die sich später dann als Daisy herausstellte – und diesen Trip wollte ich sicher nicht erleben, egal, wie viel seelische Ruhe mir die Dinger ansonsten auch gebracht hätten.

Lieber litt ich, als mich noch einmal in die Hölle zu begeben, die sich Drogenkonsum nannte.

ATLAS

Wasn't expecting that.

Schon in meiner Kindheit war dieses Haus ein Zufluchtsort gewesen. Ein Ort der Sicherheit, an dem man nichts zu befürchten hatte. In den letzten Tagen hatte er sich, trotz seiner Weitläufigkeit, immer enger angefühlt. Kleiner. So als gäbe es hier nicht mehr genug Platz für uns alle.

In meinem Büro war es am schlimmsten, doch ich zwang mich dazu, den Raum weiter für mich zu beanspruchen und all die negativen Empfindungen einfach zu ignorieren. Sie waren Ausgeburten meiner Psyche, eine Reaktion darauf, dass wir Bailey erst gefunden und dann wieder verloren hatten.

Durch einen Feind, den wir bis zu diesem einen Tag nicht einmal wirklich auf dem Schirm gehabt hatten. Sein Name war mir nicht unbekannt gewesen, es hatte sich meiner Kenntnis vollständig entzogen, dass er mit der kubanischen Mafia zusammenarbeitete und damit früher oder später zur Gefahr für uns werden würde.

Eher früher, wenn ich es im Nachhinein betrachtete. Das Schicksal hatte diesem Bastard in die Karten gespielt – und zwar so deutlich, dass er praktisch nur gewinnen konnte, wenn nicht bald etwas geschah, das uns den Hintern rettete.

Als hätte Cyrus Fender vor etlichen Jahren bereits geahnt, dass der Tag kommen würde, an dem wir Bailey zurück in unsere Mitte holten. Hatte er nicht. Konnte er nicht. Nicht einmal wir hatten das gewusst.

Mit diesem Vorfall kristallisierte sich wieder einmal heraus, was für ein großer Fehler es gewesen war, dass unsere Eltern die Jagd auf Ramon O'Hara damals nicht mit hoher Priorität fortgesetzt hatten. Irgendwann wären sie ihm auf die Schliche gekommen, und er hätte zweifelsohne hart und ohne Gnade für seine Fehler bezahlt.

Ich ignorierte den Fakt, dass auch Bailey dann irgendwie in die Schusslinie geraten wäre und konzentrierte mich stattdessen darauf, die Akten, die wir von der Polizei erhalten hatten, zum zehnten Mal durchzugehen. Irgendwo darin musste es doch einen Hinweis geben. Vielleicht übersahen wir ein winziges Detail, oder –

Das Klingeln meines Smartphones riss mich aus diesem Gedankengang. Alvaros Name blinkte auf, also nahm ich ab und stellte ihn auf Lautsprecher.

»Was gibt es?«, fragte ich ohne Umschweife.

Mein oberster Sicherheitsmann rief nicht einfach ohne Grund an.

»Ähm … Ich weiß nicht, wie ich dir das schonend beibringen soll, aber der Wagen deines Vaters ist gerade vorgefahren, Atlas.« Alvaro druckste herum, als würde er mir eine schlechte Nachricht überbringen.

Ich fragte mich allerdings eher, ob ich meinen Vater mit meinen Gedanken heraufbeschworen hatte, denn von einem Besuch war mir bis eben nichts bekannt gewesen.

»Danke für die Warnung. Lass ihn einfach rein«, wies ich an und begann im gleichen Moment damit, die Akte zu schließen und unter den Stapel der anderen Unterlagen zu schieben.

Es wunderte mich, wie er nicht einmal versuchte, seine Ankunft zu verschleiern. Er kannte das Gelände, jeden versteckten Zugang. Graysen hatte das Haus nicht nur geplant, sondern einen großen Teil davon auch selbst mit aufgebaut. Auch die Handschrift meiner Mutter fand sich noch in unzähligen Räumen, selbst nachdem Kade, Bishop und ich es vor einigen Jahren grundsaniert und nach unseren Bedürfnissen umgebaut hatten.

Dieses Haus auf Key Biscayne war seit Jahrzehnten sicher – nur ein einziges Mal war der Standort verraten worden, alle die über den Verrat Bescheid wussten und nicht auf unserer Seite standen, mittlerweile jedoch verstorben. Nahm man einmal Ramon O'Hara aus, der den Verrat begangen und anschließend noch gelebt hatte. Was auch immer ihn letztlich dazu bewegt hatte, das Geheimnis mit ins Grab zu nehmen … ein zweites Mal hatte er es nicht gewagt, uns in den Rücken zu fallen.

Es wäre Graysen allein auf dieser Grundlage ein Leichtes gewesen, einfach unangekündigt auf der Veranda zu stehen und uns mit seiner Anwesenheit zu überraschen.

Dennoch wählte er den Weg durch die Haustür, was mich sofort stutzig werden ließ.

Bevor er zunächst auf die anderen beiden Männer – oder den Hund – treffen konnte, machte ich mich auf den Weg in den Wohnbereich.

Er stand mit Alvaro bereits an der Tür. Das leise Flüstern in meinem Hinterkopf, dass etwas nicht stimmte, wurde lauter, als ich ihn genau musterte. Graysen wirkte müde. Nicht nur körperlich – auch psychisch. Unter seinen Augen fanden sich dunkle Ringe, die grau melierten Haare waren nicht wie üblich glattgestriegelt, sein Anzug stellenweise zerknautscht.

Normalerweise merkte man ihm sein Alter und den Ruhestand kaum an, doch heute kam genau das derartig extrem zur Geltung, ich fragte mich unwillkürlich, ob er hier war, um zu verkünden, dass er an irgendeiner Krankheit litt. Allerdings wäre dann sicher Mama an seiner Seite gewesen, und von der fehlte jede Spur.

Also konnte es sich nur um geschäftliche Angelegenheiten handeln.

Ich erwachte aus meiner kurzzeitigen Starre. »Ein Anruf wäre nett gewesen, Vater«, scherzte ich und versuchte, mir ein lockeres Grinsen auf die Lippen zu zwingen.

Wenn mir auffiel, dass mit ihm etwas nicht stimmte, würde es ihm andersherum genauso leichtfallen, mich zu durchschauen. Irgendwie widerstrebte es mir, dass er mitbekam, wie sehr mir Baileys Verschwinden zusetzte.

Graysen erwiderte mein Lachen nicht. Der nächste Hinweis. Irgendetwas stimmte nicht. Normalerweise war er ein herzlicher Mann, dem man seine frühere Karriere nicht ansah. Niemals angesehen hatte, auch damals nicht, als unzählige Männer durch seine Hände gestorben waren.

»Hätte ich die Zeit dazu gehabt ... ich will eigentlich gar nicht lange um den heißen Brei herumreden, Atlas. Hast du in letzter Zeit etwas von deiner Mutter gehört?« War das Sorge, die ich aus seinem Tonfall heraushörte?

Der Muskel unter meinem linken Auge begann zu zucken. Unkontrolliert. »Nein – wir telefonieren nur unregelmäßig. Aber das weißt du.«

Alvaro wollte sich abwenden, um seinen Posten vor der Tür wieder zu beziehen, doch ich hielt ihn mit einer kurzen Handbewegung davon ab. Er ging nirgendwohin. Nicht, wenn sich das Gespräch in eine Richtung entwickelte, die mir überhaupt nicht gefiel.

»Welche Informationen hältst du zurück?«, bohrte ich nach, als Vater nichts erwiderte.

Meine Eltern hatten seit ihrem Kennenlernen nie auch nur mehr als vierundzwanzig Stunden ohne den anderen verbracht. Ich erinnerte mich gut daran, wie meine Mutter sich ganze Nächte um die Ohren geschlagen hatte, nur um auf seine Rückkehr zu warten.

Sie hatten nie einen Hehl daraus gemacht, was sie füreinander empfanden. Vor allem als Kind fand ich es häufig befremdlich, beinahe ekelhaft, täglich mit dieser Art von Zuneigung konfrontiert zu werden.

Die Geschichte des Rudels hatte mit meiner Mutter begonnen. Ylva Wallin war der Grund dafür, dass die Wölfe überhaupt existierten.

Wenn nun also mein Vater vor mir stand und *mich* fragte, ob ich etwas von meiner Mutter gehört ...

Eine meiner Augenbrauen wanderte automatisch in die Höhe, während das mulmige Gefühl in meiner Magengegend sich allmählich in etwas anderes verwandelte.

Graysen starrte mich an. Ich starrte ihn an. Wartete darauf, dass er aussprach, was ich bereits ahnte.

»Deine Mutter und ich hatten kürzlich einen Streit – sie ist gegangen. Das war ... angesichts des Themas ... auch vollkommen in Ordnung. Aber irgendwann fing ich an, mir Sorgen zu machen. Sie hat nicht auf Anrufe reagiert. Oder Nachrichten. Niemand weiß, wo sie ist, oder hat sie gesehen. Ich dachte, vielleicht ist sie hierhergekommen und hat dich gebeten, mir nichts davon zu sagen.«

»Deswegen kein Anruf«, murmelte ich und ging geflissentlich darüber hinweg, dass er mir gegenüber gerade einen Streit mit meiner Mutter zugegeben hatte. Die beiden stritten sich nicht. Nie.

Ich hakte nicht nach. »Ich hab nichts von ihr gehört in letzter Zeit, ehrlich.«

War das der Zeitpunkt, in dem ich erwähnen sollte, dass Bailey entführt worden war?

»Dann solltest du jetzt die Jungs zusammentrommeln und dafür sorgen, dass uns alle Ressourcen zur Verfügung stehen, um sie zu finden. Ich werde nicht gehen, bevor ich nicht weiß, wo sie ist.« Seine Aussage klang endgültig. Ganz wie in alten Tagen, wo er hier noch das Sagen gehabt hatte.

Statt aufzubringen, dass Ylva vielleicht einfach nicht gefunden werden wollte, nickte ich langsam. »Da gibt es nur ein Problem. Wir sind gerade selbst an einer Sache dran.«

Graysen kam einen Schritt näher, diesmal kniff er die Augen fragend zusammen. »Was für eine Sache, Sohn?«

Fuck.

Bevor ich zu einer Antwort ansetzen konnte, hörte ich Schritte. Im nächsten Augenblick lehnte sich Kade an die Wand neben der Haustür. Er musterte Graysen mit einem Nicken. »*Easy*. Cyrus Fender hat Bailey entführt, und jetzt sind wir hinter ihm her, weil ... nun ja, sagen wir mal so: Keiner von uns ist begeistert davon, dass er sie in seinen schmutzigen Fingern hat.«

Zu allem Übel fügte er seiner Aussage auch noch ein entschuldigendes, aber gleichzeitig freches Grinsen hinzu, das mir beinahe einen Herzinfarkt bescherte.

Ich hielt den Atem an. Kade verhielt sich wie der sprichwörtliche Elefant im Porzellanladen. Hatte er etwa vergessen, nicht jeden Gedanken laut auszusprechen, der ihm eben mal so durch den Kopf ging?

»Bailey wer?« Falls es überhaupt möglich war, sank die Temperatur im Raum um mehrere Grad.

Aus den Augenwinkeln heraus sah ich Alvaros Hand, die sich immer weiter zu der Waffe an seiner Seite vorarbeitete. Das war nicht sein Ernst – als würden wir ...

Ein Blick ins Gesicht meines Vaters sagte mir allerdings, dass eine Auseinandersetzung gar nicht so unwahrscheinlich war.

Ich richtete mich ein wenig auf. »Bailey O'Hara. Ramons Tochter. Wir haben sie aufgespürt, eine Weile beobachtet und dann einstimmig beschlossen, dass es an der Zeit ist, dass sie ihren Platz im Rudel einnimmt. Das Thema steht nicht zur Diskussion.«

Trotz der Tatsache, dass wir alle erwachsen waren, fühlte es sich seltsam an, ausgerechnet Graysen über bereits getroffene Entscheidungen zu informieren, auch darüber, wie unumstößlich sie waren.

»Sie ist am Leben?« Er wirkte ehrlich überrascht.

»Ja. Ramon ist allerdings seit geraumer Zeit tot. Sie hat ihn umbringen lassen«, warf Kade mit einem Schulterzucken ein. »Und da Verrat nicht vererbbar ist ... mache ich mir keine Sorgen.«

Mir war ja bewusst gewesen, wie groß Kades Probleme mit väterlichen Figuren waren, seit sein eigener Vater im Ausland ums Leben gekommen war, aber das hier? Das erreichte ganz neue Höhen, und ich war mir nicht sicher, ob ich es guthieß oder ihn lieber mit dem Gesicht voraus in die nächste Wand donnern sollte, damit er endlich die Klappe hielt.

Mein Vater lachte. Allerdings eher aus Verzweiflung. »Ich weiß nicht, was ich dazu sagen soll. Man lässt euch ein paar Jahre allein und alles geht den Bach runter.«

»Vielleicht willst du dir die ganze Geschichte erst einmal anhören, bevor du vorschnell ein Urteil fällst«, fuhr Kade fort. »Und währenddessen schau ich mal, ob ich *Makuahine* finde.«

Wie viel von dem Gespräch hatte er mit angehört? Warum war er verdammt nochmal so gelassen, obwohl er meinen Vater immer wieder indirekt beleidigte?

»Wunderbar. Würdest du uns dann wieder allein lassen, Kade?«, entgegnete ich gepresst.

Er verzog den Mund. »Ungern. Ich könnte wichtige Infos verpassen. Außerdem bin ich mir nicht sicher, ob du dazu in der Lage bist, die Karten auf den Tisch zu legen.«

Diesmal wanderten beide Augenbrauen in die Höhe. Was tat er da? Untergrub er vor Graysen gerade meine Autorität?

Tatsächlich glaubte ich das, bis das Smartphone in meiner Hosentasche vibrierte und ich einen kurzen Blick darauf warf. Alvaro hatte mir eine kurze Nachricht geschrieben. *Spiel mit, Idiot. Auf die Weise könnt ihr ihn tatsächlich ausschließlich mit den Infos füttern, die ihr auch teilen wollt.*

Mein Blick glitt unauffällig zu Alvaro, anschließend zu Kade und dann zurück zum Display. Die einzige Frage, die ich mir jetzt noch stellen konnte, war die, warum ich diesen Plan nicht selbst durchschaut hatte.

»Weißt du was, Kade? Wenn du glaubst, du bist besser dafür geeignet – tu dir keinen Zwang an. Soll ich dir zur Unterstützung vielleicht noch Bishop schicken, oder reicht dir Daisys Rat aus?« Ich zog mich ein paar Schritte zurück.

Kade zuckte die Schultern. »Die kommt immerhin direkt zum Punkt.«

Beschwichtigend hob ich die Hände und überließ Kade das Schlachtfeld. »Wir sehen uns später, Vater.«

Auf dem Weg zurück ins Büro hatte ich umgehend wieder das Smartphone in der Hand. Allerdings nicht, um

Kade oder Alvaro zu schreiben, sondern um sofort meine Mutter zu finden.

Wenn sie sich nach dem Streit nicht bei mir gemeldet hatte – oder bei Bishop, Kade – stimmte irgendetwas nicht. Graysen lag mit seiner Annahme, dass sie womöglich hier Schutz suchte, gar nicht so falsch. Es hätte ihr zumindest ähnlich gesehen. Aber weder hatte sie uns deswegen kontaktiert, noch war sie einfach hier aufgetaucht.

Ich schickte Thiago eine Nachricht mit Anweisungen und Bishop eine kurze Info, dass Graysen uns mit seiner Anwesenheit beehrte, ging dann dazu über, sämtliche Konten und Informationen über meine Mutter zu überprüfen, auch wenn ich mir sicher war, dass Vater das seinerseits schon mindestens fünf Mal getan hatte.

BAILEY

Keep me sane, I'll keep you safe.

Ich erwähnte Ylva gegenüber nichts von meinem Erfolg und auch nicht von der Schere, die ich seit gestern an meinem Körper versteckte. Die Spitze bohrte sich dabei zwar kontinuierlich in besonders empfindliche Stellen meiner Haut, doch der zu erwartbare Erfolg war den kurzzeitigen Schmerz allemal wert.

Durch die Gitterstäbe sah ich in Richtung meiner Mitgefangenen, mit einem Mal froh über ihre Anwesenheit, auch wenn wir uns nach wie vor nicht wirklich angefreundet hatten. Möglicherweise war es auch einfach der falsche Rahmen dafür.

»Wie wäre es, wenn wir uns die Zeit damit vertreiben, uns gegenseitig ein paar Geschichten zu erzählen?«, fragte ich, kaum dazu in der Lage, meine Langeweile aus der Stimme herauszuhalten.

Die Zeit zog sich so zäh in die Länge, inzwischen war ich mir nicht einmal mehr sicher, was für einen Wochentag wir hatten, und wie lange ich schon in diesem

Käfig in Cyrus' Villa saß, darauf wartend, dass er endlich das tat, wieso er mich überhaupt hatte entführen lassen.

Ich war auf alles vorbereitet. Er musste nur die letzte Phase seines Planes einleiten.

»Erzähl mir, wohin Ramon mit dir geflüchtet ist«, gab Ylva nach kurzer Zeit zurück.

Das war zwar nicht die Art von Gespräch, die ich mir erhofft hatte, aber immer noch besser als die ohrenbetäubende Stille, die ansonsten zwischen uns herrschte.

»Es war ein Vorort von Miami. Ziemlich schäbig und heruntergekommen. Das Haus war baufällig, an manchen Tagen war es pures Glück, ob Wasser aus dem Hahn kam oder nicht. Es gab keine Klimaanlage, und nach ungefähr einer Woche meinte er zu mir, dass ich nicht mehr in die Schule gehen müsse, weil er mir alles selbst beibringen wollte.«

»Hat er?«

Ich stieß die Luft durch die Nase aus. »Nicht wirklich. Das meiste habe ich mir selbst beigebracht ... und meinen Abschluss dann später während der Anfangszeit beim Militär nachgeholt.«

Ein Abschluss war keine Voraussetzung gewesen und trotzdem hatte ich mir damit etwas beweisen müssen. Außerdem hatte es die übriggebliebene Zeit, um über die Vergangenheit nachzudenken, weiter geschrumpft.

»Du warst also beim Militär?«, fuhr sie fort. Mittlerweile klang sie ernsthaft interessiert.

»Wegen meines Ersatzvaters, ja. Das war die einzige Option, die ihm noch wahrscheinlich schien, um mich ... nun ja, zurück auf die richtige Spur zu bringen.« Inzwischen war es mir egal, ob Cyrus uns zuhörte, solange er nichts von meinen Plänen erfuhr.

Er konnte ruhig wissen, dass er einer der Auslöser für meine Spirale in den Drogensumpf gewesen war.

»Das hört sich an, als hätte dir Ramon in dieser Zeit sein wahres Gesicht gezeigt.«

Ich hob die Schultern. »Hat er das nicht schon, als er einer Frau ihr Baby abgekauft hat?«

Die Info war vor kurzer Zeit noch absolut neu für mich gewesen, inzwischen zählte ich sie einfach nur noch zu den zahlreichen Verfehlungen meines Erzeugers.

»Keiner von uns kannte die Frau, also mussten wir ihm glauben, was er uns aufgetischt hatte.« Das klang eigentlich viel zu einfach.

Aber warum hätten sie ihm auch nicht glauben sollen? Damals hatte es keinen Grund gegeben, an seinem Verhalten und seinen Worten zu zweifeln. »Tja, ich schätze, manche Menschen sind einfach gut darin, ein falsches Bild über sich zu vermitteln.«

Ich erwartete, nur noch Ylvas Schweigen zu hören, stattdessen fuhr sie umgehend fort. »Was hat er dir angetan, die ganze Zeit über?«

In einer anderen Situation hätte ich es ihr übelgenommen, wie direkt sie all diese Fragen an mich richtete. Aber wir saßen in Käfigen, gefangen gehalten von einem Mann, der davon ausging, ich würde ihn heiraten, weil ich ihm einen Gefallen schuldete. Wie viel schräger konnte es noch werden?

»Es hat damit angefangen, dass er meine Talente ausgenutzt hat, um sich an ihnen zu bereichern. Dann kamen Drogen dazu. Sex. Irgendwann entwickelte sich all das zu einer Spielsucht. Ohne Alkohol und Drogen kam ich nicht mehr klar. Sagen wir einfach, dass er alles vermasselt hat, was man als Elternteil ... als Mensch ... falschmachen kann.« Vor Jahren hatte es eine Zeit gegeben, in der ich nicht so einfach und gleichgültig über diese Erfahrungen hätte sprechen können. Jetzt interessierte es mich nicht mehr, weil ich die nötige Distanz dazu endlich aufgebaut hatte.

»Wir hätten noch mehr daran setzen sollen, ihn zu finden«, murmelte sie.

Ich zuckte wieder mit den Schultern. »Mir wurde schon verraten, dass Graysen dann wohl auch mich umgebracht hätte.«

Ylva schnaubte. Interessiert richtete ich meinen Blick in ihre Richtung.

»Er hat mehr Menschen getötet, als ich zählen kann. Aber er hätte niemals ein unschuldiges Kind umgebracht. Vermutlich hätte er dafür gesorgt, dass es irgendwo ein anderes Zuhause findet. Neue Identität, weit, weit weg. Alle anderen hätte er den Tod des Kindes vermuten lassen, aber ... nein. Er würde keine Kinder töten.« Sie klang so überzeugt von ihren eigenen Worten.

»Und heute? Was würde er heute tun, wenn er mir gegenüberstehen würde?«

»Er wäre nicht begeistert. Aber ich glaube nicht, dass er es riskieren würde, die Hand gegen dich zu erheben.«

»Weil ich eine Frau bin?«

»*Dumheter*! Weil er einen Blick auf dich werfen würde und wüsste, dass er zu alt ist, um eine realistische Chance gegen dich zu haben.«

»Also ist es kein Problem, eine Frau im Rudel zu haben?«

Ylva lachte. »Natürlich nicht. Was glaubst du, wer der Grund für die Gründung des Rudels gewesen ist?«

»Ich weiß nicht. Die Jungs haben mir keine Geschichtsstunde dazu erteilt«

»Natürlich nicht. Wollen, dass du dich ihnen anschließt und dein Leben dem Rudel verschreibst, aber erzählen dir nicht einmal von dessen Grundlagen«, erwiderte sie, ehrlich belustigt. Als hätte sie von den Männern nichts anderes erwartet.

»Ganz unwissend bin ich auch nicht«, hielt ich dagegen, doch Ylva winkte ab.

»Als ich Graysen kennenlernte, war ich gerade einmal zwanzig und jobbte in einem teuren Hotel mitten in Stockholm. Er war auf der Durchreise, Businessmann durch und durch. Ende zwanzig, weltgewandt, verboten attraktiv und ... wie auch immer. Es kam, wie es kommen musste und wir verliebten uns ineinander. Ein paar Jahre später zog ich mit ihm nach Miami. Ein schrecklich unsicherer Ort zur damaligen Zeit. Aber ich lernte seine Freunde kennen, Declan und Nikolao, und deren Frauen. Sie kannten sich alle aus dem College. Ein bisschen kriminelle Energie hat sie immer schon begleitet.«

»Aber das ist nicht der Grund, warum man beschließt, eine Stadt nach seinen Vorstellungen zu formen«, entgegnete ich.

Ylva schüttelte den Kopf. »Natürlich nicht. Es fing mit einer lauen Sommernacht an. Wir Frauen hatten beschlossen, einen netten Abend an einer Strandbar zu verbringen. Aber aus nett wurde schon bald schrecklich. Es gab eine Schießerei. Kades Mom wurde von den Mafiosi, die uns plötzlich von allen Seiten umzingelt hatten, mitgenommen. Bishops Mutter war drei Tage lang verschwunden, weil sie bei der Flucht einer verfeindeten Gang in die Arme gelaufen war. Ich wäre beinahe gestorben. Schlimme Schussverletzung. Als sie Kades Mom befreit haben, haben sie auch Ramon kennengelernt – seine Schwester sollte ebenfalls verkauft werden.«

Mir blieb gar nichts anderes übrig, als einen Film in meinem Kopf ablaufen zu lassen, der zu den Worten passte und mir in allen hässlichen Details zeigte, was damals passiert war.

»Nach diesem Vorfall hat Graysen beschlossen, dass er das nicht auf sich beruhen lassen kann. Er hat uns alle zu einer Familie gemacht. Zu einem Rudel – und damit begonnen, die Stadt aufzuräumen.«

»Er hat dich so sehr geliebt, dass er lieber Miami dem Erdboden gleichgemacht hätte, als so etwas noch einmal durchstehen zu müssen«, stellte ich irritiert fest. »Andere Menschen erlitten dasselbe wie er, ist ihm das nie in den Sinn gekommen?«

Ylva hob die Schultern. »So funktioniert die Welt nicht, Bailey. In dieser Nacht hat er mich zu seiner obersten Priorität erklärt. Er hat seine Pflichten als guter, rechtschaffener Mann vergessen und beschlossen, dass er eher die Welt für einen allerletzten Kuss niederbrennen würde, als das Wohl aller anderen Menschen über meines zu stellen. Also habe ich ihm all die Werkzeuge an die Hand gegeben, die er brauchte, um Miami zu unserer Stadt zu machen.«

Das klang ganz danach, als könnten Romeo und Julia als romantisches Liebespaar im Vergleich dazu einpacken. Ich räusperte mich. »Wo ist er jetzt?«

»Ich war dumm und bin nach einem Streit gegangen, anstatt zu bleiben und die Sache auszudiskutieren.«

»Also er weiß nicht, dass Cyrus dich entführt hat.«

»Vermutlich nicht.«

Ich nickte. Damit war diese Hoffnung dann wohl auch dahin. »Verrätst du mir, wie er auf die Sache mit dem Rudel gekommen ist?«

»Als Kind war es ein lustiges Spiel ... Als ich ihn irgendwann kennenlernte, nannte er mich Wölfin, lange bevor er meinen echten Namen überhaupt erfahren hatte. Und als wir zusammenkamen, sagte ich ihm, er sei jetzt Teil meines Rudels. Diese Vorstellung ist geblieben ... und zieht sich seither durch alles. Mahina bedeutet in Hawaii so viel wie Mond. Zu Ehren von Nikolao.«

Ihre Erzählung stand im Raum, während ich darüber nachdachte, wie es gewesen wäre, dieselbe Geschichte von Atlas zu hören. Hätte sie die gleiche unterschwellige Romantik besessen, oder war es ihm sogar peinlich, dass das Leben, das er führte, auf der unerschütterlichen Liebe seiner Eltern basierte?

»Ich ... ich sorge dafür, dass du ihn wiedersiehst. Versprochen.« Gleich, nachdem ich das ausgesprochen hatte, schluckte ich den Kloß in meinem Hals herunter.

»Du hast gesagt, sie sind Familie für dich.«

»Stimmt.«

Sie gab ein zustimmendes Geräusch von sich. »Dann solltest du besser auch dafür sorgen, dass du zu ihnen zurückkehrst.«

»Ich dachte, du kannst mich nicht leiden?«

Für einen kurzen Augenblick schwieg sie, und ich nahm schon an, dass wir das Ende unseres Gesprächs erreicht hatten.

»Ich erkenne einen Wolf, wenn ich einen sehe, Mädchen. Und jedes Rudel braucht ein Alpha-Weibchen, um zu überleben. Um zu gedeihen.«

BISHOP

So this is the go to lie now, huh?

Die Anwesenheit von Graysen Harris war genau das, was uns in unserer aktuellen Lage noch gefehlt hatte. Obwohl sich meine Begeisterung für seine Aktion wirklich in Grenzen hielt, konnte selbst ich nicht leugnen, dass es richtig von ihm gewesen war, herzukommen. Ylva war verschwunden – und selbst Kade konnte sie nicht erreichen.

»Irgendwas stimmt da nicht«, murmelte ich und sah Atlas direkt an. Die Unruhe in mir hatte mich direkt in sein Büro getrieben. Zwar waren wir die vergangenen Tage nicht wirklich gut miteinander klargekommen, aber letztendlich immer noch so etwas wie Brüder. Es schien mir also völlig legitim, ab und an eine unterschiedliche Meinung zu haben oder aneinanderzugeraten.

»Was du nicht sagst, Bishop«, brummte er.

»Kade war schon immer ihr nicht leiblicher Lieblingssohn gewesen. Wenn sie einfach nur irgendwo Ruhe haben wollen würde, wäre sie zumindest bei ihm ans Telefon gegangen.«

Seine Augenbrauen wanderten in die Höhe. »Das heißt, wir werden nicht nur nach Bailey suchen, sondern auch nach meiner Mutter.«

»Du willst nach Schweden? Jetzt?«

Er schüttelte minimal den Kopf. »Vielleicht ist sie gar nicht mehr in Schweden.«

»Was willst du damit sagen?«

»Keine Ahnung. Das letzte Signal ihres Smartphones war irgendwo inmitten Europas, kurz vor dem Atlantik. Meine Mutter war nie ein Fan von Strandurlauben oder Wärme. Vielleicht hat sie sich auch nicht an Land befunden ... sondern an Bord eines Flugzeuges«, fuhr er fort.

Ich konnte mich gut daran erinnern, wie die Klimaanlage in Ylvas persönlichen Räumen die Temperatur immer besonders niedrig gehalten hatte. »Du meinst, sie ist irgendwohin geflogen?«

»Vielleicht nicht freiwillig. Unser Rudel hat nicht viele Angriffsflächen.«

»Meinst du, ich sollte meine Mutter anrufen?« Die Richtung, die er mit seinen Aussagen einschlug, gefiel mir ganz und gar nicht.

Meine Mutter lebte ein zurückgezogenes Leben, allein auf dem Land, wo niemand ihren Namen und ihre Vergangenheit kannte, nichts über die Beziehungen wusste, die sie nach Miami hatte. Ihr Grundstück war ebenso unscheinbar wie das Haus, das darauf stand, und trotzdem war beides so sicher, wie es nach aktuellen Technikstandards nur sein konnte.

»Wäre zumindest nicht verkehrt. Das würde uns Aufschluss darüber geben, ob es hier ein Muster gibt.«

Ohne Umschweife zog ich mein Smartphone aus der Tasche und wählte die Nummer, die ich auswendig kannte. Schon nach wenigen Sekunden nahm sie ab. Bedeutungsvoll sah ich Atlas an.

»Hi Mum, ich wollte nur mal hören, ob bei dir alles in Ordnung ist«, sagte ich.

»Klar. Klar, wieso? Sollte ich mir Gedanken machen? Ist etwas passiert, Bishop?« Natürlich versetzte ich sie mit einem außerplanmäßigen Anruf in Alarmbereitschaft.

»Ist alles in Ordnung, versprochen. Halt nur die Augen ein wenig offen, falls dir irgendwas auffällig erscheint oder so ... sag mir Bescheid, ja?«

»Bishop? Ist wirklich alles gut?«

Seufzend rollte ich mit den Augen. »Graysen ist hier, weil Ylva verschwunden ist. Aber wir haben das im Griff. Wir werden sie finden.«

»Soll ich nach Miami fliegen?«

»Das ist nicht nötig. Wirklich. Wenn es Neuigkeiten gibt, werde ich dir Bescheid geben, okay?«

»Na gut. Wenn du das sagst.«

Ich verabschiedete mich und in der Sekunde darauf war der Anruf bereits beendet. »Siehst du. Kein Muster.«

»Wieso hast du Bailey nicht erwähnt?«, hakte Atlas nach, ohne dabei näher auf meine eigentliche Aussage einzugehen.

»Wieso ich ...«, wiederholte ich und brach schließlich mit einem weiteren Seufzer ab. »Hältst du das für eine gute Idee? Ich hab immerhin die Reaktion deines Vaters gesehen. Außerdem können wir ihnen schlecht erzählen, dass wir alle mit derselben Frau schlafen – die sie, nur um das nochmal zu unterstreichen, von Natur aus nicht leiden können.«

Atlas starrte mich an. »Es wäre eine Schande, es nur auf den Sex zu reduzieren. Du kannst mir nicht erzählen, dass irgendeiner von uns so reagieren würde, wenn es hier lediglich um eine Frau ginge, mit der wir irgendwann einmal Sex gehabt hatten.«

Ich wusste, dass er recht hatte. Trotzdem sagte ich vorerst nichts dazu. Es hatte viele Frauen gegeben, mit denen wir Sex gehabt hatten. Frauen, die für eine gewisse Zeit eine wichtige Rolle gespielt hatten und dann sang- und klanglos wieder aus unseren Leben verschwunden waren.

»Hat deine Vorsicht mit Faye zu tun, Bishop? Ich muss es wissen – weil es sich keiner von uns leisten kann, der Vergangenheit diese Art von Macht zu geben.«

Bei der Erwähnung des verhassten Namens biss ich die Zähne zusammen. »Ich dachte, wir hätten eine Abmachung, nicht darüber zu reden.«

Das eine Mal, als ich eine Frau in mein Leben – und mein Herz – gelassen hatte, hatte ich dafür einen verdammt hohen Preis gezahlt. Einen, den ich nicht bereit war, noch einmal zu entrichten.

»Ich halte es dir nicht vor«, erinnerte er mich, obwohl mir das durchaus bewusst war. »Bailey ist nicht Faye, und sie arbeitet nicht für die kubanische Mafia. Kade fürchtet, einer von uns beiden würde sie ihm wegnehmen. Du sorgst dich darum, dass sie dich verletzt.«

»Und du? Hast du Angst davor, dass sie dir zu nahekommt und du dich dann nicht mehr zurückhalten kannst? Was damals mit deiner Mutter passiert ist ...« Atlas hatte das Spiel begonnen, ich konnte es problemlos weiterführen.

Wir alle trugen unsere Probleme mit uns herum. Ängste. Befürchtungen. Schwächen. Nur weil wir uns so gut kannten, gelang es uns immer wieder, das Rudel beisammen und am Leben zu halten.

»Was ich eigentlich sagen möchte, Bishop, ist Folgendes: Ich werde nicht zulassen, dass unsere Familie wegen solcher Nichtigkeiten auseinandergerissen wird. Wir finden Bailey, holen sie zurück in unsere Mitte, und dann sorgen wir dafür, dass sie verdammt nochmal bleiben will.« War es das, was Atlas zusammenhielt? Ihn die Vernunft nicht über Bord werfen ließ?

»Was ist mit ihr? Ihren Gefühlen und ihrer Sicht der Dinge?« Wir sprachen über Bailey, als hätte sie in der ganzen Angelegenheit überhaupt kein Mitspracherecht, und ich war mir ziemlich sicher, dass unsere kleine Wölfin damit absolut nicht einverstanden gwesen wäre.

Bevor sie sich unseren Entscheidungen freiwillig beugte, würde sie uns eher die Augen auskratzen, würde dafür sorgen, dass wir die Hölle durchlitten.

»Nach allem, was geschehen ist ... glaube ich, ist ihr längst bewusst, zu wem sie gehört. Sie ist nur noch nicht bereit dazu gewesen, es auch zuzugeben. Akzeptanz braucht seine Zeit, das wissen wir alle.« So vernünftig hatte Atlas in den letzten Tagen selten geklungen, und ich fragte mich ehrlich, woher diese plötzliche Veränderung kam.

»Wenn das so ist ... ja. Ich habe tatsächlich Angst davor, dass es ähnlich wie mit Faye endet«, gab ich zu und fühlte zeitgleich, wie ein unsichtbares Gewicht von meiner Brust verschwand. Bis eben hatte ich von seiner Existenz noch nicht einmal irgendetwas geahnt.

»Als ich meine Bedenken ihr gegenüber erwähnt habe, hat sie sehr deutlich gemacht, was passieren wird, wenn ich versuchen sollte, sie tatsächlich umzubringen.«

Ich schnaubte. »Sie wird dir zuvorkommen, nicht wahr?«

Atlas nickte, ein seltsames Funkeln in den Augen. Es glich einem dämonischen Feuer, und verriet mir, welche Grenzen wir bereits überschritten hatten.

»Woher kommen all diese Weisheiten?«

Für einen Moment sah er auf seine Hände, anschließend zur Tür und dann zurück zu mir. »Ich habe mich gefragt, was ich meinem Vater erzählen würde, wenn ich müsste. Wie ich ihm klarmachen könnte, dass wir Bailey nicht mehr gehen lassen, egal, was er davon hält.«

Ich machte eine auffordernde Bewegung mit der Hand. »Ich bin gespannt.«

»Für uns ist sie wohl das, was meine Mutter für ihn immer war. Und ist.«

Für uns.

Nicht für ihn.

Uns.

Ich erhob mich. »Ich schätze, genau das musste ich hören. In den letzten Monaten wurde ich mir immer unsicherer, was meine Rolle in unseren ganzen Geschäften anbetrifft, aber ... egal. Du kannst dir sicher sein, dass ich keinen von euch jemals verraten würde.«

Mit schiefgelegtem Kopf musterte Atlas mich, verzog das Gesicht zu einer leichten Grimasse. »Das weiß ich seit dem Moment, in dem du Faye ohne Zögern getötet hast. Trotz deiner starken Gefühle für sie.«

Ich hatte mich bereits halb abgewandt, biss nun aber die Zähne zusammen und sah noch einmal zu ihm zurück. Atlas war ein starker Mann, aber was ihn von uns allen abhob war die Tatsache, dass er ohne Probleme dazu in der Lage war, hinter die Fassade eines jeden Menschen zu blicken. Er erkannte die Wahrheit, nahm ausschließlich diese wahr. Ordnete sie ein und wusste sie zu deuten – zu schätzen, wann immer es von Belang war.

»Es war immerhin mein Fehler ... und sie hätte mir bei der ersten Gelegenheit eigenhändig eiskalt das Messer in den Rücken gerammt. Ich war dumm. Aber nicht dumm genug zu vergessen, wem meine Loyalität gebührt.« Damit war endlich alles gesagt, was zwischen Atlas und mir hatte laut ausgesprochen werden müssen.

Wenn sich Dinge anstauten, verlangten sie irgendwann danach, an die Oberfläche zu kommen. Dass es damit endete, Atlas seine geladene Waffe ziehen und auf mich richten zu sehen, zeigte nur, wie kurz wir vor einer wirklichen Eskalation gestanden hatten.

Etwas, das wir weder jetzt noch in Zukunft gebrauchen konnten. Wir waren beide stur, aber nicht ausreichend genug, um deswegen das Rudel auseinanderzubringen.

»Wir werden sie finden, Bishop. Und dann wirst du mit ihr über all diese Dinge sprechen. Sie braucht das genauso sehr wie du.«

Auf dem Weg nach draußen nickte ich kaum merklich. Wie gut, dass Atlas anscheinend die Zeit gefunden hatte, zwischendurch einen Abschluss in Psychologie abzulegen. Eigentlich hatte ich immer gedacht, dass das Kades geheimer Berufswunsch war, aber anscheinend qualifizierte sich in diesem Haus mehr als ein Kandidat dafür.

KADE

Maybe you'd be better of shutting up.

»Ich weiß nicht, wie oft ich das noch wiederholen soll, Graysen«, knurrte ich, sehr viel unkontrollierter als noch zu Beginn unseres Gesprächs. Seit vierundzwanzig Stunden war er nun hier und alle Gespräche schienen sich konstant um ein einziges Thema zu drehen – wenn wir nicht gerade einen kurzen Abstecher zu Ylva machten. »Bailey ist nicht Ramon. Und auch nicht dafür verantwortlich, was er getan hat. Wenn überhaupt solltest du deine Eier finden und dich bei ihr für das entschuldigen, was sie durchstehen musste, weil ihr versagt habt, diesen Mann zu finden und sie anschließend aus der unmittelbaren Gefahr zu befreien.«

Unter seinem Auge zuckte ein Muskel. Ähnlich wie bei Atlas, wenn er sich in Selbstkontrolle übte und versuchte, nicht aus der Haut zu fahren.

Vielleicht geht er dir gleich
an die Gurgel und du kannst ihm
ordentlich eine verpassen?
Das würdest du doch gerne tun, oder nicht?

Genauso gerne, wie ich dir den Mund
mit Panzertape zukleben würde.

Wie wäre es mit einem Ballgag?
Das würde mir –

Drehst du jetzt völlig durch?

Nein ... aber du vielleicht?

Unmöglich.

Leider ... du vernachlässigst
die tic tacs ganz schön.

Ich muss klar denken können,
wenn wir Bailey finden.

Wenn du meinst.

Vielleicht hätte ich mir an dieser Stelle vor Angst in die Hosen machen sollen, weil man Graysen gewiss nicht verärgern wollte, wenn man plante, ein langes und angenehmes Leben zu führen, doch meine Geduld besaß Grenzen. Und bei diesem Thema waren die derartig überschaubar, dass sie im Grunde schon fünf Minuten nach seiner Ankunft ausgereizt gewesen waren.

»Du kennst sie nicht einmal«, fuhr ich fort, ohne

weiter darauf zu achten, ob er etwas zu sagen hatte. »Bailey ist eine wunderbare Frau. Stark. Selbstbewusst. Loyal. Und sie kann den Leuten richtig Feuer unterm Arsch machen. Wäre sie nicht Ramons Tochter, würdest du dir mit Sicherheit alle Finger danach lecken, sie in deinen Reihen zu wissen.«

Bevor er dazu etwas sagen konnte, zog ich mein Smartphone aus der Tasche, öffnete das Video aus der Tiefgarage und streckte es ihm entgegen. »Vielleicht überzeugt dich das. Und falls nicht ... tja, es wird sich trotzdem nichts an unserem Plan ändern, sie zu retten, dafür alles zu geben.«

Ich machte einen Schnalzlaut mit der Zunge, rief so Liko zu mir, der bisher seelenruhig auf der Wohnlandschaft gedöst hatte. Mit zwei großen Sätzen war er an meiner Seite, um sich von mir hinter den Ohren kraulen zu lassen. Sofort machte sich eine angenehme Art von Ruhe in mir breit, die mein Temperament ein wenig zügelte.

Mit der freien Hand begann ich damit, mir den Nasenrücken zu massieren. »Keiner von uns will dich damit beleidigen, wirklich nicht –«

»Das ist sie?«, unterbrach er mich, hob den Blick in meine Richtung.

Ich nickte.

»Wie lange war sie schon bei euch, als das passiert ist?«

»Ein paar Tage.«

»Und sie rettet dir den Arsch?«

»Jap.«

Nun war es an Graysen zu nicken. Wissend. »Sie hätte dich im Stich lassen und sich selbst retten können.«

Das hätte ich, ehrlich gesagt,
auch viel cooler gefunden.

Weil du Bailey nicht leiden kannst.

Kann sie ja nicht jeder vögeln wollen.
Immerhin hat sie ja schon euch.

Ich bleckte die Zähne. »Hat sie aber nicht. Ab der Sekunde, in der sie Hector durchschaut hatte, hat sie dafür gesorgt, dass wir beide überleben.«

»Und ich schätze, das war nicht das einzige Mal, dass sie sich derart eingebracht hat?«

»Nein.« Ich beließ es bei der vagen Antwort. Er musste nicht alle Details ihres Aufenthalts bei uns kennen.

»Ich schätze, man kann einen Wolf von seinem Rudel trennen ... aber deshalb ist er nicht weniger Wolf, nicht wahr?« Um die Mundwinkel des älteren Mannes herum bildete sich ein Grinsen.

Implizierte er damit das, was ich vermutete? »Damit hast du wohl recht. Was ist mit Ylva? Machst du dir keine Sorgen?«

»Bereits seit der Minute, in der sie mich nach unserem Streit verlassen hat. Wir waren noch nie so lange voneinander getrennt und ich würde die Welt in zwei Teile schneiden, wenn es dabei helfen würde, sie schneller in meine Arme zu schließen – aber ... ich fürchte, so einfach ist das nicht.«

Ich streckte die Hand aus, um ihm auf die Schulter zu klopfen. Irgendwie war es seltsam, die alte Generation des Wolfsrudels mit der neuen vermischt zu sehen. Früher war es normal gewesen, doch seitdem einige Zeit vergangen und Dinge sich verändert. Nun wieder zusammenarbeiten zu müssen, um gemeinsame Ziele zu erreichen, verschob einiges.

»Wir finden unsere Frauen schon.«

Ich kotze gleich.

Dann such dir besser mal jemanden,
der dir die Haare zur Seite hält.
Ich werde es nämlich nicht tun.

Diesmal wurde sein Lächeln fast sadistisch. »Daran hege ich keine Zweifel. Und wir werden sicher auch den ein oder anderen Bastard finden, der für die ganze Sache bezahlen wird.«

Diese Aussage war schon mehr nach meinem Geschmack. »Es wird mir eine Freude sein, mich durch die Eingeweide von Cyrus Fender zu wühlen.«

»Vielleicht werde ich dir ja dabei zusehen.«

»Hätte nichts dagegen.«

Ich starrte auf das Meer hinaus und kraulte Liko, der neben mir im Sand Platz genommen hatte, hinter den Ohren. Vor Kurzem noch hatten Bailey und ich diese Spaziergänge gemeinsam unternommen, und nun saß ich allein hier, stellte mir die Frage, wie sich die nächsten Tage und Wochen entwickeln würden. Ich hoffte das Beste.

Nach allem, was passiert ist,
will sie vielleicht gar nichts mehr
mit euch zu tun haben.

Ich glaube nicht, dass sie das abschreckt.

*Aber es wird ihr definitiv auch keinen
Grund liefern, euch lieber zu mögen.*

*Tja. Das ist der Punkt, an dem sich
unsere Meinungen scheiden, Daisy.
Ich bin mir sicher, dass diese Erfahrung
ein Argument sein wird, bei uns zu bleiben.
Solches Adrenalin wird ihr innerhalb
der Casinos wohl kaum widerfahren.*

*Nur weil sie mal beim Militär war,
heißt das nicht ...*

Doch, genau das heißt es.

Woher willst du das wissen?

*Du spukst nach all den Jahren auch
immer noch in meinem Kopf herum,
lässt mich immer wieder geflissentlich
vergessen, wie sterblich auch ich bin.*

*Sterblich? Du? Keine Ahnung,
wovon du redest.*

*Siehst du. Es würde dir auch noch
gefallen, wenn ich mich mit dem Divo
um einen Baum wickle.*

Sag doch so hässliche Sachen nicht ...

Ich stieß ein Seufzen aus, drehte die Pillendose zwischen den Fingern und überlegte, sie in die Wellen zu werfen, die immer wieder ans Ufer brandeten, kleine

Steinchen und Muscheln zurück ins Wasser zogen, darin für immer verschwinden ließen.

Würden sie das auch mit den Pillen tun? Ich versuchte, mir ein Leben vorzustellen, in dem es keine Drogen gab. Keine Daisy. Letztendlich kam ich allerdings nur zu dem Ergebnis, dass mich dieser Zustand früher oder später töten würde.

Ich hatte mich nie mit dem Tod meiner Eltern beschäftigt, die Thematik immer wieder verdrängt, und all die Gefühle, die ich tief in meinem Inneren verbarg ... ich war nicht wirklich bereit, mich ihnen zu stellen. Nicht jetzt. Vielleicht niemals.

»Dein Frauchen ist wirklich bewundernswert, weißt du das? Wenn ich sie anschaue, sehe ich eine Art von Mensch, die ich nie sein könnte«, sagte ich zu Liko, der mich nur neugierig aus seinen dunklen Augen heraus anstarrte.

War wohl zu viel erwartet, dass er für mich einen Moment lang die menschliche Sprache erlernte, anschließend mit mir über meine Probleme und die Welt an sich sinnierte.

»Ich weiß, dass sie es nicht leicht hatte und von anderen unterstützt wurde. Aber schau sie dir doch mal an. Diese Stärke kommt nicht von ungefähr«, fuhr ich fort, wohlwissend, dass ich nun ein lautes Selbstgespräch führte, ganz ohne Daisys Einfluss.

»Meinst du nicht, es wäre möglich, mir etwas von ihrer Stärke zu borgen?« Liko sah mich weiterhin neugierig an, die Ohren gespitzt, obwohl sie nicht kupiert worden waren.

Möglicherweise verstand er ja doch das ein oder andere Wort. Wenn ich ihn mir so ansah ... gar nicht mal so unwahrscheinlich.

»Wie auch immer. Ich bin froh, dich hier bei mir zu

haben. Ich glaube, wir könnten noch zu richtig guten Freunden werden ... auch wenn ich es etwas bedenklich finde, dass du Sinner und Saint zum Fressen gern hast. Die haben dir gar nichts getan.« Liko gähnte und legte den Kopf auf seinen Pfoten ab.

Ich fragte mich schon länger, was Bailey ihm alles beigebracht hatte, wie streng seine Ausbildung wirklich abgelaufen war. An seinen Fähigkeiten zweifelte ich nicht, aber sehr wohl daran, wie sich sein freundliches Wesen mit dem eines blutrünstigen Hundes vereinen ließ, der Casinos und Frauchen gleichermaßen beschützen sollte.

Entweder war dieser Hund besonders gut darin, sich zu verstellen, oder aber ein Schaf im Wolfspelz, gerade so dazu gemacht, alle hereinzulegen.

Ich drehte den Kopf und sah zurück zur Villa. Kurz fragte ich mich, was Atlas und die anderen gerade trieben. Erstaunlich, wie schnell Graysen seine Meinung doch aufgrund des Videos geändert hatte.

Möglicherweise war es klug, ihm nicht zu einhundert Prozent über den Weg zu trauen. Immerhin hatte er genug Zeit gefunden, um mit den anderen zu streiten, zu diskutieren – und hatte die Zeit nicht dafür genutzt, seine Frau zu finden. Zumindest nicht offenkundig. Wer wusste schon, was er insgeheim bereits in die Wege geleitet hatte?

Vielleicht ist er einfach froh,
die Alte mal ein paar Tage nicht
an der Backe zu haben.
Ihr könntet die Auszeit von
Militär-Barbie auch genießen, aber nein ...

Charmant wie immer. Hast du nicht Lust,
ein Schweigegelübde abzulegen?

Nur, wenn du mit mir ins Kloster gehst
und die Nonnen aufscheuchst.

Verlockend. Aber nein, danke.

Dann hast du mich wohl weiterhin
an der Backe. Vor allem jetzt,
da wir Ruhe vor der Schlampe haben.

ATLAS

Watch me go insane.

Ich hatte mein Schlafzimmer in eine Informationszentrale verwandelt, wie man sie sonst nur in Hollywoodstreifen sah. An der Wand war ein Whiteboard angebracht, auf dem ich die wichtigsten Infos festhielt, an den Wänden außen herum hatte ich Auszüge der Akte über Cyrus angebracht.

Aber damit nicht genug. Neben meinem üblichen Bildschirm habe ich einen zweiten aufgestellt, auf dem ich das Video der Entführung aus dem Casino immer wieder abspielen konnte. Auch die Überwachungsbänder von den Straßen Miamis hatte ich mir mindestens einhundert Mal angesehen, einfach nur um sicherstellen zu können, dass ich nichts übersehen hatte.

Weder Kade noch Bishop wussten davon, Alvaro hatte mir bei den Details geholfen und Thiago den Bildschirm mit unseren Systemen gekoppelt.

Trotzdem hatte all der Aufwand nicht ausgereicht, um die Nadel im Heuhaufen zu finden. Es gab keinen Hinweis, dem wir nicht nachgegangen waren. Wir waren in Buckhead Ridge gewesen, hatten dort Anwohner befragt. Auch die anderen Städtchen im näheren Umkreis der Region hatten wir genauer ins Auge gefasst, ebenfalls ohne einen Erfolg zu verzeichnen.

Bailey war wie vom Erdboden verschluckt. Kein einziges Lebenszeichen, das uns irgendwie hätte Hoffnung machen können.

Irgendein Teil von mir rechnete damit, dass jeden Moment ihre Leiche gefunden wurde, sie vielleicht nicht identifizierbar war, weil Cyrus dafür gesorgt hatte.

Bei diesem Problem blieb es natürlich nicht. Die Anwesenheit meines Vaters erschwerte die gesamte Angelegenheit – und bereitete mir zusätzliche Sorgen. Meine Mutter verschwand nicht einfach so, auch nicht nach einem Streit.

Die Daten, die wir zusammengetragen hatten – so dürftig sie auch waren –, sprachen eindeutig dafür, dass sie nicht mehr in Europa weilte.

Was, wenn sie in den USA war? Auf amerikanischem Boden? Gedanklich hatte ich mich auch schon an die Vorstellung herangetastet, dass Cyrus auch sie in seiner Gewalt hatte, hielt diese Möglichkeit aber weiterhin für unwahrscheinlich.

Wie sollte er sie auch gefunden haben? Die Schutzprotokolle waren ausgeklügelt, wurden ständig aktualisiert ... doch meine Mutter war aus ihrem Zuhause geflohen, hatte alle Maßnahmen ignoriert, sich damit eventuell selbst in die Falle getrieben.

Ich biss die Zähne zusammen und blickte auf das Whiteboard mit Cyrus' Bild. Ein Headshot, das einzige Mal, als er tatsächlich kurzfristig im Gefängnis gelandet war.

Alle anderen Male war er mit einem blauen Auge davongekommen, vornehmlich deshalb, weil er sich den Anordnungen der Justiz einfach entzogen und sein eigenes Ding durchgezogen hatte.

Mit äußerst schlechter Laune verließ ich mein Schlafzimmer und zog die Tür hinter mir zu, ehe ich sie abschloss. Ich wollte unter allen Umständen vermeiden, dass irgendwer erfuhr, wie tief mein Verlangen ging, Bailey zu finden.

In meinem Büro traf ich auf Alvaro, der ebenso genervt wirkte, wie ich mich fühlte. »Lass uns unser weiteres Vorgehen besprechen, falls sich in den kommenden Tagen nichts tut. Bei normalen Fällen sagt man, dass man sich nach zweiundsiebzig Stunden keine Hoffnungen mehr machen braucht, aber ...«

»Das ist kein normaler Fall. Er plant, sie zu heiraten. Ich glaube nicht, dass er sie einfach so umbringen wird«, gab ich mit einem leisen Grollen zurück.

Was er stattdessen mit ihr anstellte, wollte ich allerdings auch nicht wissen.

»Er hat auch keine Lösegeldforderung geschickt.«

»Natürlich nicht. Hätte er nur Geld gewollt, hätte er es doch von Bailey haben können«, erwiderte ich. Das musste ihnen doch klar gewesen sein, oder?

»Was dann? Wir finden sie nicht, er liefert uns keine Hinweise auf seinen möglichen Standpunkt.«

Ich hob die Schultern. »Ich weiß es nicht, okay? Wenn ich es wüsste, würde ich nicht hier stehen und mir dauerhaft den Kopf darüber zerbrechen, wie wir an sie rankommen können.«

»Du siehst aus, als würdest du uns allen demnächst einen GPS-Tracker implantieren wollen.« Alvaro witzelte bloß, doch mein Blick verfinsterte sich prompt.

»Vielleicht sollte ich das tatsächlich tun. Dann haben wir zukünftig solche Probleme nicht mehr.« Je mehr ich darüber nachdachte, desto besser gefiel mir sein Vorschlag. Außerdem eröffnete er konstant die Möglichkeit, die Aufenthaltsorte der anderen zu kennen, was uns eventuell einen Vorteil verschaffen könnte.

»Du weißt, dass ich das nicht ernst gemeint habe, Boss?«

»Zu spät«, knurrte ich.

»Sobald wir wieder vollständig sind, sprechen wir darüber. Und es wird keiner die Chance erhalten, sich irgendwie herauszureden.« Kopfschüttelnd winkte ich ab. Natürlich würde ich niemandem gegen seinen Willen einen Tracker verpassen, aber die Grundidee erschien mir gar nicht so verkehrt. Was nutzte es schon, wenn wir nur Smartphones und Autos orten konnten, aber deren Besitzer nicht? Wenn wir einfach vergaßen, Bailey mit etwas derartigem auszustatten, weil wir viel zu beschäftigt damit gewesen waren, sie von uns zu überzeugen?

Mein Handy vibrierte in meiner Hosentasche, doch ich ignorierte es zunächst.

»Ich weiß einfach nicht mehr, wie ich all diese Menschen noch beschützen soll, wenn ich nicht einmal dazu in der Lage bin, meine eigene Familie beisammen zu halten«, stieß ich aus.

Alvaro schüttelte den Kopf. »Du kannst dich nicht weiterhin für das verantwortlich machen, was passiert ist. Dinge geschehen nun einmal. Das hat nichts mit dem zu tun, was du unternimmst. Oder nicht unternimmst, um es noch deutlicher auszudrücken.«

Weil ich nicht wusste, was ich darauf noch erwidern sollte, ohne mich tiefer in die Scheiße zu reiten und damit einen Einblick in meine aktuelle Gefühlslage zu geben, zog ich das Smartphone aus der Tasche.

Eine unbekannte Nummer.

Meine rechte Augenbraue wanderte in die Höhe. Wie

kam man an meine Handynummer, wenn ich doch ein Staatsgeheimnis aus ihr machte? Ich klickte aus Neugierde auf die Nachricht, nur um festzustellen, dass der Chat gar keinen richtigen Inhalt aufwies.

»Seltsam«, murmelte ich und nahm das, was mir angezeigt wurde, näher in Augenschein.

Ein blauer Punkt auf einer Karte, die das Gebiet rund um Palm Bay zeigte. Ein Standort?

»Würdest du mal einen Blick hierauf werfen?«, fragte ich Alvaro und streckte ihm das Display entgegen.

»Sieht aus, als hätte dir eine unbekannte Nummer einen Live-Standort geschickt«, bestätigte er meine Gedanken.

In meinen Fingern begann ein heftiges Kribbeln, das sich rasant die Arme nach oben schlängelte. Hitze breitete sich in meiner Magengegend aus.

»Sag den anderen Bescheid, wir fahren in zehn Minuten«, ordnete ich an. Mit einem Mal stand mein gesamter Körper unter Strom, ein Gedanke jagte den nächsten.

Unbekannte Nummer hin oder her, es gab nur zwei Personen, die mir einen Live-Standort schicken würden.

Meine Mutter.

Oder Bailey.

Und in beiden Fällen gab es keine Zeit zu verlieren.

Im Bruchteil weniger Sekunden fand ich mich im Waffenraum wieder, nachdem ich den Zahlencode in das Bedienfeld gehämmert hatte.

Ich begann damit, Vorbereitungen zu treffen, nur um nach einigen Sekunden bereits Gesellschaft von Kade zu haben. Er wirkte grimmig.

»Alvaro sagt, es gäbe einen Hinweis.«

Unaufgefordert schleuderte ich ihm mein Smartphone entgegen, damit er sich selbst davon überzeugen konnte. »Hast du versucht, bei der Nummer anzurufen? Vielleicht ein Fehler …«

Ich schoss herum, die Shotgun bereits in der Hand. »Anzurufen wäre ein Fehler. Dann wüssten sie, dass die Nachricht wirklich an uns rausgegangen ist, könnten sich auf unsere Ankunft vorbereiten.«

Kade mahlte mit dem Kiefer, bevor er nickte. »Schön. Und wie erklären wir es den Leuten, wenn wir auf einen Kindergeburtstag stolpern, bis an die Zähne bewaffnet?«

»Das wird kein Kindergeburtstag sein. Entweder finden wir dort Ylva oder Bailey«, mischte sich Bishop ein und begann damit, Waffen und Munition in eine Sporttasche zu packen.

»Wir nehmen die Masken mit«, schaltete sich letztlich auch noch mein Vater ein, der in der Tür lehnte und uns bei unseren Vorbereitungen beobachtete.

»So kann sich keiner gezielt an einen von uns heften. Und sie wissen nicht, ob sie gerade gegen Atlas kämpfen oder gegen Thiago.« Er deutete auf die goldenen Wolfsmasken, die an der gegenüberliegenden Wand hingen. Wir benutzten sie zur Tarnung – sie besaßen eine spezielle Technologie, die dazu führte, dass sie auf Videos reflektierten.

»Gute Idee«, stimmte ich zu und drängte mich nach draußen.

»Interessanterweise erhielt ich zwei Minuten vor deiner Nachricht eine Mitteilung meiner Informanten. Die Anführer der Kubaner sind heute auf eine recht exklusive Hochzeit geladen und versammeln sich, um dem Spektakel beizuwohnen«, erklärte er mit dunkler Stimme.

»Woher weißt du das?«, forderte Kade, ohne mir die Zeit zu lassen, emotional auf diese Nachricht zu reagieren.

Eine Hochzeit … das klang doch nur allzu bekannt.

»Ein alter Freund schuldete mir noch einen Gefallen.

Ich habe ihn eingefordert.« Graysen sah nicht aus, als würde er weiter ins Detail gehen, doch Bishop beließ es selbstverständlich nicht dabei.

»Bringt er sich damit selbst in Gefahr?«

»Anscheinend ist seine Tochter kurzfristig krank geworden, weswegen er heute nirgends hin kann«, erwiderte er. Das sagte alles – und bot später noch genug Redestoff.

Für den Moment war es jedoch egal, warum Mitglieder der kubanischen Mafia meinem Vater Gefallen schuldeten oder warum er jemals mit ihnen *befreundet* gewesen war.

»Ich hoffe, ihr seid bereit ... und gut genug ausgerüstet, um die ganze Bande in die Luft zu jagen, wenn es darauf ankommt«, knurrte ich.

»Aber klar doch, Boss«, antwortete Bishop, ein dickes Grinsen auf den Lippen.

Er benutzte den Ausdruck immer nur in Situationen wie diesen, meinte ihn selten ernst und machte generell einen Spaß daraus, wenn ausgerechnet ich den Befehlston anschlug, wo ich selbst doch nie derjenige war, der die Waffe führte.

Heute sah das mit Sicherheit anders aus.

»Wir nehmen den *Escalade*. Und wir werden nicht eher gehen, bevor wir nicht herausgefunden haben, von wem die Nachricht kam ... falls wir dort weder Bailey noch Ylva finden.« Ich ging voraus, Kade eilte an meine Seite.

»Was, wenn die Hochzeit nicht dort stattfindet?«, fragte er.

»Hat er dir den Veranstaltungsort genannt?«, gab ich die Frage im Gehen an meinen Vater weiter, doch der schüttelte den Kopf.

»Er hatte Angst, es wäre dann zu offensichtlich, dass er der Informant war.«

»Soll ich zu ihm fahren und die Info aus ihm herausholen? Wir können uns aufteilen«, schlug Kade prompt vor, bereits in jenem Modus, der ihn noch blutrünstiger als sonst erscheinen ließ.

Graysen schüttelte abermals den Kopf. »Ich kann es mir nicht leisten, ihn zu vergraulen, verstanden?«

Bevor Kade herumfahren und meinen Vater in eine brenzlige Situation verwickeln konnte, packte ich seinen Oberarm und zog ihn weiter in Richtung der Haustür. »Keine Sorge, du kannst deine Aggressionen heute alle loswerden«, sagte ich und versuchte, ihn damit von seinem ersten Impuls abzulenken.

Ich verstand den Hintergrund ... aber auch für mich gab es Dinge, die ich mir nicht leisten konnte. Eines davon in jedem Fall, meinen Vater derart zu verärgern.

»Heute wird sich etwas tun, Kade. Vielleicht kehren wir später mit Bailey zurück. Das ist der Gedanke, an dem du dich festhalten solltest«, meinte ich etwas leiser zu ihm, damit die anderen nichts von meinen Worten mitbekamen.

Dann schob ich ihn zur Tür hinaus, warf Bishop den Schlüssel für den *Escalade* zu und sorgte gleichzeitig dafür, dass alle im Wagen ankamen, bevor wir uns in Richtung Palm Bay aufmachten.

Kaum war das Auto auf der Straße, nutzte ich mein Tablet, um mit Alvaro Recherchen über das Gelände und die unmittelbare Umgebung des Standorts anzustellen. Auf den Satellitenbildern sah es so aus, als handelte es sich um ein weitläufiges Grundstück mit einem einzigen, freistehenden Haus darauf.

Man würde unsere Ankunft so oder so mitbekommen – wenn man dort nicht gerade mit einer Hochzeit und anderen Festlichkeiten beschäftigt war.

Möglicherweise war das der perfekte Zeitpunkt, um mit dem Beten anzufangen. Wir konnten uns den Weg wohl kaum freischießen, brauchten den Überraschungseffekt auf unserer Seite.

»Wenn sie dort ist und wir nicht rechtzeitig ankommen, garantiere ich für nichts«, stieß ich unvermittelt genug aus, um die anderen aus ihren eigenen Gedanken aufzuschrecken.

»Du willst wegen einer Frau, die du ein paar Wochen kennst, jahrelange Selbstbeherrschung aufgeben?«, fuhr mich mein Vater härter an als notwendig.

In meinem Geist tauchte die Erinnerung auf, wie er mich gepackt und durch den Raum geschleudert hatte. Für einen Moment sah ich all die Male, in denen er mir den Rücken gekehrt hatte, weil er sich für die Probleme seines Sohnes geschämt hatte.

»Bailey ist nicht irgendeine Frau«, erwiderte ich mit einem Knurren, wohlwissend, dass er *das* nicht gesagt hatte.

»Wir sollten das nicht jetzt diskutieren«, meldete sich Bishop zu Wort. »Wir wissen nicht, was uns dort erwartet. Aber es steht außer Frage, dass wir alles tun werden, was nötig ist.«

»Wir sollten uns überlegen, wie wir vorgehen. Und zwar bevor wir ankommen.« Kade sah mich an. Sein Blick sagte mehr aus als seine Worte.

Es war meine Nerven nicht wert, diese Diskussion zu führen.

Ich hatte erwartet, dass gerade mein Vater die Gefühle verstand, die in meiner Brust tobten, doch damit hatte ich mich wohl geirrt.

»Schön. Reden wir darüber.«

Eine Weile später hatten wir zumindest einen ungefähren Schlachtplan, eine Vorstellung davon, passend zu jedem Szenario zu handeln.

Die Stimmung im *Escalade* lud sich immer weiter auf,

je näher wir Palm Bay und damit unserem kleinen Ausflugsziel kamen. Was würde uns dort erwarten?

Bishop ließ sich seine Gedanken nicht weiter anmerken. Das Gesicht meines Vaters war blank wie ein Stück weißes Papier. Kade sah so aus, als würde er das Auto jeden Moment mit purer Willenskraft in einen Düsenjet verwandeln. Alvaros Aufmerksamkeit ruhte auf dem Tablet und unseren Plänen, während Thiago die Umgebung im Blick behielt.

Wir boten ein hervorragendes Angriffsziel ... doch wir hatten auch die Macht, einzuschlagen, wie eine verdammte Nuklearwaffe.

BAILEY

I can hear the church bells ring ... but not today. Not today, Satan.

Ich starrte meine Reflektion im Spiegel an und unterdrückte den kurzzeitigen Würgereiz, der mich sofort heimsuchte. Die Person, die mir da entgegenblickte, war definitiv nicht ich.

Die Frisörin hatte meine Haare in eine süße Frisur verwandelt, mit leichten Locken, die im Licht glänzten, aber dennoch dem weißen Band, das sie eingeflochten hatte, nicht die Show stahlen.

Das Kleid hing an mir, als wäre es mindestens zwei Nummern zu groß – kein Wunder. Seit der Anprobe hatte ich sicher noch das ein oder andere Kilo verloren, was man nun sah, bei jedem Schritt, den ich machte.

Mich störte es nicht. Im Gegenteil. Es würde Cyrus lediglich vor Augen führen, unter welchen Umständen er mich die letzten Tage bei sich behalten hatte.

Ich konnte es kaum erwarten, ihm zu zeigen, wen er

sich da wirklich ins Haus geholt hatte, als er so unbedacht geglaubt hatte, meine Entführung wäre eine gute Idee.

Mir war es tatsächlich gelungen, die Schere die letzten Tage über vor den Augen der Leute zu verbergen, die regelmäßig nach dem Rechten sahen. Selbst Ylva ahnte nichts von ihrer Existenz. Auch den beiden Frauen, die mich vorhin eingekleidet hatten, war nichts aufgefallen.

Letztendlich hatte ich sie in dem Strumpfband verstaut, das sie mir ganz zum Schluss über das Bein gestreift hatten. Griffbereit. Darauf wartend, dass ich sie hervorzog und einsetzte.

Der Elektroschocker befand sich noch immer an meinem Fußgelenk. Vermutlich würde er dort auch bleiben, weil all die Gäste, die seit Stunden nach und nach eintrafen, über die genaueren Umstände Bescheid wussten.

Doch das änderte nichts daran, dass ich Cyrus einen Schritt voraus war und er nichts von meinem Vorhaben ahnte. Vorhin hatte ich das Handy der Frisörin geklaut, als sie für ein paar Minuten aus dem Raum verschwunden war, um eine Tasche zu holen, die sie im Auto vergessen hatte.

Ein paar Sekunden waren alles gewesen, was ich gebraucht hatte, um Atlas' Nummer einzutippen und ihm meinen aktuellen Standort zu schicken. Danach hatte ich jegliche Spuren gelöscht ... und als sie wieder zurückgekommen war, hatte ich seelenruhig auf meinem Stuhl gesessen und mir nichts von alledem anmerken lassen.

Selbst die Sorge, die mich wenige Minuten darauf gepackt hatte, hatte ich geschickt überspielt. Was, wenn ein Zahlendreher in der Nummer gewesen war, ich sie mir nicht richtig eingeprägt hatte? Was, wenn er den Hinweis nicht verstand und glaubte, es hätte einfach nur irgendwer die falsche Nummer eingegeben?

Mittlerweile war der kleine Vorfall Stunden her … und ich betete dafür, dass sie rechtzeitig hier auftauchen würden und somit Cyrus seinen Tod fand, bevor er mir einen Ring an den Finger stecken konnte. Und ich so tun musste, als wäre das heute der glücklichste Tag meines gesamten Lebens.

Einer der Sicherheitsmänner steckte den Kopf zur Tür herein. »Du hast noch fünf Minuten, dann bringen wir dich nach unten, damit du einlaufen kannst.«

Ich hasste es, dass jede Sekunde des Tages akribisch durchgetaktet war. Es gab keinen Raum für freie Entfaltung oder Zufälle. Vermutlich hatte er jede Eventualität genauestens durchdacht. Blieb nur zu hoffen, dass keines seiner Szenarien eine Schere beinhaltete, die scharf genug war, um tödlichen Schaden anzurichten.

All das Gedankenwirrwarr brachte jedoch ohnehin nichts, also griff ich nach den weißen High Heels, die mir vorhin noch gebracht worden waren, und schlüpfte hinein. Sie waren filigran, wirkten an meinen Füßen vollkommen fehl am Platz.

Als versuchte man, eine Riesin in eine süße Fee zu verwandeln. Wo waren meine Combatboots, wenn ich sie brauchte?

Ich erhob mich und spürte sofort, dass der Weg nach unten ein Abenteuer werden würde. Die Teile schmerzten nicht nur an meinen Füßen, sondern sorgten auch dafür, dass ich mich beim Gehen ziemlich unsicher fühlte.

Wunderbar.

Mit einem Fluch auf den Lippen stakste ich zur Tür, riss sie auf und bedachte den dort platzierten Sicherheitsmann mit einem finsteren Blick. »Das sind keine Schuhe, die für mich gemacht sind«, beschwerte ich mich.

Der Absatz war so dünn, dass ich Angst hatte, er würde allein unter meinem Gewicht entzweibrechen.

Nicht, dass es mich jucken würde. Es schränkte nur meine Bewegungsfreiheit ein. Meine Möglichkeiten, schnell zu handeln und mit den richtigen Reflexen auf unvorhergesehene Vorkommnisse zu reagieren.

»Ist mir egal«, schnauzte er und packte meinen Oberarm. »Die Hochzeitsgesellschaft wartet. Los geht's, Prinzessin.«

Ich schluckte und ließ mich von ihm die Treppe nach unten führen, wohlwissend, dass ich aus meiner misslichen Lage irgendwie herauskommen musste, bevor man mich dazu zwang, Cyrus das Ja-Wort zu geben.

Musik schwebte durch den unteren Teil des Stockwerks und erfasste mich, sobald ich die letzte Treppenstufe bezwungen hatte. Mein Begleiter deutete nach links auf eine geöffnete Doppeltür, die den Blick auf den Saal dahinter freigab.

Stuhlreihe um Stuhlreihe zog sich durch die Länge des Raumes, nur um in einem wahnsinnig kitschigen Blumenarrangement zu enden, das von unzähligen Lichtern umgeben war.

Mein Herzschlag beschleunigte sich, mein Blick huschte zur Eingangstür. Das wäre der perfekte Moment für Atlas, Kade und Bishop, um hereinzustürmen und das ganze Desaster zu beenden. Doch alles blieb ruhig.

Keine Schüsse. Keine Explosionen. Keine Männer, die nach Verstärkung brüllten und den Rest warnten.

Also war ich wohl auf mich allein gestellt. Konnte es eigentlich noch schlimmer kommen? Vermutlich nicht.

»Sobald die Streicher anfangen, läufst du mit mir ein«, murmelte der Gorilla an meiner Seite und ich nickte.

Mich beschlich das Gefühl, dass ich gerade meine eigene Beerdigung besuchte, mich selbst zum Schafott führte, bevor der Henker mir den Kopf abtrennen würde. Im übertragenen Sinne natürlich. Er würde mich sicher nicht umbringen lassen, sobald er mich nicht mehr für seine Zwecke benötigte – so viel hatte ich die letzten Tage über herausgefunden. Nein. Er würde jede Minute, die er mich an sich binden konnte, in vollen Zügen genießen.

Ein bitterer Geschmack breitete sich auf meiner Zunge aus.

Plötzlich erloschen die Lichter – meine Hoffnung schoss nach oben. Doch dann hörte ich die ersten Töne der Streichmusik und schon löste sie sich wieder in Luft auf.

Cyrus hatte das alles exakt geplant. Jeden Moment. Jede meiner Reaktionen. Ich würde ihm nicht in die Karten spielen, in dem ich mich so verhielt, wie er es von mir erwartete.

Mit hoch erhobenem Kopf schritt ich am Arm des Sicherheitsmannes in den Saal hinein. All die anwesenden Gäste hatten sich erhoben, Cyrus wartete vorne auf einem kleinen Podest, ein fettes Grinsen auf den Lippen.

Also pflasterte ich mir meinerseits ebenfalls eines aufs Gesicht, das seines in den Schatten stellte, machte ein Schauspiel daraus, den Weg zu ihm zu bestreiten.

Ich ignorierte die Tatsache, dass er mir ein Blumenmädchen vorausgeschickt hatte und sich die Doppeltür direkt nach uns geschlossen hatte. Stattdessen sah ich mir die Gäste genauer an. Versuchte, mir so viele Gesichter wie möglich einzuprägen, damit ich sie anschließend finden und umbringen konnte.

Wenn ich wetten müsste, würde ich meine Pferde wohl darauf setzen, dass all diese Menschen Teil der kubanischen Mafia waren, und Cyrus dieses Spektakel auch aufführte, um einen symbolischen Punkt zu landen. Er riss sich einen Teil der Wölfe unter den Nagel und somit die Macht über die Stadt Miami.

Mein Blick schoss auf der Suche nach Ylva umher,

doch ich entdeckte sie nirgends. Entweder war es ihm zu unsicher, uns beide auf dieser Hochzeit zu wissen, oder aber sie war gut versteckt.

Als ich die Stufe auf das Podest erklomm, hätte ich am liebsten die Hände ausgestreckt, um ihm mit den Nägeln die Augen auszukratzen. Doch ich riss mich zusammen, damit er mir vertraute, und es nicht kommen sah, wenn ich ihm in den Rücken fiel.

»Wir haben uns heute hier versammelt«, begann der Kerl vor uns, doch ich blendete sein nasales Gelaber aus, um mich vollständig auf Cyrus zu konzentrieren.

Ich erwiderte seinen Blick unverhohlen, ließ mich nicht davon einschüchtern, dass er mich lüstern anstarrte. Er konnte es wohl kaum erwarten, dass diese ganze Zeremonie hier vorüber war.

Wie gut, dass sie ihr vorgesehenes Ende niemals finden würde.

Erkannte er, was ich plante? Oder sah er in mir nur das, was er wollte? Eine Frau, von der er glaubte, sie würde ihm am Ende des Tages ganz allein gehören?

Ein Teil von mir hätte in diesem Moment gerne seine Gedanken gelesen. Mehr gesehen, als nur den Ausdruck in seinen Augen.

Während der Priester – oder was auch immer der Typ war, der die Zeremonie leitete – vor sich hin redete, ließ ich eine Hand an meiner Seite hinabgleiten. Glücklicherweise war es jene, die vom aufmerksamen Publikum abgewandt war, sodass ich ungesehen unter den Stoff meines Kleides kam.

Sah doch jemand genauer hin, schloss er vermutlich auf Nervosität, nichts weiter.

Ich atmete erleichtert auf, als meine Finger gegen das kühle Metall der Schere stießen. Fehlte nur noch der perfekte Moment. Gedanklich ging ich meinen Plan durch.

Cyrus in meine Gewalt bringen, eine Waffe in die Hand bekommen. Sie würden nicht auf mich oder ihn schießen. Er war zu kostbar für ihre Pläne, und mich brauchten sie noch, um diese überhaupt durchzuführen.

Der Priester redete irgendetwas davon, dass wir uns einen Schritt annähern sollten, also ging ich ein Stück auf Cyrus zu, brachte mich damit automatisch in eine bessere Position.

»Bitte gebt einander nun die Hände«, sagte er als Nächstes.

Das war der Moment, auf den ich unwissend gewartet hatte. Ich täuschte an, ihm eine meiner Hände entgegenzustrecken, sodass er seine darum schloss, irritiert aber einen weiteren Schritt näherkam, um mir seine andere fordernd entgegenzustrecken.

Mit einem kräftigen Ruck, der mich einen großen Teil meiner Energie kostete, stieß er gegen mich. Meine Hand, die fest um die Schere lag, erreichte seinen Hals in derselben Sekunde, in der ich ihn mit dem Rücken gegen meine Brust presste, ihn als menschliches Schutzschild benutzte.

»Die bezahlen dir nicht genug, um hier oben zu sterben, Priester«, knurrte ich und nickte mit dem Kinn in Richtung Tür.

Zu meiner Überraschung machte er, dass er davonkam. Man hielt ihn nicht auf. Dann richtete ich den Blick auf die Hochzeitsgesellschaft. Die Männer standen dort, die Hände an ihren Waffen. Zögerlich.

Herrlich. All die Sekunden, die sie verschwendet hatten, um sich unsicher anzusehen, hätte ich an ihrer Stelle bereits genutzt gehabt, um die Situation an mich zu reißen. Pech für sie.

»Beweg dich nicht, Cyrus, sonst bohrt sich die Spitze der Schere vielleicht noch in deine Aorta«, zischte ich in sein Ohr. Ich spürte, wie ihm der Schweiß ausbrach. Er nickte.

Wo war seine Dominanz jetzt?

»Herzlich Willkommen zu einer Hochzeit, der ich nicht zugestimmt habe«, rief ich laut, bohrte die Schere fester in Cyrus' Hals, bis ein einzelner Blutstropfen hervortrat. »Einer von euch Gentlemen muss mir jetzt seine Waffe borgen, damit wir das hier sauber und schnell über die Bühne bringen können. Ich war lange genug hier, und es ist an der Zeit, zu gehen.«

Keiner bewegte sich, obwohl meine Stimme eigentlich keine Widerrede zugelassen hatte. Seufzend packte ich Cyrus fester, nutzte meine freie Hand, um nach seinem Gürtel zu greifen.

»Okay, ich weiß nicht, wie empfindlich eure Mägen sind, aber wenn ihr wollt, könnt ihr gleich dabei zusehen, wie ich diesen Herren hier entmanne.«

»Das ist lächerlich«, keuchte Cyrus. Er versuchte, seine Hand in Richtung seiner Hosentasche zu schieben.

Ich ahnte bereits, was sich darin befand, also kam ich ihm zuvor, indem ich ihm die Hose samt Boxershorts nach unten riss und ihn vor all den versammelten Kubanern entblößte.

Ein nervöses Murmeln ging durch den Raum.

»Glaubt ihr wirklich, ich scherze? Ich will eine geladene Waffe. *Jetzt*. Gebt sie dem Blumenmädchen, damit sie diese zu mir bringen kann«, wiederholte ich meine Forderung, sah dabei aufmerksam in die Menge.

Die Sicherheitsmänner, die sich seitlich an den Wänden in meine Richtung vorarbeiteten, entgingen mir natürlich nicht. Mir lief die Zeit davon, wenn ich das hier noch für mich entscheiden wollte.

Plötzlich kam Bewegung in die Menge, fünf Sekunden

später lief das dunkelhaarige Mädchen in meine Richtung. Ich passte meine Stimme automatisch wieder einer normalen Situation an, als sie bei mir ankam. »Danke, Liebes. Wirklich nett von dir. Du brauchst nichts zu befürchten. Wenn alle das tun, was ich ihnen sage, wird niemandem etwas geschehen.«

Obwohl ich nun im Besitz einer geladenen Waffe war, ließ ich die Schere nicht fallen. Für den Moment war sie alles, was Cyrus davon abhielt, sich gegen meinen zunehmend schwächer werdenden Griff zu wehren.

Meine Ressourcen waren nicht unendlich, die Mangelernährung der letzten Tage machte sich nun deutlicher als zuvor bemerkbar. All meine kleinen Trainingseinheiten, all das Planen nutzte nichts, wenn ich nicht stark genug war, um Cyrus weiterhin in meiner Gewalt zu halten.

»Öffnet die Türen und macht den Weg nach draußen frei. Ich brauche einen vollgetankten Wagen und die dazugehörigen Schlüssel, meine Herren. Sobald ich außerhalb eurer Reichweite bin, lass ich Cyrus brav gehen.« Eine Lüge, die ich geradeheraus aussprach.

Cyrus würde nirgendwohin gehen. Er würde das Ende des Tages nicht erleben, wenn ich erst einmal hier raus war.

Ein älterer Mann, ungefähr in Cyrus' Alter, trat in den Mittelgang. »Ich glaube nicht, dass wir Sie gehen lassen können, Bailey. Und es wäre sehr schade, wenn man Zwang anwenden müsste, wo Ihre Aufgabe, das, was wir von Ihnen verlangen, doch so simpel und einfach ist.«

Ich lachte auf. »Dann heiraten Sie ihn doch.«

Meine Hand mit der geladenen Pistole wanderte tiefer, bis ich den Lauf direkt gegen seinen Schwanz drücken konnte. Der war ohnehin nicht der Rede wert, schien sich nun aber noch weiter zurückzuziehen, um der unmittelbaren Gefahr zu entgehen.

»Süß«, knurrte ich Cyrus ins Ohr, richtete dann meine Aufmerksamkeit wieder auf den Kerl im Mittelgang.

»Legen Sie die Waffe weg, Bailey. Ansonsten sorge ich dafür, dass einer meiner Männer sie augenblicklich von den Füßen holt.« Die Drohung war alles, was es noch brauchte, damit mein Hirn für einen kurzen Moment aussetzte.

Eine Kurzschlussreaktion legte meinen Verstand lahm. Der Schuss hallte durch den Saal. Blut spritzte. Cyrus schrie wie ein Schwein auf der Schlachtbank.

«Ups", sagte ich, einen bedauernden Tonfall anschlagend.

Ich sah nach unten auf das rohe, zerfetzte Fleisch zwischen seinen Beinen und dann zu dem Kubaner, der mir gerade eben noch gedroht hatte. Das Lächeln, das sich auf meinen Lippen bildete, war beinahe psychotisch. »Schau nur, was du angerichtet hast. Das ganze Kleid ist ruiniert«, höhnte ich.

Cyrus wurde in meinem Griff immer schwerer. Vermutlich wollte er sich auf die Knie sinken lassen, damit er sich wie ein Embryo zusammenrollen und nach seiner Mutter brüllen konnte.

Ich ließ ihn nicht los.

»Wie ich bereits sagte … ich scherze nicht.« Im selben Moment flüchtete das Blumenmädchen zurück zu den Hochzeitsgästen.

Ein weiterer Teil hatte sich erhoben, arbeitete sich aber zum Ausgang vor. Anscheinend besaßen nicht alle Anwesenden genug Eier.

»Ich möchte mich nur ungern ein zweites Mal wiederholen. Einen Wagen, bitte.« Das war das letzte Mal, dass ich meine Forderung so deutlich aussprechen würde.

Danach besaß ich nicht mehr genug Geduld, um weiterhin diplomatisch vorzugehen. Ich würde mir notfalls den Weg freischießen, wenn sie mir keine andere Wahl ließen. Ich würde das letzte bisschen meiner Kraft aufwenden, um aus diesem elendigen Haus zu kommen – egal, ob Cyrus noch lebte, oder an seinen Verletzungen starb.

Erwartungsvoll sah ich den älteren Kubaner an, doch dann erweckte etwas anderes meine Aufmerksamkeit. Das Brüllen von Sicherheitsmitarbeitern. Schüsse.

Mein Herz beschleunigte sich zum zweiten Mal an diesem Tag, diesmal allerdings, weil ich ahnte, was draußen vor sich ging. Weil ein Gefühl in meinem Inneren mir verriet, dass mein Rudel gekommen war, um mich zu retten. Um *uns* zu retten.

Die Doppeltür flog auf, Männer brüllten, Schüsse fielen, doch für einen Moment war alles, was ich sehen konnte, die goldenen Wolfsmasken, die die Identität der unangekündigten Besucher verschleierten.

Ich erkannte sie trotzdem.

Ein Gefühl des Triumphs schoss durch meinen Körper, Adrenalin peitschte hinterher und machte meine fehlende Energie für kurze Zeit wett.

Aus einem Impuls heraus warf ich den Kopf in den Nacken, imitierte das Heulen eines Wolfs ... und stieß Cyrus von mir, um stattdessen auf den Mann zu zielen, der eben noch versucht hatte, mit mir zu verhandeln.

Wie hochrangig all die hier versammelten Kubaner wohl waren? Welche Rollen hatten sie inne? Was würde es bedeuten, wenn ich sie erschoss?

Bevor ich es herausfinden konnte, wusste ich, dass ich einen Fehler gemacht hatte.

Schmerz schoss mein Bein nach oben, riss mich von den Füßen. Ließ mich Sterne sehen, bevor sich die

Schwärze am Rand meines Sichtfelds ausbreitete. Ich spürte, wie meine Muskeln krampften. Plötzlich gab es keine Luft mehr, die ich atmen konnte, die Enge in meiner Brust versetzte mich in Panik ... und mit einem Mal war da gar nichts mehr.

BISHOP

Let's get our she-wolf outta here.

Spannung lag in der Luft und drohte, mich umgehend mit sich zu reißen, sobald ich die Doppeltüren in den großen Saal aufstieß und für zwei Sekunden das Bild in mich aufnahm, das sich mir drinnen bot.

Allein der Weg hierher war kein Zuckerschlecken gewesen, und ich hegte keine Zweifel daran, wie es weitergehen würde. Mindestens ebenso schlimm, wenn nicht sogar schlimmer.

Im Bruchteil einer einzigen Sekunde änderte sich nämlich alles. Im einen Moment thronte Bailey noch wie eine griechische Göttin über der gesamten Hochzeitsgesellschaft, stark und im Begriff, sich selbst aus dem Schlamassel zu befreien. Im nächsten ging ein Ruck durch ihren Körper, ihre Extremitäten zuckten. Sie fiel.

Mein Herz setzte einen Schlag aus. Ich wollte lossprinten, doch Graysen war näher an ihr dran, also rannte er anstelle meiner los, während ich ihm den nötigen Feuerschutz gab.

Rechts und links vom Mittelgang versammelte sich die High Society der kubanischen Mafia, versuchte mit gezogenen Waffen entweder, sich zu verpissen oder in den offenen Kampf zu gehen.

An jedem anderen Tag hätte ich *Jackpot* gebrüllt und mich daran gemacht, unseren Feind zu dezimieren. Heute konnte ich den Hintergedanken nicht loslassen, warum wir hier waren und was unsere oberste Priorität war.

Als ich Kade hinter mir spürte, rannte ich endlich los. Ich überbrückte die wenigen Meter zu Graysen, der Baileys schlaffen Körper in seinen Händen hielt. Man sah das Weiß ihrer Augen.

»Sie atmet, aber schwach«, teilte er mir über den Lärm hinweg mit, der um uns herum ausgebrochen war. Vage nahm ich wahr, was das zu bedeuten hatte. Atlas, Kade, Alvaro und Thiago waren dazu übergegangen, aufzuräumen.

»Wir müssen sie hier rausbringen«, zischte ich und ließ den Blick über ihren Körper gleiten.

Das Brautkleid an ihr, als hätte Cyrus sie zu einem perfiden Schauspiel gezwungen. Sie in eine Rolle gezwängt, die ihr überhaupt nicht stand.

Meine Augen blieben an ihrem Fuß hängen, und an dem kleinen Gerät, das mit einem Lederriemen an ihrer Fessel befestigt war. Gleißende Wut schoss durch meine Eingeweide, als ich ein Messer zog und das Band durchtrennte.

Ich schleuderte das Gerät fort, entdeckte im selbenAugenblick die Blutspuren und ahnte, dass sie nur zu Cyrus gehören konnten. Doch von ihm fehlte jede Spur.

Die Wut in mir wurde stärker. »Irgendwer muss den

Bastard finden!«, brüllte ich. »Er darf auf keinen Fall entkommen!«

Die Köpfe meiner Brüder schossen zu mir herum, irgendwer setzte sich in Bewegung, um der Blutspur zu folgen. Ich kniete mich neben Bailey, bereit sie aus Graysens Armen zu nehmen, sie sofort ins Auto zu bringen. Weg von hier.

Ich wechselte einen kurzen Blick mit Graysen. Es brauchte keine Worte, um das auszudrücken, was wir beide dachten.

Vorsichtig schob er Bailey in meine Arme, doch sobald meine Finger ihre Haut berührten, spannten sich die Muskeln darunter an. Hart.

Ihre Augen flogen auf, sie riss Luft in ihre Lunge, ohne jedoch wirklich zu erkennen, wer sich an ihrer Seite befand. »Sie ist hier«, murmelte sie. Immer und immer wieder, bis ihre Augen erneut zufielen und geschlossen blieben.

Ich erhob mich mit ihr, die geladene und entsicherte Waffe noch immer in einer Hand. Sie brauchte einen Arzt, so viel stand fest.

»Glaubst du, du schaffst das allein?«, verlangte Graysen zu wissen.

»Ich knalle einfach jeden ab, der mir in den Weg stolpert«, erwiderte ich grimmig. Jedes Wort davon meinte ich ernst.

Durch die goldene Wolfsmaske hindurch suchte ich erneut nach seinen Augen. »Nenn mich verrückt, aber mit *sie* ... mir fällt nur eine Person ein, die Bailey meinen könnte.«

»Ylva«, stieß er aus, war sofort auf den Beinen, um sich auf die Suche zu machen.

Ich nickte ihm ein letztes Mal zu, dann ging ich los, Bailey noch immer in meinen Armen. Es gefiel mir nicht, wie sich ihre Bewusstlosigkeit in die Länge zog – vor allem, weil das kleine Gerät an ihrem Fuß sicher kein Schrittzähler gewesen war. Ein Elektroschocker hingegen sehr viel wahrscheinlicher. Um sie unter Kontrolle zu halten, um sicherzustellen, dass sie sich auch benehmen würde.

Mit was hatte er Bailey noch gedroht? Ich schickte ein Stoßgebet gen Himmel, dass einer der anderen dazu in der Lage sein würde, Cyrus Fender aufzuspüren und davon abzuhalten, von hier zu verschwinden.

Wenn er entkam, würde er den Rest seines kurzen Lebens ein Gejagter sein. Kein Stein würde am Ende noch auf dem anderen liegen, wenn meine Suche nach ihm zu Ende ging, und ich ihn in unsere Folterhalle brachte, um ihm in seinen letzten Stunden noch einmal richtige Qualen zu bereiten.

Das laute Brummen eines Helikopters schob sich für einen kurzen Moment in mein Bewusstsein, doch ich verdrängte es, als ich vom Saal ins Foyer stolperte, über die Leichen der Männer hinwegstieg, die wir kurz und schmerzlos erledigt hatten, um Zugang zur Hochzeit zu erlangen. Draußen vor der Villa zog sich die Spur fort.

Etliche Männer waren gestorben, doch keiner dieser Tode war befriedigend genug, um Cyrus laufen zu lassen.

»Du musst stark bleiben, kleine Wölfin«, murmelte ich, als ich Bailey vorsichtig auf die Rückbank des *Escalades* bettete, das Smartphone bereits in der Hand, um unserem privaten Arzt Bescheid zu geben. Er musste uns ein Stück weit entgegenkommen, damit er sich bereits auf dem Weg zurück nach Key Biscayne um sie kümmern konnte.

»Bishop?« Ihr leise Murmeln so sanft, dass ich sie kaum vernahm.

Mein Blick schoss zu Bailey, die mich unter halb geschlossenen Lidern hervor ansah.

Ich zog die Maske vom Gesicht und nickte.

»Meine Organe fühlen sich an, als wären sie gegrillt worden«, fuhr sie fort, bevor sie anfing zu husten. Bailey krümmte sich zusammen, als der Schmerz durch ihren Körper schoss.

Mit zusammengebissenen Zähnen brachte ich sie in eine aufrechte Position, fischte unter dem Sitz nach einer Flasche Wasser, öffnete diese und hob sie ihr an die aufgeplatzten Lippen.

»Vorsichtig«, mahnte ich unnötigerweise.

Ich wusste nicht, wohin mit meinen Händen. Sollte ich nach weiteren Verletzungen suchen? Mich einfach hinters Steuer setzen und dem Arzt entgegenfahren? Sie aus der Gefahrenzone bringen? Oder setzte ich sie damit möglicherweise einer anderen Gefahr aus?

Während Bailey trank, richtete ich mich ein wenig auf, um die unmittelbare Umgebung im Auge zu behalten. Das Letzte, was ich jetzt gebrauchen konnte, war ein verwirrter Mafioso, der sich für einen Helden hielt und den Wagen aus dem Hinterhalt angreifen würde.

»Wir bringen dich nach Hause. Irgendwer wird dafür sorgen, dass es dir bald wieder besser geht«, versprach ich und hörte selbst, wie dumm das klang.

Mit gerümpfter Nase wandte ich mich ab, zog mein Smartphone heraus und versicherte den anderen per Gruppennachricht, dass Bailey in Sicherheit war. Dann rief ich den Chat mit Morgan auf, um ihm ein Update zu geben ... erlaubte ihm im selben Satz, nach Biscayne zu kommen.

Er kannte den Standort der Villa, und wenn Bailey erwachte, war sie sicher froh darüber, ihn zu sehen. Und nicht etwa die Typen, denen es knapp zwei Wochen lang nicht gelungen war, sie zu befreien. Die erst in der Sekunde auftauchten, in der sie sich ihre eigene Freiheit beinahe eigenhändig erarbeitet hatte.

Die Schüsse und das Brüllen hielten noch eine Weile an, ebenso das Geräusch von davonrasenden Autos. Ich nahm es nicht wahr, damit ich mich voll und ganz darauf konzentrieren konnte, was wirklich zählte: Bailey zu schützen und für ihr unmittelbares Wohlergehen zu sorgen.

Keiner von uns konnte es sich leisten, wenn sie auf den letzten Metern vorm Ziel noch einmal angegriffen wurde. Oder schlimmer noch, wenn es irgendeinem verrückten Kubaner gelingen würde, sie doch wieder an sich zu reißen, um die Erpressung fortzuführen.

Wir hatten zwar die Hochzeit gecrasht, aber damit war der Krieg gegen die kubanische Mafia und Cyrus Fender sicher nicht gewonnen. Im Gegenteil. Der Spaß begann gerade erst.

ATLAS

Maybe my heart just skipped a beat.

Systematisch ging ich einen Raum nach dem anderen ab, mit gezogener Waffe, allzeit bereit dazu, sie auch zum Einsatz zu bringen. Ich ignorierte die Art, wie meine Haut spannte und das flaue Gefühl in meiner Magengegend, das mir eindeutig sagte, ich sollte mich in dieser Hinsicht nicht überschätzen.

Wer konnte schon mit Sicherheit behaupten, ob es mir leichtfallen würde, den Abzug zu drücken? Die Blutlust und das konstante Verlangen danach, einen anderen Menschen zu töten waren eine Sache. Eine ganz andere jedoch, es auch aktiv zu tun ... nicht, dass ich mir eine Wahl gelassen hätte.

Jeder, der mir vor den Lauf der Waffe stolperte, würde heute sein Ende finden. Ich hatte den lächerlichen Aufzug gesehen, den Cyrus veranstaltet hatte. Ein schneller Blick auf Bailey und ihren aktuellen Zustand war ausreichend, der Blick der anderen Wölfe. Die Wut auf diesen Mann war so tief wie am ersten Tag ... mit dem kleinen Unterschied, dass er heute tatsächlich dran glauben würde.

Sobald er einem von uns über den Weg lief, würde er sein Ende finden. Ein für alle Mal vom Angesicht der Erde verschwinden, damit er eine Nummer wie diese nicht nochmal durchziehen konnte.

Mein Körper stand unter Strom, seit wir auf das Gelände gefahren waren. Ich spürte die Anspannung in jeder einzelnen Faser, und obwohl ein Teil meiner Gedankengänge noch immer normal nebenherlief, war ich hochkonzentriert. Immer darauf gefasst, gleich schießen zu müssen.

Den Finger hatte ich direkt neben dem Abzug platziert, aber er zitterte. Meine Reaktionsgeschwindigkeit war hervorragend, doch im Unterbewusstsein war nach wie vor fest verankert, diesen einen gravierenden Fehler niemals zu begehen.

Ich biss die Zähne aufeinander, spannte den Kiefer an, ließ wieder locker, als der Muskel unter meinem Auge zu zucken begann.

Mit flachem Atem bewegte ich mich Schritt für Schritt durch den Gang nach unten, bis ich den Keller erreichte und die Tür zum nächsten Raum aufstoßen konnte.

Sofort bemerkte ich die Unterschiede, egal, wie subtil sie auch waren. Es herrschte vollkommene Dunkelheit. Schwärzer als schwarz. Der Geruch, der in der Luft lag, konnte kaum als angenehm beschrieben werden. Eher so, als hielte man hier unten irgendeine Art von Tier, um dessen Hygiene man sich nicht kümmerte.

Ich suchte nach dem Lichtschalter, und als ich ihn fand, erwachten die Neonleuchtstoffröhren zum Leben. Flackernd und gemächlich.

Der Anblick, der sich mir bot, ließ selbst mich stutzen. In einigen Metern Entfernung stand ein Käfig an der

Wand, der aussah, als wäre er vor Kurzem noch in Benutzung gewesen. Wasserflaschen standen darin, ebenso ein Tablett mit einem Frühstück, das nicht angerührt worden war. Dazu eine Dose mit bunten Pillen.

Ich brauchte sie nicht öffnen, um zu wissen, dass es sich dabei um eine ganze Auswahl an Drogen handelte.

Unterbewusst dämmerte mir längst, welchen Ort ich hier vor mir sah. Baileys Gefängnis – mein Hass Cyrus Fender gegenüber erreichten einen neuen Höhepunkt.

Gerade, als ich den Raum hinter mir lassen und verschwinden wollte, entdeckte ich den zweiten Käfig. Und die zierliche Gestalt, die zusammengerollt darin lag.

Fluchend eilte ich in die Richtung, blieb auf halbem Weg aber stehen. Als hätte der Anblick mich unerwartet in meiner Bewegung eingefroren.

»Scheiße«, stieß ich laut aus, war in der nächsten Sekunde an den Gitterstäben und rüttelte daran.

Doch meine Mutter wachte nicht auf.

Es brauchte nicht sonderlich viel Grips, um zu kapieren, dass man sie unter Drogen gesetzt hatte, damit sie über die Dauer der Hochzeit hinweg außer Gefecht war – keinen Ärger machte.

Ich verzog das Gesicht zu einer hässlichen Grimasse, eine ganz neue Art von Zorn fühlend. Mein Sichtfeld färbte sich für einen kurzen Moment rot.

Bevor ich mich darüber vergaß, begann ich damit, die Gitterstäbe und das Schloss zu bearbeiten, mit dem kleinen Werkzeugset, das ich in weiser Voraussicht für das Knacken ebensolcher Schlösser mitgenommen hatte.

Es dauerte keine drei Minuten, und die Tür sprang auf, was mir ermöglichte, halb in den Käfig hineinzukriechen und anschließend meine Mutter herauszuziehen.

Sie blieb bewusstlos. Eigentlich wollte ich mir gar nicht ansehen, was sie die letzten Wochen mit ihr angestellt hatten, doch ich kam nicht umhin, sie genauer in Augenschein zu nehmen, um sicherzugehen, dass ihr ansonsten nichts fehlte.

Kurzerhand zog ich meinen dunklen Hoodie aus, den wir aus Gründen der Einheitlichkeit vorhin übergestreift hatten, und wickelte ihn um den bewegungslosen Körper meiner Mutter, damit sie wenigstens etwas mehr trug als nur ein dürftiges Top und Unterwäsche.

Mein Hass gegenüber Cyrus Fender nahm abermals zu, weil sich langsam ein Bild von den Qualen zusammenfügte, die Bailey und meine Mutter hier unten erlebt hatten. Das Bild gefiel mir ganz und gar nicht.

Und das war noch die Untertreibung des Jahrhunderts.

Mit grimmigem Blick zog ich mein Smartphone hervor, öffnete Bishops Nachricht, nur um selbst eine in die Gruppe zu senden. Nämlich jene, dass ich meine Mutter gefunden hatte. Kade war sicher noch damit beschäftigt, Cyrus aufzuspüren, es würde nicht lange dauern, bis Graysen uns fand, damit er sich um seine Frau kümmern konnte.

»Es tut mir so leid, dass ich daran gezweifelt habe, dass Cyrus dich ebenfalls in seiner Gewalt hat«, murmelte ich auf Schwedisch, wohlwissend, dass sie kein Wort davon hörte. Vielleicht war das auch besser so, dann konnte sie mein Versagen wenigstens nicht sofort abstreiten.

»Ich wette, Vater wird sich auch eine Million Mal entschuldigen. Keine Ahnung, welche Sorte Stress ihr hattet, aber ich schätze, ab sofort wird er keinen Streit mehr mit dir anfangen«, fuhr ich fort und machte mich daran, sie hochzuheben, damit ich sie von diesem schrecklichen Ort fortbringen konnte. Ein für alle Mal.

Innerlich war ich allerdings nicht ganz so gelassen. Ich konnte es kaum fassen, dass es Cyrus gelungen war, meine

Mutter aus Schweden zu entführen, ohne damit weitere Aufmerksamkeit zu erregen. Ohne eine Spur zu hinterlassen.

Denn für gewöhnlich gab es immer irgendeinen Anhaltspunkt, doch Cyrus war Meister darin, sich zu verstecken, andere davon abzuhalten, ihm zu nahe zu kommen. Ich wagte sogar zu behaupten, dass es uns ohne Baileys Nachricht – von wem sollte sie sonst stammen – nicht gelungen wäre, sie hier und heute zu finden.

Palm Bay war nicht einmal annähernd in der Nähe der Orte, in denen wir nach ihr gesucht hatten. Ich biss die Zähne zusammen und stieg die Treppe aus dem Keller nach oben, gut darauf achtend, die Waffe in der Hand zu haben, aber meine Mutter gleichzeitig trotzdem sicher zu befördern. Sie wog nicht viel ... und doch fürchtete ich, ich könnte ihr irgendwie wehtun. Vielleicht auch gerade deswegen.

Meine Gedanken glitten zurück zu Bailey und damit verstärkte sich meine Sorge noch weiter. Mir war nicht entgangen, wie sämtliche Spannung aus ihrem Körper gewichen war. Plötzlich, unerwartet. Nachdem sie gerade noch klar gemacht hatte, zu wem sie gehörte.

Ihr Wolfsgeheul suchte mich noch immer heim, hatte sich so tief in mein Gehör gebrannt, ich würde später die Spuren davon auf meinen Knochen finden und nie wieder vergessen.

Im Foyer traf ich auf Graysen, der mir entgegenstürzte. Die Maske verbarg seinen Gesichtsausdruck, doch ich war mir sicher, dass er nicht nur erleichtert war, sondern ihm sicher auch das Wasser in den Augen stand.

Er hatte sich nicht viel davon anmerken lassen, wie sehr ihn ihre Abwesenheit belastete, doch ich kannte ihn und ihre Beziehung zueinander gut genug, um seine Gefühle einigermaßen einschätzen zu können.

Ein paar Tage länger, und er hätte wohl damit angefangen, Miami in Stücke zu reißen, selbst wenn er sie dort nicht finden würde. Bevor ich überhaupt reagieren konnte, hatte er mir meine Mutter schon aus den Armen genommen.

»Geht's ihr gut?«, verlangte er zu wissen, doch darauf hatte ich keine richtige Antwort.

»Ich befürchte, sie haben sie unter Drogen gesetzt, damit sie während der Zeremonie Ruhe gibt.«

»Schweine«, knurrte er. »Wenn sie Schäden davon trägt, werde ich irgendwen dafür büßen lassen.«

»Cyrus bietet sich hervorragend an«, erwiderte ich.

Im selben Augenblick kam Kade aus einem der Seitengänge. Er hatte die Maske abgenommen und sah uns finster an. »Er ist entkommen. Der Bastard ist entkommen, obwohl sein ganzes Gemächt in Fetzen hängt und er blutet wie eine abgestochene Sau. Er hatte im hinteren Teil des Gartens einen Helikopter stehen, der schon bereit zum Abflug gewesen war. Keine Ahnung, wieso er so was rumstehen hat ... aber er ist weg. Entkommen, einfach so.«

Nicht nur ich stieß bei diesen Neuigkeiten einen harten Fluch aus. Auch mein Vater und die anderen beiden Wölfe, die in den letzten Sekunden zu unserer kleinen Gruppe gestoßen waren, wirkten alles andere als begeistert.

»Keine Ahnung, wie wir das Bailey beibringen sollen. Oder Bishop. Der sah aus, als hätte er am liebsten alle Anwesenden im Raum mit einem einzigen Blick getötet«, sagte Kade und kratzte sich am Hinterkopf.

»Wer hätte das nicht?« Mein Blick glitt durch das Foyer. »Brennt alles nieder. Dann fahren wir nach Hause.«

Alvaro nickte, Kade warf einen besorgten Blick auf Ylva und ging dann nach draußen. Ich blieb zurück, darüber grübelnd, wie alles so aus dem Ruder hatte laufen können.

»Bist du dir sicher, dass wir alles einfach so zerstören sollen? Vielleicht gibt es Informationen ... Anhaltspunkte«, wandte Alvaro sich an mich, nachdem alle anderen verschwunden waren.

Ich hob die Hand an den Nasenrücken und begann damit, dort mit den Fingern kreisende Bewegungen zu machen.

Es gab keine richtige Entscheidung. Wenn wir diesen Ort nicht dem Erdboden gleichmachten, kehrte Cyrus womöglich hierher zurück. Löschten wir ihn aus, verloren wir damit vielleicht die ein oder andere wertvolle Information.

Wir hatten gerade weder die Zeit, noch die Kapazität, um dieses Haus auf den Kopf zu stellen.

»Ja. Ganz sicher«, sagte ich nach einigen Sekunden schließlich. »Ich will, dass am Ende allerhöchstens noch die Grundmauern stehen.«

»Wie bei dem Laden ...«

»Ganz genau. Damit sie wissen, wer dafür verantwortlich ist.«

»Was machen wir mit den Leuten, die sich noch auf dem Gelände aufhalten? Oder sich im Haus verstecken?«

Ich lachte auf. »Sollen sie elendig verrecken.«

»Okay.« Alvaro nickte. »Wir sehen uns in fünf Minuten.«

Auf dem Weg nach draußen stellte ich fest, dass sich irgendwer die Mühe gemacht hatte, die vor dem Haus geparkten Autos ordentlich zu demolieren. Keines davon würde in naher Zukunft auch nur noch einen Meter weit fahren.

Ich entdeckte Kade und meine Eltern bei einem Wagen, der definitiv nicht uns gehörte.

Kade nahm mich beiseite. »Ich hab Bishop gesagt, er soll schon losfahren. Ihr Zustand hätte sich bei der Warterei sicher nicht verbessert.

»Gut.« Es wunderte mich, dass Bishop nicht von allein darauf gekommen war, Bailey zu schnappen und unserem Arzt entgegenzufahren.

Notfalls hätten wir hier gewartet – Hauptsache Bailey bekam die medizinische Behandlung, die sie dringend brauchte.

»Wenn ich es mir recht überlege, ist es eine ziemlich schlechte Leistung, dass wir Cyrus nicht erwischt haben«, vernahm ich die Stimme meines Vaters.

Ich drehte mich um. »Hat dich niemand davon abgehalten, ihm direkt hinterherzugehen«, knurrte ich und ließ die kleine Gruppe dann stehen.

KADE

So this is what it feels like when you care for someone else.

Ich konnte meine Augen nicht von ihr lassen. Nicht für eine einzige Sekunde. Solange ich nicht mit Sicherheit wusste, dass sie aus ihrem aktuellen Zustand aufwachen und sich wieder in die Bailey verwandeln würde, die wir alle kannten und mochten, würde ich kein Auge zu tun.

Allein die irrationale Angst, sie könnte einfach aufhören zu atmen, wenn ich nicht hinschaute, hielt mich so fest gefangen, dass ich Tag und Nacht in ihrem Zimmer verbrachte und dafür sorgte, dass es ihr an nichts fehlte.

Immer wieder erwachte sie aus den fiebrigen Träumen, nur um zurück in einen unruhigen Schlaf zu fallen. Schmerzmedikamente hätten ihren Zustand sicher gebessert, doch wir hatten einstimmig entschieden, dass sie selbst gegen diese Einwand erhoben hätte. Dementsprechend hatten wir es auch dem Arzt verboten, ihr welche zu verabreichen, auch wenn der nur den Kopf über unsere Torheit geschüttelt hatte.

Es gab nicht sonderlich viel, was er für sie tun konnte. Auch im Krankenhaus wäre nicht deutlich mehr passiert als eine strenge Überwachung, die Gabe von Medikamenten und das Überprüfen ihrer Vitalfunktionen.

Gut, womöglich hätte man sie einer Million Tests unterzogen, um zu sehen, welcher Einfluss der Elektroschock auf ihren Körper und ihr Hirn wirklich genommen hatte, doch dafür war noch immer Zeit, wenn sie erst einmal vollständig bei Bewusstsein war und selbst kommunizieren konnte, was sie wollte ... und was eben nicht. Mit hoher Wahrscheinlichkeit hätte man sie auch an ein EKG angeschlossen, und damit eine Mischung aus Sorge und Hoffnung so sehr zum Hochkochen gebracht, dass es unsere Nerven überstrapaziert hätte.

Ich war auch nicht der Einzige, der an ihrer Seite wachte. Aufmerksam. Jederzeit bereit dazu, den Arzt zurückzupfeifen und ihm zu drohen, damit er ihr Leben rettete, selbst falls er glauben sollte, es nicht zu können.

Liko lag am Fußende des Bettes, den Kopf auf ihrem Bein. Seine Augen ruhten auf ihrem Gesicht, suchten immer wieder nach einem Anzeichen, dass sie aufwachte. Ähnlich ging es mir, nur dass ich die Augen mittlerweile kaum mehr offenhalten konnte. Der Schlafentzug zeigte sich mit all seiner Härte, und selbst die tic tacs hatten mittlerweile keine richtige Wirkung mehr, sah man einmal davon ab, wie penetrant Daisys Stimme in meinem Ohr geworden war.

Du könntest einfach noch mehr nehmen.
Das würde sicher helfen.

Würde es nicht. Dir vielleicht.
Aber mir nicht.

Wieso lässt du sie nicht einfach allein? Sie wird sich im Schlaf schon nicht an ihrer Zunge verschlucken.

Ich wünschte, du würdest das tun.

Bist du gereizt, kleiner Kade?

Genervt. Von dir und deinen dummen Aussagen.

Es gab mal Zeiten, in denen du an ihnen Spaß hattest.

Und jetzt hab ich Bailey.

Unvermittelt streckte Bishop den Kopf zur Tür herein. »Wenn du willst, löse ich dich ab.«

Ich schüttelte den Kopf. Er konnte sich mir gerne anschließen, doch ich würde sicher nicht aus diesem Raum verschwinden.

»Du könntest dich danebenlegen, vielleicht dann dort auch schlafen? So bemerkst du sofort, falls irgendetwas nicht stimmt. Und den Rest behalte ich im Auge«, schlug er als Nächstes vor. Er klang hartnäckig.

»Mir geht's gut«, hielt ich dagegen, obwohl es eine pure Lüge war, die ich nur aussprach, um ihn mir vom Leib zu halten. Wieso ließ er mich nicht in Ruhe und nervte jemand anderen mit dem unbeholfenen Versuch der Fürsorge?

»Du nutzt ihr auch nichts, wenn du morgen tot umfällst, weil du die Signale deines Körpers geflissentlich ignoriert hast, Sturkopf.« Mit einem Kopfschütteln zog er sich wieder zurück.

Mein Blick fiel auf die Figur der Dame, die auf dem Nachttisch thronte und die Situation ebenfalls überwachte. Bishop hatte sie dort abgestellt. Atlas hatte einen Teil seiner Bettwäsche nach oben gebracht, weil er der Meinung war, dass die in den Gästezimmern immer schon zu wünschen übrig gelassen hatte.

Ich fragte mich, was Graysen und Ylva – der es deutlich besser ging als Bailey – dazu sagten. Unsere Sorge um Bailey war nicht zu übersehen, keiner von uns machte einen Hehl daraus. Wir führten uns alle auf, als wäre sie unsere Freundin. Vielleicht mehr noch – unsere Frau. Doch keiner der beiden äußerte sich dazu, falls sie es denn bemerkten.

Letztlich biss ich die Zähne zusammen, spannte den Kiefer an, ehe ich mich doch auf die freie Seite des Bettes legte, um meine Augen zu schließen. Nur für ein paar Minuten, damit ich wieder ausgeruht war und weiter über sie wachen konnte.

Kaum, da meine Wahrnehmung sich verdunkelte, schob sich der gleichmäßige Klang ihres Atmens in mein Bewusstsein. Gerade plagten sie offensichtlich keine Albträume, und das reichte aus, um mich zu entspannen.

Ich spürte, wie Liko näher an uns heranrutschte und war mir mit einem Mal ziemlich sicher, dass er mich aufwecken würde, falls irgendetwas passierte.

Noch bevor ich den nächsten richtigen Gedanken fassen oder mir gar Sorgen machen konnte, versank ich tief in einem Schlaf, den ich dringend nötig gehabt hatte.

Als ich aufwachte, ahnte ich sofort, irgendetwas stimmte nicht. Als ich die Augen aufschlug und mich zur Seite drehte, wusste ich auch, was es war.

Bailey lag mit weit geöffneten Augen neben mir und starrte die Decke an. In der nächsten Sekunde war ich in einer aufrechten Position.

Toll. Dornröschen ist aufgewacht. Und das ganz ohne Kuss?

»Du bist wach«, sprach ich erleichtert meinen Gedanken aus, schob Daisy dabei so weit von mir wie nur irgend möglich.

Eine ihrer Hände lag in Likos Fell, streichelte ihn sanft. Sie nickte.

»Ich fühle mich scheiße. Als wäre ein Truck über mich gerollt … und meine Organe tun weh«, stellte sie fest.

Mit der freien Hand hielt sie eine Wasserflasche fest umklammert. Bailey sah nicht gut aus. Blass. Abgemagert. Ihre Haare hatten eine stumpfe Farbe angenommen und wirkten, als wären sie länger nicht *richtig* gepflegt worden.

In mir stieg der Hass auf Cyrus wieder nach oben. Seit wir Bailey zurück nach Biscayne gebracht hatten, war es mir erfolgreich gelungen, seine Visage von mir zu schieben. Doch nun erwachte er zu neuem Leben, denn der Mann, der für ihren Zustand verantwortlich war, war noch immer auf freiem Fuß.

»Aber du lebst und bist wieder hier.« Mir gelang es nicht, die Erleichterung darüber vor ihr zu verbergen. Nach der Zeit, die wir ohne sie verbracht hatten, war es eine Wohltat, sie neben mir im Bett liegen zu sehen, ihre Stimme zu hören, zu wissen, dass sie so schnell nicht mehr verschwinden würde.

»Können wir es noch eine Weile geheim halten?«

»Was?«

»Dass ich aufgewacht bin.« Ihre Augen nahmen einen flehenden Ausdruck an, als sie mich ansah, also nickte ich.

»Kein Problem. Aber sie machen sich alle Sorgen um

dich.« Ich wollte keinen Druck aufbauen, allerdings war das etwas, was sie wissen sollte.

»Das hab ich gesehen«, erwiderte sie. »Ich würde trotzdem lieber erst einmal ... etwas tun, um mich besser zu fühlen.«

»Alles, was du willst.«

Sie nickte und nahm noch einen Schluck aus ihrer Flasche. »Bringst du mich in die Badewanne? Kaltes Wasser?«

Ich versuchte, mich daran zu erinnern, was der Arzt gesagt hatte, fand aber keinen Grund, ihr diesen Wunsch abzuschlagen.

Statt ihr auf die Beine zu helfen, hob ich sie kurzerhand hoch und trug sie die wenigen Meter bis ins angrenzende Badezimmer, wo ich sie auf dem Rand der Wanne absetzte, damit sie sich die Wassertemperatur selbst einstellen konnte.

Unterdessen legte ich einen Stapel Handtücher heraus, ließ Liko herein, damit er sich auf den Fliesen niederlassen konnte, und letztendlich half ich ihr dabei, die lockere Kleidung auszuziehen, die wir ihr anstelle des Brautkleids übergezogen hatten.

Wow. Du bist ja ein richtiger Gentleman.
Würdest du das mit mir auch so machen?

Nein. Dich würde ich freiweg
in der Wanne ertränken.

Wie nett du in letzter Zeit zu mir bist ...

Ach. Dir fällt es also auf?

»Wie oft habt ihr mich jetzt schon nackt gesehen, ohne dass ich davon weiß?«, scherzte sie, ich allerdings konnte darüber nicht wirklich lachen.

»Es war nicht leicht, dich so zu sehen.«

»Tja, was soll ich sagen? Ich habe doch selbst schuld. Sie hatten mich davor gewarnt ... und ehrlich gesagt wundert es mich auch, dass ich überhaupt noch lebe. Ich hätte ihm direkt eine Kugel in den Kopf jagen sollen, statt ihn in die Menge zu schubsen, als ihr reingestürmt seid.« Ihr erwartungsvoller Blick verriet mir, was sie von mir erwartete. Nämlich meine Versicherung darüber, dass wir uns Cyrus' Fender angenommen hatten und er nicht länger unter den Lebenden weilte.

Doch diesen Wunsch konnte ich ihr nicht erfüllen. Ich verzog den Mund. »Er ist entkommen. Anscheinend hatte er einen Helikopter hinter dem Haus stehen, bereit zum Abflug. Keine Ahnung, was er genau vorgehabt hat ... aber er ist entkommen, bevor ich ihn erwischt habe.«

Allerdings würde er seinen Schwanz ganz sicher nicht mehr gebrauchen können. Ich hoffte, er verreckte irgendwo in einem Hinterwäldler-Krankenhaus, mit einem Katheter in den Überresten seines Gemächts. Oder besser noch, einem künstlichen Ausgang, der ihn für immer daran erinnerte, was für ein Arschloch er war.

Wir überwachten alle Notaufnahmen im ganzen Bundesstaat, aber bislang war er nirgends aufgetaucht.

»Kommst du mit rein?«, fragte sie, anstatt auf meine Aussage einzugehen. »Ich könnte deine Hände gebrauchen. Meine Arme fühlen sich zu schwach an.«

Ich nickte, irritiert zwar, aber dennoch. Mit schnellen Bewegungen entledigte ich mich meiner Kleidung, reichte ihr die Hand, damit sie als Erstes ins Wasser gleiten konnte und stieg dann hinter ihr in die Wanne.

Sie lehnte den Rücken gegen meinen Brustkorb und ich schloss die Arme um sie. Eine Weile schwiegen wir.

Ich ignorierte die eisige Temperatur des Wassers, konzentrierte mich stattdessen auf ihr regelmäßiges Atmen und darauf, dass ihr Kreislauf den kleinen Ausflug mitmachte.

»Es fühlt sich an, als hätte ich Fieber. Dabei sind meine Innereien wohl einfach nur geröstet«, sagte sie unvermittelt, begleitet von einem Lachen.

»Ich glaube nicht, dass das eine gute Sache ist.« Ihr Humor verwirrte mich.

»Und ich weiß nicht, wie ich ansonsten damit umgehen soll«, gab sie umgehend zu.

Darauf erwiderte ich diesmal nichts, schnappte mir einen dieser beliebten Badeschwämme und begann damit, ihn langsam über ihre Arme und ihren Oberkörper zu führen, bis sie sich leicht vorlehnte, damit ich an ihren Rücken gelangte.

»Darf ich mich auch um deine Haare kümmern?«, fragte ich vorsichtig.

Ich selbst hasste es, wenn mir einfach jemand in die Haare griff oder auch nur Anstalten machte, dies zu tun. Dementsprechenden Respekt brachte ich ihr mit der Frage entgegen. Egal, wie sehr es mich die ganze Zeit über schon danach verlangte, ihr die Haare zu kämmen und zu einem ordentlichen, französischen Zopf zu flechten. Ich würde Bailey nicht anrühren, wenn sie es nicht wollte.

»Vorsichtig, ja? Meine Kopfhaut schmerzt etwas.«

»Klar. Sag mir einfach, wenn ich aufhören soll.«

Bailey nickte und ich angelte nach einer Bürste und dem Shampoo.

BISHOP

Too many people for my taste.

Es fühlte sich seltsam an, dass das Haus so voll war. Neben Bailey war nun auch Thiago dauerhaft anwesend und unterstützte Alvaro bei den Recherchen bezüglich Cyrus. Morgan Vargas ging ein und aus, um sich mit Atlas zu treffen und ab und an nach Bailey zu sehen.

Graysen und Ylva waren ebenfalls hier, was die Atmosphäre nicht gerade entspannte. Man lief sich ständig über den Weg und die Idylle, die hier vor wenigen Wochen noch geherrscht hatte, war schlagartig verschwunden.

Wo man zuvor Stunden allein verbringen konnte, blieben einem jetzt teilweise nur noch Minuten. Wenn überhaupt.

Mein Blick glitt zu Graysen, der mir gegenüber am Frühstückstisch saß und in aller Ruhe eine Orange schälte. Von Kade fehlte jede Spur, dafür waren Atlas und

Alvaro anwesend. Für meinen Geschmack definitiv ein paar Leute zu viel.

»Wie ist das weitere Vorgehen bezüglich Mr. Fender?«, fragte Graysen, ohne von seiner Orange aufzublicken.

Trotzdem war klar, dass sich ein Wettkampf darum entwickeln würde, wer den Mann letztendlich töten durfte. Jeder von uns glaubte, darauf einen Anspruch zu haben, wenngleich letztendlich die unmittelbar Geschädigten Ylva und Bailey waren.

Ersterer ging es deutlich besser. Die Drogen waren aus ihrem Kreislauf raus, und die Mangelernährung der letzten Wochen hatte keine schlimmeren Spuren hinterlassen, sodass sie ohne Weiteres zu ihren alten Kräften zurückkehren konnte.

»Keine Ahnung. Ich schätze, wir versuchen einfach weiterhin, ihn zu finden. Und dann sorgen wir dafür, dass er ... nun ja, nicht noch einmal die Gelegenheit bekommt, sich derart zu verhalten. Vielleicht lässt sich so auch ein ordentlicher Schlag gegen die Mafia ausführen«, antwortete ich, als sich ansonsten niemand dazu berufen fühlte.

Die Wahrheit sah wohl ein wenig anders aus. Keiner von uns würde priorisiert nach Cyrus suchen, wenn Bailey oben im Bett lag und nicht auf die Beine kam.

Wir hatten Dinge in die Wege geleitet, ja. Wir ließen unser Ziel nicht fallen, ja. Aber für den Moment konnte sich jeder von uns etwas deutlich Besseres vorstellen, als Florida auf links zu drehen und diesen Mann zu finden, der es schon mehrfach geschafft hatte, sich perfekt vor den Behörden – und uns – zu verbergen.

»Vielleicht erliegt er ja irgendwelchen hässlichen Komplikationen«, warf Alvaro mit einem Schulterzucken ein.

Ich gab ein belustigtes Geräusch von mir. Die Vorstellung gefiel mir zwar, bedeutete aber auch, dass keiner von uns die Finger an ihn legen würde. Das wäre ein eindeutiger Nachteil, wenn man mich fragte.

»Ich bin nicht in der Position, das zu sagen, aber solltet ihr scheitern ... ich werde nicht in dem Wissen nach Schweden zurückkehren, dass dieser Mann frei herumläuft und erneut versuchen könnte, mir meine Frau unter der Nase wegzustehlen.« Jetzt sprach nicht mehr der Graysen, der in den Ruhestand gegangen war und zurückgezogen in Europa lebte, um dort sein Leben zu genießen – sondern jener Mann, der das Rudel aus dem Nichts erschaffen und Miami zu seinem Reich gemacht hatte.

»Wir werden nicht scheitern«, knurrte Atlas in der nächsten Sekunde. »Wir alle wollen ihn tot sehen – also wird er früher oder später sterben. Und ich glaube, Bailey hat mit ihrer kleinen Aktion schon einen guten Teil dazu beigetragen.«

Keiner von uns hatte es live gesehen, dafür aber einen kurzen Einblick in das Ergebnis bekommen. Und das zeigte deutlich, wie viel Recht ich damit gehabt hatte, als ich sagte, dass sie uns die Eier abriss, wenn wir nicht aufpassten.

Mit einem leisen Seufzen lehnte ich mich auf meinem Stuhl zurück. Dieses Haus musste dringend leerer werden, denn wir wussten immer noch nicht, wie Graysen am Ende tatsächlich auf Bailey reagierte, wenn sie ihm gegenüberstehen würde.

Ein Teil von mir wollte es, ehrlich gesagt, auch gar nicht herausfinden. Sie hatte in letzter Zeit genug durchgemacht, da musste sie sich nicht auch noch gegen Graysen Harris behaupten.

»Ein Teil von mir fühlt sich sehr unwohl bei dem Gedanken, dass Cyrus die Zeit nutzen könnte, um sich und die Kubaner neu zu sortieren. Einige von ihnen mussten zwar dran glauben, aber ich gehe nicht davon aus, dass sie das abgeschreckt hat. Eher im Gegenteil.« Atlas hatte sich mit dem Thema und den möglichen Konsequenzen ausführlich befasst.

Auch damit, wen wir da eigentlich getötet hatten und was für Veränderungen das in den Strukturen unserer Feinde hervorrufen würde.

»Ihr solltet damit anfangen, die umliegenden Flughäfen nach ihren Flugdaten zu fragen. Auch wenn er illegal gestartet ist, gibt es darüber Aufzeichnungen«, meldete sich eine weibliche Stimme zu Wort, die ich schon eine Weile nicht mehr gehört hatte. Bailey räusperte sich. »Hey.«

Atlas sprang in der Sekunde, in der ich mich in ihre Richtung drehte, bereits auf, um ihr seinen Stuhl anzubieten. Kade stützte sie beim Weg dorthin. Insgeheim war ich mir jedoch sicher, dass er den größten Teil ihres Gewichts trug. Es sah nicht aus, als wäre sie gut zu Fuß unterwegs.

Und trotz der Tatsache, dass sie offensichtlich ein Bad genommen hatte, sah man ihr auch an, wie schlecht es ihr wirklich ging. Darüber täuschten auch die frischen Klamotten und die ordentlich geflochtenen Haare nicht hinweg.

Graysen würdigte sie keines Blickes, dafür sah ich ihm an, wie er Atlas' Reaktion missbilligte.

Atlas und Kade fanden sich rechts und links neben ihr wieder, in einer natürlichen, schützenden Formation, die sie selbst vermutlich nicht einmal bemerkten.

»Und jetzt dürfen alle wieder weiteressen, ja?«, meinte Bailey, als sie bemerkte, dass die komplette Aufmerksamkeit auf ihr ruhte.

Ich machte mich daran, mir den nächsten Löffel Schokopudding zu gönnen und begnügte mich damit, Graysen zu beobachten.

Eine Weile sprach keiner. Während Atlas mit Argusaugen darüber wachte, dass Bailey aß, was er sich auf seinem Teller angerichtet hatte, sorgte Kade mit einer subtil platzierten Hand dafür, dass sie sich überhaupt aufrecht halten konnte.

»Also, was ist nun? Habt ihr euch schon mit den Flughäfen in Verbindung gesetzt? Der gesamte Luftraum wird überwacht, und ich glaube nicht, dass irgendwo eine Maschine abheben kann, ohne dass die entsprechenden Behörden davon erfahren. Vielleicht gibt es sogar Protokolle davon, wie sie dort versucht haben, in Verbindung mit ihm zu treten«, sagte Bailey schließlich und sah in die versammelte Runde.

»Ich werde mich darum kümmern«, entgegnete Alvaro schließlich und holte sein Smartphone heraus, um geschäftig darauf herumzutippen.

Graysen hob den Blick. »Du bist nicht sauer darüber, dass sie es nicht geschafft haben, den Kerl zu fassen?«

Die Spitzen in seiner Aussage entgingen mir nicht, doch keiner reagierte auf sie. Graysens Ansprüche waren immer utopisch hoch gewesen. Er war es gewohnt, alles beim ersten Versuch zu schaffen. Misserfolge gab es nicht. Stagnation war ein Fremdwort.

In Momenten wie diesen fragte ich mich, ob er nicht lieber Anführer des Rudels geblieben wäre, bis er eines Tages einfach tot umfiel.

Baileys Augen wurden hart. »Es war mein Fehler, ihm nicht sofort eine Kugel in die Schläfe zu jagen« In einer knappen Geste zeigte sie auf sich selbst. »Immerhin würde ich dann auch nicht hier sitzen und mich halbtot fühlen.«

Graysen gab ein Geräusch von sich, das beinahe nach einem Grunzen klang. »Scheint, als würdet ihr in letzter Zeit generell zu falschen Entscheidungen neigen.«

Bevor ich ihm verbal über den Mund fahren konnte – ihn körperlich anzugehen, hätte ich mich niemals getraut, dazu war er zu sehr Vater für uns alle – vernahm ich leichte Schritte auf den Holzdielen der Terrasse.

Ich drehte den Kopf, nur um zu sehen, wie Ylva sich uns näherte. Ohne Zögern erhob ich mich von meinem Stuhl, um ihr Platz zu machen. Gleichzeitig fragte ich mich, ob wir mehr Möbel anschaffen sollten, oder – besser – dafür sorgen mussten, dass ein Teil der Bewohner auszog.

»Nach allem, was ich gesehen habe, glaube ich nicht, dass es eine falsche Entscheidung war, Bailey zu uns zu holen«, erklärte sie, als sie sich auf den Stuhl sinken ließ. Dankbar nickte sie mir zu.

Bisher hatte sie nicht darüber gesprochen, was in der Villa von Cyrus Fender geschehen war. Irgendetwas sagte mir, dass es dabeiblieb.

»Danke«, brummte Atlas.

Ich wusste, dass er gestern mehrere Stunden allein mit seiner Mutter verbracht hatte, aber nicht mit einem Wort hatte er anschließend erwähnt, über was genau sie gesprochen hatten, nicht einmal, als ich ihn direkt danach gefragt hatte.

Die Spannung in unserer näheren Umgebung nahm zu. Einige explosive Persönlichkeiten waren nun an diesem Tisch versammelt. Vermutlich würde es früher oder später knallen – die Frage war nur, wer davon betroffen sein würde.

»Das ist lächerlich. Ich hab mir die Unterlagen der vergangenen Monate zu Gemüte geführt und gesehen, wie die ganze Firma den Bach runtergeht«, erwiderte

Graysen, den Blick auf Ylva fixiert, die mit feurigen Augen dagegenhielt.

»Mit Bailey haben sie eine exzellente Geschäftsfrau an ihrer Seite. In den kommenden Monaten wird sich alles stabilisieren und zurück zum Normalzustand finden«, hielt sie dagegen.

Bailey ließ ihr Besteck fallen und erhob sich. »Falls es irgendjemanden interessiert ... ich bin keine Spielfigur, die man beliebig auf dem Feld herumrücken kann.«

Graysen erhob sich ebenfalls. »Nein, du bist die Tochter eines Verräters.«

Ylva zog scharf die Luft ein.

Meine Muskeln fühlten sich an, als stünden sie plötzlich unter Strom.

Kade hatte einen Schritt nach vorne gemacht, und Atlas sah aus, als würde er jeden Moment explodieren, egal, ob er sich damit offensichtlich gegen seinen Vater stellte oder nicht.

»Wir hatten das Thema besprochen«, knurrte Kade. Ich zweifelte nicht daran, dass er verrückt genug war, um ihm direkt ins Gesicht zu springen.

»Das war, bevor ich gesehen habe, wie ihr ihr alle zu Füßen liegen! Selbst meine Frau!«

Bailey schüttelte den Kopf, eine Augenbraue nach oben gezogen. »Ich glaube, es ist an der Zeit zu gehen.«

Diese Aussage allein ließ tief in ihren aktuellen Gesundheitszustand blicken. Für gewöhnlich drückte Bailey sich nicht vor Auseinandersetzungen. Weder vor verbalen noch vor körperlichen. Doch gerade wählte sie die Flucht und ging damit etwas aus dem Weg, was sie wenig kontrollieren konnte.

Atlas schüttelte den Kopf. »Das kommt überhaupt nicht in Frage.«

»Glaubst du wirklich, ich will mir das mehrmals täglich anhören müssen? Wie soll ich mich ausruhen, wenn ich womöglich befürchten muss, dass er an meinem Bett auftaucht, um das zu Ende zu bringen, was ihm damals nicht gelungen war?« Die Grenze, die sie gerade überschritten hatte, ließ mich schmerzhaft ausatmen.

»Es tut mir leid, Mama, aber würdest du …?« Atlas sah auffordernd in Ylvas Richtung.

Sie nickte ohne Umschweife, erhob sich und bedeutete Graysen, dass er ihr folgen sollte. »Alvaro, wärst du so freundlich, uns in ein Hotel zu bringen?«

»Hotel?!« Graysen hielt in seiner Bewegung inne. »Ich glaube nicht, dass wir irgendwohin gehen. Das hier ist auch mein Heim.«

Ylva fuhr herum und war plötzlich nur noch wenige Millimeter vom Gesicht ihres Mannes entfernt. Einer Frau wie ihr sah man das Temperament nicht an. Man glaubte nicht, dass sie angsteinflößend sein konnte – bis man unfreiwillig Zeuge davon wurde. »Du wirst diese Frau nicht weiter belästigen. Sie haben sich entschieden, dass sie dazu gehört. Sie sind eine Familie. Das wirst du nicht zerstören, nur weil du die Vergangenheit nicht ruhen lassen kannst.«

Ich sah dabei zu, wie sie ihn an der Schulter packte und ohne Weiteres mit sich nach drinnen zog. Alvaro folgte ihnen, sich sichtlich unwohl fühlend mit der gesamten Situation.

Mir ging es nicht anders, denn ich für meinen Teil hatte nie zuvor gesehen, wie Ylva ihrem Mann eine Ansage gemacht hatte. Vielleicht hatte sie das hinter geschlossenen Türen getan, aber öffentlich? Sie hatte ihn gerade auf mehr als einer Ebene gedemütigt, und das nur, um Bailey zu schützen.

Mein Blick wanderte zurück zu ihr, gerade noch rechtzeitig, um Zeuge davon zu werden, wie sie sich erschöpft auf den Stuhl fallen ließ. Ich nahm ebenfalls wieder Platz, sowie Kade und Atlas.

»Du hättest sie nicht rauswerfen müssen«, meinte Bailey schließlich.

»Und dabei zusehen, wie du deinen Kram packst und sonst wohin ziehst? Ganz sicher nicht.« Atlas gab ihr einen bedeutungsvollen Blick.

»Woher willst du wissen, dass ich überhaupt vorhabe, zu bleiben?«, hielt sie dagegen.

Kade schmunzelte belustigt. »Es ist nicht mehr zu übersehen oder zu leugnen, Bailey. *Mele.*«

»Ich hab dein Heulen gehört, kleine Wölfin. Das war Anhaltspunkt genug«, erwiderte Atlas schmunzelnd.

»Falls ich mich einmischen darf ... Anstatt dich diesem Frühstück anzuschließen, hättest du auch einfach verschwinden können. Bist du nicht«, sagte ich. »Also sind wir jetzt wohl eine Familie. Ich schätze, von Graysen haben wir nicht das letzte Mal gehört, also sollten wir uns auch so verhalten.«

Ich sah zu Bailey, die neben mir auf einer Liege am Pool lag, die Augen unter der Sonnenbrille geschlossen und ein wenig zusammengerollt. Zumindest schien es ihr gut zu tun, aus dem Bett heraus und in Gesellschaft anderer Menschen zu sein, auch wenn die Nachwirkungen von heute Morgen noch immer spürbar waren.

»Und du warst stur genug, um mit Morgan zusammenzuarbeiten?«, fragte sie unvermittelt.

»Wir hatten ein paar Probleme, nachdem du verschwunden warst.«

»Und das ist sicher noch nett ausgedrückt, nicht wahr?«

»Richtig. Was soll ich sagen? Jeder hat sich in eine andere Richtung bewegt, und ich fand es nicht richtig, Morgan für einen Fehler, den er unwissentlich begangen hat, zu bestrafen.«

»Lass mich raten ... Atlas sah das anders.« Ich hörte ihrer Stimme an, dass sie bei diesen Worten schmunzelte.

»Natürlich. Er hat ihm auch nicht geglaubt, dass er nichts davon wusste, wen er da in dein Büro gelassen hat.«

»Cyrus ist ein Meister der Manipulation«, murmelte sie.

»Er hat Morgan weisgemacht, er wäre der Assistent des Orlando-Verantwortlichen. Also hat der sich natürlich nichts dabei gedacht, als er ihn nach hinten geschickt hat. Morgan fand es sogar plausibel, dass er nach den zwei Wochen, in denen du so schwer erreichbar gewesen warst, zu dir wollte. Außerdem meinte er, ihr hättet einen Termin.«

»Sag ich doch. Er ist gut in dem, was er tut.«

Ich unterdrückte das Bedürfnis, sie nach den Geschehnissen in der Villa zu fragen. Das, was ich wusste, reichte schon für langanhaltende Wut aus.

»Ich bin froh, dass du ihm eine Chance gegeben hast«, meinte sie schließlich und wandte den Kopf in meine Richtung. »Auch wenn ich nicht mehr achtzehn und hilfsbedürftig bin, ist er immer noch verdammt wichtig für mich. Ich glaube, es ist auch an der Zeit, ihm von all dem hier zu erzählen.«

Mit einem unterdrückten Seufzen biss ich mir auf die Unterlippe. »Was das angeht ... ich hab es mir herausgenommen, ihn über die Grundlagen zu unterrichten. Er war so ahnungslos und sich absolut sicher, dass du nicht bei uns bleiben wollen würdest.«

Bailey verzog den Mund. »Tja, dann muss ich mir wenigstens nicht überlegen, was ich wie formuliere.«

»Er war ein paar Mal hier, seit wir zurück sind. Jacky würde wohl auch gern herkommen, aber Atlas hält das für keine gute Idee.« Wenn ihn jemand diesbezüglich umstimmen konnte, war es wohl Bailey höchstpersönlich.

»Momentan ist mir auch nicht danach, ständig andere Leute zu sehen, muss ich ehrlich sagen.« Es war nicht Ablehnung, die in ihrer Stimme mitschwang, aber durchaus etwas, das man als Vorsicht bezeichnen konnte.

Ich wusste nur nicht genau zuzuordnen, woher die stammte. Welche Hintergründe sie kannte.

»Keine Sorge. Wir gehen das in dem Tempo an, das dir passt. Keiner wird dich zu irgendetwas zwingen«, versicherte ich ihr und presste anschließend die Lippen aufeinander.

Es handelte sich um eine gewagte Aussage, schließlich hatte Graysen seinen Unmut heute Morgen noch einmal sehr deutlich gemacht. Sein Verhalten irritierte mich. Im einen Moment ließ er sich von Kade noch an den Punkt bringen, an dem er Bailey zumindest duldete und sich sogar einer Rettungsaktion anschloss, im nächsten war er drauf und dran, uns aufgrund ihrer Anwesenheit anzugehen.

Gefiel es ihm nicht, dass sie unsere einzige Schwäche geworden war? War es das Verhalten, welches wir ihr gegenüber an den Tag legten? Die Sorge? Die Handlungen, die mehr über Gefühle aussagten, als es tausend Worte getan hätten?

»Nachdem ich mich mit Ylva angefreundet hatte, dachte ich wirklich, dass es in Ordnung wäre. Meine Anwesenheit. Dass ich mich euch so verbunden fühle, wie es nur bei einer Familie der Fall ist ... aber Graysens Reaktion ...« Sie ließ den Satz unbeendet. Ich konnte es ihr nicht verübeln, immerhin hatte er ihr allen Grund gegeben, um eine gewisse Skepsis ihm gegenüber zu empfinden.

»Graysen ändert jedenfalls nichts an alledem, wenn du mich fragst.«

»Ich bin froh, dass ihr aufgetaucht seid, um mir den Arsch zu retten.«

Ich lachte. »Für mich sah das zeitweise so aus, als bräuchtest du gar keine Hilfe dabei, dich aus der Situation zu befreien.«

Bailey fasste sich an den Nasenrücken und begann damit, ihn sanft zu massieren. »Das liegt wohl daran, dass ich eine nicht unerhebliche Vorbereitungszeit hatte. Ich meine ... ich hätte nichts dagegen gehabt, eher wieder auf freiem Fuß zu sein.«

Ohne es zu beabsichtigen weckte sie mit ihrer Aussage eine Art von Schuldgefühl bei mir. Was ich zu Morgan gesagt hatte, war durchaus die Wahrheit gewesen. Noch einmal würde ich es nicht versäumen, sie zu retten – und doch hatten wir diesmal eine halbe Ewigkeit gebraucht, in der es ihr offensichtlich nicht gut ergangen war.

Ich unterdrückte das Gefühl, mich entschuldigen zu müssen und biss die Zähne zusammen. Egal, was wir auch unternommen hatten, es war unmöglich gewesen, sie auch nur eine Sekunde früher zu finden. Letztendlich war es Baileys Nachricht, die uns auf die richtige Spur gebracht und direkt zu Cyrus' Anwesen geführt hatte.

»Nicht, dass ich es nicht versucht hätte. Aber der eine Fluchtversuch ging wirklich schief. Außerdem hätte ich dann Ylva zurücklassen müssen und das ist keine wirkliche Option gewesen.«

»Wusstest du von Anfang an, wer sie ist?«

Bailey schüttelte den Kopf. »Ich hab mich eine ganze Weile geweigert, überhaupt mit ihr zu sprechen. Ich dachte, es wäre irgendein kranker Versuch von Cyrus, meine Psyche noch intensiver zu belasten als ohnehin schon. Und als wir schließlich miteinander gesprochen haben ... na ja. Am Anfang war sie nicht begeistert.«

»Und das ist vermutlich noch nett ausgedrückt ... Was ist passiert, dass sie ihre Meinung geändert hat?« Diese Geschichte interessierte mich wirklich. Nicht nur, um besser nachvollziehen zu können, warum Ylva sie heute Morgen in Schutz genommen hatte, sondern auch um abzuschätzen, was in den letzten Wochen genau geschehen war.

Bailey manövrierte geschickt um die Details herum. Details, die wichtig gewesen wären, um sagen zu können, was Cyrus mit ihr angestellt hatte. Es musste jedenfalls heftig genug gewesen sein, um einen Schuss in seine Kronjuwelen zu rechtfertigen.

»Wir haben uns unterhalten und ein wenig kennengelernt«, antwortete Bailey auf meine Frage. »Und mir ist dabei klar geworden, wie wichtig ihr für mich seid. Ylva muss das ebenfalls bemerkt haben. Keine Ahnung, ob sie bereit dazu ist, mir für die Taten meines Vaters zu verzeihen, aber wie sie vorhin reagiert hat ... ich glaube, sie wird Graysen an der kurzen Leine halten.«

»Atlas hat gestern ein sehr langes Gespräch mit ihr geführt. Vermutlich spielt das auch eine Rolle«, erwiderte ich. Auch ohne den Inhalt zu kennen, wusste ich, dass es von Bedeutung gewesen war. Für ihn, für Bailey und für das gesamte Rudel.

»Vermutlich. Keine Ahnung, wie ich mich jetzt zu verhalten habe. Ich fühle mich nutzlos, ganz so, als könnte ich überhaupt gar nichts mehr.«

Ich schüttelte den Kopf. Sie klang beinahe töricht. »Du musst dich erholen, damit es dir bald wieder besser geht. Danach ergibt sich alles Weitere von selbst. Außerdem haben wir so ein wenig Zeit, um ein paar schöne Dinge mit dir zu unternehmen.«

Baileys Augenbrauen wanderten in die Höhe. »Was ist mit Cyrus?«

»Alvaro kümmert sich. Für uns haben gerade andere Dinge erhöhte Priorität.«

BAILEY

Maybe I'll feel better with you by my side.

Man sollte meinen, dass die wiedererlangte Freiheit genügte, um mich in einen normalen Zustand zurückzuversetzen, doch das war weit gefehlt. Alles fühlte sich zu groß an. Zu weitläufig.

Ich war froh, dass ich wieder auf Key Biscayne war, in der Villa der Jungs, und trotzdem wünschte sich ein Teil von mir in mein eigenes Appartement, nur Liko an meiner Seite, damit ich ein paar Tage im Bett liegen konnte und nicht wieder aufstehen musste.

Dass dieser Traum schon in der Ausführung schwierig war, zeigte sich spätestens in den Abendstunden. Mir gelang es einfach nicht, zur Ruhe zu kommen. Tausend Gedanken jagten durch meinen Kopf, und ein Teil meines Verstandes verspürte regelrecht Angst davor, in einen Schlaf zu sinken.

Ich war sicher hier, daran Bestand kein Zweifel, aber mein Unterbewusstsein glaubte dieser Annahme nicht. Wieso auch? Ich hatte an die zwei Wochen in einem Käfig zugebracht, Cyrus hatte versucht, mir mental zuzusetzen, und letztendlich war es ihm beinahe gelungen, mich zu ehelichen – und als das plötzlich keine Option mehr gewesen war, hatte er alles daran gesetzt, mich zu töten.

Vielleicht war die Wirkung des Elektroschockers von Anfang an nicht so stark gewesen, wie er behauptet hatte, aber ich konnte fühlen, wie nahe er seinem Ziel wirklich gekommen war.

Mein Körper war der lebende Beweis dafür. Und die Schmerzen, die bei jeder Bewegung durch meine Glieder jagten, mich daran erinnerten, dass er versucht hatte, mich zu grillen.

Die Situation im Haus machte all das nicht einfacher. Ich fühlte mich, als würde ich auf Eierschalen laufen und gleichzeitig auch so, als würden die drei Männer mich mit Samthandschuhen anfassen, weil sie sich davor fürchteten, ich könnte jeden Moment auseinanderbrechen.

Der beste Beweis dafür fand sich in dem Zimmer, das ich gerade bewohnte. Bishop hatte die Königin aus dem Schachspiel auf meinem Nachttisch stehen lassen, Atlas' Bettwäsche war auf der Matratze verteilt, und in dem weißen Läufer, der vor dem Bett lag, waren an einer Stelle ganz deutlich Fußabdrücke zu sehen, die von der Größe her nur zu Kade passen konnten.

Sie hatten über mich gewacht und würden es weiterhin tun, bis sie absolut sicher gehen konnten, dass es mir wieder gut ging. Ein Teil von mir fühlte sich wohl damit – ein anderer sträubte sich so hart dagegen, dass ich seit fast drei Stunden an die Decke starrte und darüber nachdachte, wie es nun weitergehen würde.

Ich wollte bleiben. Mehr als alles andere. Aber ich fragte mich auch, wie das funktionieren sollte. Graysens Blicke waren mir nicht entgangen, und ich fürchtete, dass die drei Männer sich mit ihrer Zuneigung mir gegenüber nur in Gefahr brachten. Eine Gefahr, die sich so einfach vermeiden ließ.

Letztendlich erhob ich mich doch und schlich auf Zehenspitzen erst in den Flur, dann weiter bis hin zu Kades Tür. Liko folgte mir auf dem Fuße. Ohne zu klopfen öffnete ich die Tür. Entgegen meiner Annahme brannte kein Licht mehr.

Dennoch erkannte ich Kades Umrisse auf dem Bett. Er schlief. Statt wieder zu gehen, bewegte ich mich vorsichtig in den Raum – ich traute meinen Beinen weiterhin nicht – und ließ mich auf der freien Seite seines Bettes nieder.

Ich lag kaum auf der Matratze, da spürte ich schon, wie er sich in meine Richtung drehte. Ehe ich mich versah, lagen zwei kräftige Arme um meinen Körper und ich fand mich mit dem Gesicht an seiner Brust wieder.

Erschrocken hielt ich die Luft an, ehe ich mich eines Besseren besann, und mich langsam entspannte. Deswegen war ich doch hier, oder nicht? Ich hatte gehofft, in seiner Nähe leichter in den Schlaf zu finden.

Es überraschte mich allerdings, wie meine Anwesenheit Kade beeinflusste. Ich hatte eher erwartet, dass er sofort in den Angriffsmodus schaltete, dabei versuchte, mich zu bekämpfen, bevor er langsam realisierte, wer da in sein Zimmer geschlichen war.

»Das war auch so eine Sache auf meiner Liste, die ich unbedingt tun wollte«, murmelte er mit schläfriger Stimme und schloss die Arme noch ein wenig fester um mich.

Meine Muskeln entspannten sich automatisch weiter und meine Gliedmaßen wurden schwerer, je länger ich so mit ihm dalag und seine Nähe einfach nur genoss.

»Was steht da noch drauf?«, fragte ich, die Augen inzwischen geschlossen.

»Eine andere Sache war das Haarekämmen.«

Ich brummte. Mir war nicht entgangen, wie viel Spaß ihm das gemacht hatte. Zugegeben – ich hatte es auch nicht schlecht gefunden. Seine Hände an meiner Kopfhaut zu spüren und zu wissen, dass er all das nur für mein Wohlbefinden tat …

»Ich konnte nicht einschlafen«, gab ich zu, doch viel zu wach, um einfach in einen ruhigen Schlaf zu sinken.

Ein bisschen fühlte ich mich schuldig, weil ich ihn damit ebenfalls davon abhielt.

»Hast du Schmerzen?«, wollte er wissen. Seine Stimme vibrierte in seinem Brustkorb und damit auch in meinem Körper.

Ich hob eine Hand, um blind über die tätowierte Haut an seiner Schulter zu fahren, dann seinem Arm zu folgen und schließlich an seinem Rücken wieder nach oben zu wandern.

»Nicht wirklich«, log ich, weil die Schmerzen nicht das waren, was mich am Einschlafen hinderte.

Das Geräusch, das er daraufhin von sich gab, verriet mir, dass er mir nicht glaubte.

»Ich fühle mich gerade nicht wirklich wohl«, gab ich zu, um das Thema in eine andere Richtung zu lenken. »Ich muss ständig an Cyrus denken und all die Dinge, die passiert sind. Auch an seine Beweggründe …«

Kade bewegte sich. Mit einem Mal lag er auf dem Rücken und ich auf ihm, immer noch in einer festen Umarmung. »Wir können darüber reden, wenn du möchtest?«

Seine Hand wanderte von meiner Schulter über meinen Nacken direkt in meine Haare. Als er seine Finger über meinen Kopf bewegte, in sanften und beruhigenden Bewegungen, lief ein angenehmer Schauer über meinen Körper.

»Er hat von Anfang an mit mir gespielt. Schon damals, als ich zu ihm gegangen bin wegen des Geldes.« Ich war fest davon überzeugt, dass sie diesen Part längst herausgefunden hatten. Also brauchte ich ihn auch nicht unter den Teppich kehren oder gar leugnen. »Es hat eine Weile gedauert, aber dann kamen ein paar Erinnerungen zurück. Ich glaube, darauf hat er es angelegt. Er war der Ausgangspunkt.«

Ich spürte, wie Kade sich unter mir anspannte.

»Cyrus hat meinen Vater dafür bezahlt, dass er mir beim Schlafen zusehen durfte. Und genau das hat er auch getan, als ich in diesem Käfig lag. Genau wie damals. Die Tür einen Spalt geöffnet, sodass ein wenig Licht hereinschien ... Stunden sind vergangen, in denen ich kein Auge zu tun konnte und immer auf sein Atmen lauschen musste. Damals und jetzt wieder.«

Die Anspannung in seinem Körper blieb. So ruhig ich auch darüber reden konnte, was für ekelhafte Menschen Cyrus und mein Vater gewesen waren, ich wusste, dass es vor allem in mir drin eine nicht unerhebliche Reaktion mit sich zog.

»Wir haben das Gespräch gehört«, erwiderte Kade so leise, ich verstand ihn kaum.

»Ich glaube nicht, dass er damals mit diesem Hintergedanken einen Gefallen eingefordert hat. Das Schicksal hat ihm nur in die Hände gespielt und dafür gesorgt, dass er eine einmalige Chance erhalten hat«, fuhr ich fort.

»Was nichts an all dem ändert, was passiert ist.« Seine Worte waren so nachdrücklich, dass mir ein Schauder über den Rücken lief. Diesmal nicht aus Wohlgefallen.

»Ich weiß. Und ich hoffe, dass wir ihn finden und einer von uns die Chance bekommen wird, ihn zu töten. Vielleicht sollte ich die Auftragskillerin anrufen, die damals meinen Vater umgebracht hat.«

»Das wird nicht nötig sein, glaub mir.«

Ich nickte und verwarf den Gedanken wieder.

»Heute Nacht wird dich jedenfalls niemand beobachten«, versicherte Kade mir nachfolgend, die Hand noch immer in meinen Haaren vergraben. »Und es tut mir leid, wenn du dich wegen mir deshalb jemals unwohl gefühlt haben solltest.«

Ich lachte. »Die Fußabdrücke im Teppich sind mir aufgefallen.«

»Irgendwer musste ja darauf achten, dass du im Schlaf nicht plötzlich stirbst.«

»Ich hatte nicht vor, einfach so zu sterben«, erwiderte ich, immer noch belustigt und wohlwissend, dass auch das eine Lüge war. Vor gar nicht allzu langer Zeit hatte ich darüber noch nachgedacht gehabt. »Aber keine Sorge.«

»Was passiert ist, tut uns allen wahnsinnig leid. Ich glaube, Atlas macht sich die größten Vorwürfe. Er glaubt, es wäre anders gekommen, wenn jemand dich begleitet hätte.«

Ich schüttelte den Kopf, insofern das in meiner Position überhaupt möglich war. »Als hätte Cyrus sich davon abhalten lassen. Er hat Jacky Sprengstoff umgebunden und damit gedroht, das ganze Casino in die Luft zu jagen.«

Kade erwiderte darauf nichts, also schwieg auch ich eine Weile. Schließlich spürte ich, wie die Müdigkeit doch überhandnahm.

»Glaubst du, die anderen stört es, wenn ich hier schlafe?«

Er streichelte weiter über meinen Rücken und meine Haare, ließ sich Zeit für seine Antwort. »Ich glaube nicht. Nur weil Cyrus unsere Pläne kurz unterbrochen hat, heißt das nicht, dass sich irgendetwas an ihnen geändert hat.«

»Ich will nur nicht, dass sich irgendwer ... ausgeschlossen fühlt.«

»Was ist mit Bishop?« Kade brachte die unangenehmen Sachen immer auf den Punkt.

»Er weiß, dass ich es nicht ernst gemeint habe. Es war eine Art, ihm näherzukommen, ohne meinen Stolz über Bord zu werfen. Ich hatte in den letzten Wochen genug Zeit zum Nachdenken ... also keine Sorge. Ich werde mit ihm darüber reden.«

»Gut. Bishop braucht das.«

Ich nickte. Das musste er mir nicht zweimal sagen.

»Wenn du dich besser damit fühlst, kann ich die anderen beiden gerne anrufen und sie fragen, ob sie sich dazu legen wollen. Das Bett ist groß genug.« Kades Stimme wohnte ein leises Lachen bei, was mich den Kopf schütteln ließ.

Er meinte das ernst, daran hegte ich keine Zweifel, doch die Vorstellung belustigte mich. Die drei Männer, eng an eng in einem Bett, ich dazwischen, während Liko am Fußende zusammengerollt lag und die Hälfte des Platzes für sich allein beanspruchte.

Nein, da konnte ich definitiv drauf verzichten.

»Das wird nicht passieren, nicht einmal in hundert Jahren«, murmelte ich. »Zwei Leute und ein Hund im selben Bett sind vollkommen ausreichend.«

»Dann musst du sie wohl entschädigen.«

Ich gab ein wenig überzeugtes Geräusch von mir. »Oder ich schlafe einfach da, wo ich gerade will. Was in den meisten Fällen wohl in meinem eigenen Bett sein wird – allein.«

Obwohl er nichts dazu sagte, spürte ich seine Skepsis. Verständlich. Schließlich war ich soeben mehr oder weniger heimlich in seines gekrochen.

»Okay, vielleicht auch nur manchmal allein«, lenkte ich schließlich ein. Kade nickte, vermutlich weil ihn die Antwort zufriedenstellte. »Atlas hat seine Bettwäsche in mein Zimmer gebracht.«

»Er wollte, dass du es bequem hast.«

Es fühlte sich an, als würde ich immer tiefer gegen Kade sinken, der mich dafür umso fester hielt und klarmachte, dass ich heute Nacht gewiss nicht von seiner Seite weichen würde. Irgendwie gefiel mir der Gedanke.

»Ihr habt hier Betten stehen, die teurer waren, als die Gehaltsabrechnung eines normalen Menschen hoch ist«, stellte ich trocken fest.

Tatsächlich rührte mich die Unbeholfenheit der Geste. Der Versuch dahinter zählte, die Bedeutung zwischen den Zeilen. Ebenso war es auch bei Bishop gewesen, der mich aus der Villa getragen und ins Auto verfrachtet hatte, ohne wirklich zu wissen, wie er mit mir in meinem Zustand umgehen sollte.

Zugegeben, viel hatte ich nicht mitbekommen, aber das, woran ich mich erinnerte, war nicht schlecht gewesen. Er hatte mich umsorgt und sich darum gekümmert, dass ich mich trotz der Umstände einigermaßen wohlfühlte. Beschützt in einem Umfeld, in welchem ich sehr lange Zeit keinen Schutz erfahren hatte.

Dasselbe tat Kade nun, in dem er mich fest im Arm hielt und mit mir über einen Teil der Dinge sprach, die mich vom Schlafen abhielten.

»Manchmal frage ich mich, ob du das ernst meinst, wenn du uns unseren Luxus vorhältst. Ich hab deine Kontoauszüge gesehen, *Leilani*, und ich glaube, du stehst uns in dieser Hinsicht kaum nach.« War das Tadel in seiner Stimme?

»Der Unterschied ist bloß der, dass es für mich nicht selbstverständlich ist ... ich hab mir all das eigenhändig erarbeitet. Und jetzt, da irgendwie feststeht, dass ich hierbleibe, solltet ihr euch all meine Casinos, Hotels und Restaurants auch ansehen. Ich glaube, sie wären eine nette Ablenkung für Atlas.« In den vergangenen Wochen hatte ich wirklich *viel* Zeit gehabt, um über alle möglichen Themen nachzudenken.

Etliche Gedanken hatten sich allein darum gedreht, was ich tun würde, wenn ich aus dem Käfig rauskam und Cyrus bereits tot.

»Wenn du ihm dafür einen Teil seiner Pflichten abnimmst, wird er sich bestimmt darüber freuen«, erwiderte Kade ohne Zögern.

Ein Teil von mir war nicht überrascht, dass er mir ohne Weiteres zutraute, in die Geschäfte der Wölfe einzusteigen. Ein anderer jedoch empfand riesigen Respekt vor dieser Vorstellung.

»Natürlich darf die Action nicht zu kurz kommen. Also musst du weiterhin mit mir ein paar Dinge erledigen.«

»Menschen vermöbeln, bis sie uns sagen, was sie wissen?«, fragte ich, einen leicht amüsierten Unterton in der Stimme.

»Genau. Oder überfälliges Schutzgeld einsammeln. Folter, Prügeleien, großkotzige Auftritte ... das Übliche.«

Ich zog eine Augenbraue nach oben, ließ die Augen aber weiterhin geschlossen. »Wann habt ihr denn bitte großkotzige Auftritte?«

Ein leises Lachen entwich ihm. »Gedanklich habe ich mir das alles schon ausgemalt. Ein nettes Kleid für dich ... wunderschön. Ein paar einfache Schuhe. Und als Accessoires Sinner und Saint, rechts und links um deine Fußgelenke.«

Ich zog die Nase kraus und stellte mir das Szenario vor. »Du willst mir lebendige Schlangen als Schmuck anziehen?«

»Ich würde dir einen Wolf als Haustier schenken, mit dem du im *Aria* auflaufen kannst. Hättest du Liko nicht – und würde es nicht unter Tierquälerei fallen.« Irgendetwas sagte mir, dass er die Worte nicht leichtfertig aussprach.

»Spricht da wieder Daisy aus dir?«, fragte ich, immer noch belustigt von der Vorstellung, die beiden Schlangen mit in einen Club zu nehmen, einfach nur weil es einen gewissen Effekt bei den restlichen Besuchern haben könnte.

Ich war mir sicher, dass allein unsere Anwesenheit die gleiche Wirkung hervorrufen würde, wenn wir es nur darauf anlegten.

»Nicht im Geringsten. Daisy muss in letzter Zeit ein wenig zurückstecken.«

»Ist das so?«

Kade nickte. »Ich hab ein paar Dinge gefunden, die mir ziemlich wichtig sind. Da kann ich ihre Gehässigkeit nicht brauchen.«

Überrascht hob ich den Kopf und sah ihn an. Wollte er mir gerade damit sagen, dass er sich inmitten eines Entzugs befand?

»Keine Sorge, ich hab nichts Dummes getan. Nur die Dosis allmählich reduziert, anstatt aus Verzweiflung immer mehr zu nehmen.«

Ich schob mich ein wenig nach vorne, bis unsere Lippen sich kurz und sanft berührten, nur um mich anschließend wieder zurückzuziehen, den Kopf erneut auf seinen Brustkorb zu legen, dabei tief ein- und auszuatmen.

Langsam dämmerte mir, dass die letzten Tage nicht nur Einfluss auf mich genommen hatten – sondern auch auf die drei Männer.

»Ich glaube, ich könnte die Sache mit dem Schlafen nochmal versuchen«, murmelte ich schließlich.

»Dann mach das. Ich pass auf dich auf, *Kaiulani*.«

»Danke, Kade.« Und damit meinte ich nicht nur den aktuellen Moment.

Ich drehte den Wasserstrahl auf, stellte die Temperatur ein und wartete darauf, bis sich ein feiner Nebel in Kades Bad gebildet hatte. Die ersten Strahlen der morgendlichen Sonne schlichen durch die Fenster, tauchten die grünen Pflanzen in oranges Licht.

Ich fühlte mich ähnlich dem Bild, das vor meinen Augen entstand. Ein neuer Tag, mit neuer Energie, frischen Kräften und Möglichkeiten. Mein Körper war noch immer angeschlagen, aber langsam spürte ich, wie ich die Kontrolle über ihn zurückerlangte. Einige Schmerzen ließen langsam nach, mein Geist klärte sich, und ich bekam wieder Appetit. Nicht auf Essen an sich – eher auf den Mann, der vorhin mit einer riesigen Morgenlatte unter mir geschlafen hatte.

Meine Mitte hatte mit neugierigem Kribbeln reagiert, meine Gedanken waren für einen kurzen Moment vollkommen außer Kontrolle geraten, und mein Körper erinnerte sich an all die vorherigen Male, als ich mit Kade Spaß gehabt hatte.

Zu meinem Leidwesen war er weder aufgewacht, noch hatte sich mein Verlangen in Luft aufgelöst. Eine heiße Dusche erschien mir auch kein passender Ersatz zu sein, allerdings ein erster Anfang, der sich vielleicht noch ausbauen ließ.

Ich hatte die Tür zum Bad absichtlich offengelassen, eine unausgesprochene Einladung an Kade … sobald er denn aufwachte.

Mit einem Seufzen stellte ich mich schließlich unter den Wasserstrahl und genoss das angenehme Gefühl, das die auf mich prasselnden Wassertropfen hervorriefen. Es war einfach purer Luxus, wenn man duschen konnte, wann immer man das wollte.

Für einen kurzen Augenblick glaubte ich, dass dieser erfüllte Wunsch die Erinnerungen an den Käfig und somit auch Cyrus hochholen würde, doch nichts dergleichen geschah. Zum Teil lag das mit Sicherheit auch daran, dass ich Schritte hörte, die sich mir näherten.

Kade.

Ich drehte mich um, nutzte den Moment, um ihn in seiner vollen Pracht zu mustern. Angefangen bei seinen dunklen Haaren, die ich mit meinen Fingern heute Nacht durcheinander gebracht hatte, weiter über sein verschlafenes Gesicht, schließlich hin zu seinem Körper. Die Tattoos hoben sich dunkel von seiner gebräunten Haut ab, schlängelten sich über einen Teil seines Oberkörpers und über einen Arm.

Meine Augen blieben kurz an seiner Erektion hängen. Entweder war sie überhaupt nicht verschwunden, oder ...

»Du könntest dich mir anschließen«, schlug ich leicht heiser vor.

Sein Blick wanderte ebenso interessiert über meinen Körper, doch ich sah die Skepsis in seinen Augen.

»Du hast Zweifel, weil es noch gar nicht so lange her ist, dass man mir einen Elektroschock verpasst hat«, stellte ich fest, mit einem Mal ein bisschen gedämpft in meiner Lust.

Er schüttelte den Kopf, hob dann die Hand, um sich über das Gesicht zu wischen. »Ich will bloß nicht, dass das alles zu viel für dich wird. Du sollst dich doch erholen, nicht ...«

»Aber zählt so etwas nicht als Erholung?«

Er schnaubte über meinen Einwand und stieg schließlich zu mir unter die Dusche. Mit einer sanften Bewegung zog er mich an seinen Körper, und eine Weile standen wir einfach nur unter dem Wasserstrahl, die Nähe des jeweils anderen genießend.

Sein Kopf ruhte auf meinem, seine Hände lagen locker um meinen Oberkörper, aber nicht für lange. Irgendwann begann er, seine Finger langsam zu bewegen. Er glitt über meine Haut, vorsichtig und ein wenig forschend, als wartete er darauf, dass ich ihn unterbrach, weil ich es mir doch anders überlegt hatte. Oder unerwartet Schmerzen bekam.

Das Gegenteil war der Fall. Die Wärme, die sich in meinem Körper ausbreitete, erinnerte mich daran, warum ich Cyrus' Tortur überhaupt durchstehen konnte.

Mein Atem verfing sich in meiner Lunge, als Kade mich kurzerhand umdrehte, meinen Rücken gegen seinen Brustkorb presste, dann die Hand von meinem Hals hin zum Schlüsselbein und dann zu meinen Brüsten wandern ließ.

Einige Minuten beschäftigte er sich allein damit. Vorsichtig und sanft, bedacht darauf, nichts anderes als Lust in mir auszulösen.

Seine Lippen lagen auf meiner Schulter, küssten mich sanft. Ich konzentrierte mich vollständig darauf, einzig den Moment zu genießen. Dem nachzuspüren, was er mir gab, weil ich genau wusste, dass er nicht einen Schritt zu weit gehen würde, aus Angst davor, mich zu verletzen.

Kade respektierte meinen Körper, den Zustand, in dem sich dieser befand. Für den Moment war das in Ordnung. Ich wusste allerdings auch, dass ich damit auf Dauer nicht glücklich werden würde, selbst wenn ich mich in einem Heilungsprozess befand.

Ich brauchte Kade so, wie ich ihn kennengelernt hatte. Unnachgiebig. Darauf aus, meinem Körper Arten der Lust zu entlocken, die ich vorher selbst nicht gekannt hatte. Ich wollte seinen Schwanz so tief in mir spüren, dass es mir für eine Sekunde den Atem raubte, nur um vom anfänglichen Schmerz in absolutes Verlangen überzugehen, das sich kaum von ihm allein sättigen ließ.

Mir entwischte ein Seufzen, in genau dem Moment, als seine Hand sich von meinem Nippel löste, um anschließend über meinen Bauch nach unten zu gleiten.

Seine Finger wurden dort von einer Hitze erwartet, die mich selbst überraschte. Ich wollte ihn – brauchte ihn. Irgendetwas. Alles, was er bereit war, mir zu geben.

Als seine Hand sich über meine Pussy schob und damit begann, mich sanft zu berühren, wusste ich, dass es nicht viel sein würde.

»Ich weiß, dass du mehr willst«, raunte er und drängte sich von hinten weiter gegen mich, sodass ich ganz genau spürte, dass es ihm genauso ging. »Aber das hier wird dich auch ohne meinen Schwanz von den Beinen reißen.«

Bei jedem anderen Mann hätte ich über die Worte gelacht und sofort Abneigung empfunden. Kade jedoch glaubte ich jede einzelne Intention dahinter.

Ich schnappte nach Luft, als sein Daumen federleicht über meine Klit glitt, mich sofort zum Zucken brachte, obwohl es nur eine simple Berührung gewesen war.

Das Gedankenwirrwarr in meinem Kopf verschwand schlagartig. Nur noch Kade existierte, seine Finger an meiner Pussy und jene Empfindungen, die er in mir hervorrief.

Ich legte eine Hand haltsuchend an seinen Oberschenkel, biss mir auf die Lippe, um das nächste Stöhnen zu unterdrücken, das mir entwischen wollte, weil er die Bewegung noch einmal wiederholte.

Dann ging er nicht mehr so zärtlich vor. Begann damit, mich zu reizen, den Daumen um meine Klit kreisen zu lassen, in Bewegungen und Rhythmen, die es mir unmöglich machten, mich ihrer Wirkung zu entziehen.

Meine Beine weigerten sich allmählich, ihren Dienst weiter zu vollführen, die Muskeln in meinem Bauch spannten sich schmerzhaft an, mein Griff an seinem Oberschenkel wurde fester.

Letztendlich war es nur Kade, der mich aufrecht hielt, als der Orgasmus unerwartet über mich hinwegrollte. Meine Muskeln zuckten unkontrolliert, ich fühlte Schwindel aufsteigen, aber zeitgleich große Erleichterung.

Als wäre ein Knoten geplatzt, der mich zuvor noch behindert hatte, ohne dass ich es überhaupt merkte.

Wir rutschten zu Boden, und ich verbrachte jene Phase, in der die Nachwellen über mich hinwegschwappten, in seinen Armen. Es fühlte sich gut an. Verdammt gut.

Erst nach einer Weile war ich dazu in der Lage, den Kopf in seine Richtung zu drehen und seinen Mund mit meinem zu versiegeln. Im Gegensatz zu gestern Nacht war mein Kuss diesmal drängender. Mit einer unausgesprochenen Forderung versetzt, der er zwar nicht nachkommen würde ... auf die ich ihn aber nur allzu gerne aufmerksam machte.

»Bald, *Mele*. Wir werden deinen Körper sicher nicht überfordern, nur weil du es heute ausnahmsweise geschafft hast, allein zur Dusche zu laufen.« Er platzierte einen Kuss auf meiner Stirn, und obwohl es mich enttäuschte, fühlte ich in diesem Moment auch etwas anderes.

Es erschreckte mich nicht. Aber eine Überraschung war es dennoch.

Zwei Stunden später saß ich auf der Wohnlandschaft, einen Teller mit Essen vor mir auf dem Couchtisch platziert, Liko neben mir, der wahnsinnig interessiert an meinem Brunch schien.

Atlas steckte den Kopf von der Veranda aus herein. Er hatte sich entschlossen, draußen zu arbeiten, was ein ziemlich schlecht getarnter Versuch war, in meiner Nähe zu sein, ohne mich unmittelbar mit ihr zu belästigen. »Morgan kommt gleich vorbei, nur damit du Bescheid weißt.«

Ich hob eine Augenbraue. »Und das ist in Ordnung für dich? Ich dachte, ihr beide könnt euch nicht ausstehen.«

»Was nichts daran ändert, dass ich einen Mann anerkennen kann, für das, was er ist. Für seinen Charakter.«

»Dir wäre es trotzdem lieber, wenn er seinen Arsch nicht ständig hierher tragen würde«, meinte ich und deutete mit der Gabel in seine Richtung. Ich kniff die Augen zusammen, als er mir nicht sofort antwortete.

»Machen wir die Dinge nicht komplizierter, als sie ohnehin schon sind. Ich wollte ihn ausschließen, Bishop hat trotzdem mit ihm zusammengearbeitet und er ist dir wichtig. Dem werde ich sicher nicht im Weg stehen.« Atlas wirkte nicht wirklich zufrieden, was mich aber nicht an seinem Wort zweifeln ließ.

»Du tust das, weil es mich glücklich macht«, stellte ich fest, wohlwissend, dass ich damit ins Schwarze traf.

Er leugnete es nicht einmal, trat aber in den Wohnbereich, die Arme vor der Brust verschränkt. »Ich will, dass du dich hier wohlfühlst. Nicht nur das. Ich will, dass das dein Zuhause wird. Und wenn das bedeutet, dass ich seine Anwesenheit erdulden muss ...«

»In ein paar Tagen kommt Jacky vorbei«, sagte ich prompt. Wenn Atlas mir eine Vorlage wie diese bot, musste ich sie ausnutzen, oder nicht?

Auch wenn es schon ein wenig fies war.

Er zuckte nicht mal mit der Wimper, als er nickte. »Alvaro sorgt dafür, dass es sicher sein wird. Für alle Beteiligten.«

Dankbar nickte ich.

»Ach, und noch was, Bailey. Sobald du wieder fit bist, gehen wir beide einkaufen. Irgendein nettes Möbelhaus deiner Wahl, weil ein Onlineshop sicher nicht in Frage kommt, – dann kannst du dir einen der Räume oben ganz nach deinen Vorstellungen einrichten.«

»Okay«, sagte ich, drehte mich dann vollends in seine Richtung und musterte ihn. Das freche Grinsen spürte ich bereits auf meinen Lippen. »Probieren wir die Betten dann direkt vor Ort aus, Atlas?«

Ich legte eine besondere Betonung auf seinen Namen und sah in der nächsten Sekunde ganz genau, wie diese simple Tatsache Einfluss auf ihn hatte. Sein Blick verdunkelte sich, als die Vorstellung in seinem Kopf zum Leben erwachte. Er schluckte und begann damit, die Ärmel seines Hemdes nach oben zu krempeln.

War ihm plötzlich heiß?

»Ich bin froh, dass es dir besser geht.« Das war letztendlich alles, was er dazu sagte, bevor er sich abwandte und zurück nach draußen ging. Nicht jedoch ohne mir vorher einen feurigen Blick zuzuwerfen.

Vielleicht wiederholte Kade das Duschen von heute Morgen kurz mit mir?

Ehe ich mich vollends in dem Gedanken vergraben konnte, ging die Haustür auch schon auf. Alvaro und Morgan kamen herein, und es wirkte beinahe so, als würde Morgan mittlerweile hier leben.

»Vargas!«, stieß ich laut genug aus, dass Liko den Kopf hob und in Morgans Richtung blickte.

»O'Hara«, erwiderte er. »Schön, dass du es einrichten konntest, mal wach zu sein, wenn ich zu Besuch komme.«

»Sorry, die Taser beim Militär sind leider Fliegenbisse im Vergleich zu dem Teil, das Cyrus verwendet hat.« Ich konnte mir ein Lachen nicht verkneifen und war heilfroh, als er zu mir kam, um mich kurz in den Arm zu nehmen.

»Ich bin nicht begeistert von den Dingen, die du tust, seit du diese Männer kennst«, meinte er, halb im Scherz, halb ernst.

»War nicht geplant, mich von einem Idioten entführen zu lassen.«

Morgan schüttelte den Kopf. »Ich hätte es einfach wissen müssen. Normalerweise kannst du dich in dieser Hinsicht besser auf mich verlassen.«

»Ich weiß. Und es ist nicht deine Schuld. Bishop hat dich aufgeklärt, oder?« Einerseits war ich froh, dass ich das nicht übernehmen musste. Andererseits bedeutete es auch, dass er Zeit gehabt hatte, um sich Fragen zu überlegen, die er mir stellen konnte, um mich in die Bredouille zu bringen.

Morgan ließ keine unnötige Zeit verstreichen. »Es gefällt mir nicht, da bin ich ganz ehrlich zu dir. Und ich werde mir immer Sorgen um dich machen –«

»Das hättest du auch getan, wenn ich mein normales Leben weitergeführt hätte.«

Morgan warf mir einen warnenden Blick zu. » Aber ich bin zu dem Entschluss gekommen, dass es nur eine Sache gibt, die zählt. Dein Wohlergehen ... und, dass du glücklich bist. Das sollte man sich als Vater doch für seine Tochter wünschen.«

Ich wollte es nicht, aber mir stiegen Tränen in die Augen. Also wandte ich den Blick ab, nur um zufällig auf Alvaros zu treffen, der an der Tür stand und alles im Auge behielt. Er wirkte ebenfalls berührt. Irgendetwas sagte mir, dass auch Atlas auf der Veranda die Ohren gespitzt hatte. Kade und Bishop konnten auch nicht weit entfernt sein. Und sie alle warteten auf meine Antwort.

Zittrig stieß ich die Luft aus, den Blick wieder auf Morgan richtend. »Ich bin glücklich. Das ist die Familie, die ich nie hatte ... aber es wird nichts daran ändern, wer du für mich bist. Niemals.«

»Das dachte ich mir schon«, erwiderte er relativ unberührt.

Natürlich, selbst jetzt ließ er den Soldaten raushängen. Sobald er zuhause war, würde er seinen Emotionen allerdings freien Lauf lassen. Dahingehend kannte ich ihn gut.

»Außerdem wirst du deine Routine wieder aufnehmen. Das Versprechen habe ich Atlas abgenommen.«

Ich nickte. »Nichts anderes habe ich erwartet.«

Selbst jetzt achtete er noch darauf, dass ich mich selbst nicht aufgab, nur weil ich neuerdings bei einem Haufen Männer wohnte, die eine ganze Stadt in der Hand hatten. Nicht, dass ich jemals vorgehabt hatte, aus meiner Branche auszusteigen und all das aufzugeben, was ich mir eine halbe Ewigkeit lang eigenhändig aufgebaut hatte.

»Was ist mit Orlando?«, fuhr er fort. Sein Wechsel in den Businessmodus verlief reibungslos.

Ich konnte es ihm nicht übel nehmen. Er war lange genug ohne mich ausgekommen, und nun gab es sicher einige Dinge, die es zu besprechen galt.

»Ich schätze, die Vorbereitungen sind alle durch und in der Theorie könnte man zeitnah eröffnen?«, erwiderte ich.

»Wir haben alles fertiggestellt, es müsste nur wieder die Werbetrommel angeworfen werden.«

Einen Moment lang überlegte ich, nickte anschließend. »Samstag in zwei Wochen. Wir machen ein großes

Ding draus, und ich will, dass du mit Alvaro und Thiago an den Sicherheitsmaßnahmen feilst. Weder Cyrus noch seine Kumpanen sollen es irgendwie auf das Gelände schaffen.«

Mein Vorschlag schien ihm zwar nicht vollständig zu behagen, letztlich zeigte er sich aber einsichtig. »Wir werden uns einen entsprechenden Plan überlegen.«

»Wir sollten es außerdem den Gästen aller anderen Casinos, der Hotels und der Restaurants ermöglichen, nach Orlando zu kommen. Sind Shuttles eine Option?« Ich war nicht dumm genug, um die anderen Läden an jenem Tag dichtzumachen, aber konnte die Gelegenheit auch nicht ungenutzt verstreichen lassen, so viele Menschen zu einer der wichtigsten Eröffnungen meiner Laufbahn einzuladen.

»Irgendwie überrascht es mich, wie gut dein Überblick ist«, gab Morgan zu, hatte aber bereits sein Smartphone gezückt, um all meine Wünsche und Vorschläge darauf zu notieren.

Noch bevor ich Atlas' Schritte vernahm, spürte ich seine Anwesenheit in meinem Rücken. »Wir könnten in unseren Tourismus-Unternehmen Flyer für die Veranstaltung verteilen. Ich glaube, es gäbe durchaus einige Urlauber, die Interesse hätten.«

Ich nickte. »Guter Punkt. Lasst uns gleich weiter darüber sprechen ... ich finde, Morgan sollte zum Abendessen bleiben.«

Um Atlas betrachten zu können, legte ich den Kopf leicht in den Nacken.

»Ich gebe der Köchin Bescheid. Vielleicht sollten wir die Gelegenheit für einen netten Abend nutzen. Ein wenig Entspannung schadet keinem von uns.«

»Klingt super«, bestätigte ich.

Mein Blick glitt zwischen den anwesenden Männern hin und her. Bishop hatte die Terrasse vorhin ein wenig umgestaltet und von irgendwoher noch mehr Stühle gezaubert, sodass jetzt nicht nur wir vier auf ihr Platz fanden, sondern auch Alvaro und Thiago sowie Morgan.

Der Abend war vergleichsweise lau, vom Pool wehte ein kühler Luftzug in unsere Richtung und der Himmel teilte sich zwischen Sonnenuntergang und Sternen. Die Umgebung war erfüllt vom Duft unseres Essens, von leisen Gesprächen und der Musik, die drinnen über den TV abgespielt wurde.

Liko lag unter dem Tisch, Kade hatte ein paar Lampions hervorgezaubert und sie in der Nähe der Terrasse aufgehängt, sodass alles in sanftes Licht getaucht sein würde, sobald die Sonne erst einmal vollständig untergegangen war. Zusätzlich mit den Kerzen auf dem Tisch hatte sich so eine angenehme Atmosphäre entwickelt, die einen fast glauben ließ, dass alles an diesem Ort normal war.

Genauso gut hätte das hier nämlich auch ein großes Familientreffen sein können.

Ich drückte mein nacktes Knie gegen das von Kade, der links neben mir saß. Rechts befand sich Alvaro, der seinen Blick konzentriert auf einen kleinen Bildschirm richtete. Nicht, um darauf irgendeinen Film zu schauen, sondern um weiterhin für unsere Sicherheit zu sorgen.

»Du betraust außer Thiago wirklich niemandem mit dieser Aufgabe, oder?«, fragte ich.

Es dauerte einige Sekunden, bis er realisierte, dass ich mit ihm gesprochen hatte, doch dann hatte ich seine volle Aufmerksamkeit. »Absolut niemandem. Ich wüsste gar nicht, wie ich diese Leute überprüfen soll …«

»Verständlich.«

Trotzdem – was würde geschehen, wenn einer von ihnen krank werden würde, jemandem etwas zustieß?

»Wir würden nicht schutzlos hier rumsitzen, *Mele*«, mischte sich Kade ein. »Wir sind alle dazu in der Lage, eine Schicht zu übernehmen. So ist es nicht.«

Alvaro nickte. »Das wäre der Plan im äußersten Notfall.«

»Wer hat aufgepasst, als ihr alle nach Palm Bay gefahren seid?«, hakte ich nach, eine Augenbraue nach oben gezogen. Vielleicht war es dumm, sich überhaupt darüber Gedanken zu machen, doch es half mir dabei, zu verstehen, wie die Wölfe in den letzten Jahren funktioniert hatten.

»Niemand. Wir haben abgewogen, was wichtiger ist, und unser Entschluss ist auf deineRettung gefallen.« Kade wirkte absolut ernst, trotzdem fiel es mir schwer, ihm das zu glauben.

Ich zog das Thema nicht weiter in die Länge, konzentrierte mich stattdessen darauf, den Rest meiner Portion zu essen. Die Köchin hatte sich mit ihrem kleinen Menü selbst übertroffen.

Es gab nicht nur ein Essen für alle, sondern eine kleine Auswahl an verschiedensten Speisen. Praktisch für jeden Geschmack war etwas dabei ... weswegen auf meinem Teller auch von allem etwas gelandet war.

Die vorherrschende Idylle machte mich eine Weile lang glücklich, doch irgendwann begann sie, mich zu nerven. Irgendwie gefiel es mir nicht, länger als ein paar Minuten so zu tun, als wäre alles in Ordnung. Die kurze Pause war willkommen, doch es gab noch immer Probleme, um die es sich zu kümmern galt.

Leute, die gefunden werden mussten. Informationen, die man auswerten sollte. Menschen, denen man ein Fadenkreuz auf den Rücken heften musste, damit sie alsbald ihr Ende fanden.

Genau das war es auch, was mich an meinem aktuellen Zustand so irritierte. Die Unfähigkeit, selbst etwas zu unternehmen. Es war ja schon eine Anstrengung, die Treppe vom Erdgeschoss hinaufzusteigen, ohne aus der Puste zu sein.

Ganz zu schweigen davon, dass mein Körper in manchen Situationen einfach nicht das tat, was er sollte. Heute Mittag nach dem Gespräch mit Morgan? Ich war so müde gewesen, dass ich auf der Couch eingeschlafen und zugedeckt einige Stunden später wieder aufgewacht war. Es fühlte sich wie die Anstrengung des Jahrhunderts an, auch nur leichte Tätigkeiten auszuführen, die sonst absolut kein Problem gewesen waren.

Der Frust, den ich meinem Körper gegenüber auf einmal empfand, ärgerte mich. Er konnte am allerwenigsten etwas dafür. Und trotzdem nervte es mich, dass ich für alles so lange brauchte.

Während ich darüber nachdachte, aß ich den Rest von meinem Teller. Zu gerne wäre ich noch länger in der kleinen Runde verblieben, doch ich spürte, wie meine Laune mit jeder Sekunde tiefer sank.

Also erhob ich mich letztlich und verabschiedete mich unter dem Vorwand der Müdigkeit. Angesichts des Blickes, den Atlas mir zuwarf, wusste ich zwar genau, dass er mir nicht ein Wort davon abkaufte, doch das war mir egal.

Als ich im Wohnbereich ankam, fühlte ich mich direkt besser. Noch besser wurde es allerdings, als ich in meinen eigenen Raum kam, das Bett dort stehen sah und wusste, dass ich mich gleich darauf fallen lassen konnte. Sobald ich lag, tastete ich mit den Fingern unter dem Kissen umher, bis sie gegen das Tablet stießen, das dort lag.

Ich schaltete es ein, wählte *Netflix* aus und suchte mir

einen Film, von dem ich mich die nächsten zwei Stunden berieseln lassen konnte, ohne ein schlechtes Gewissen verspüren zu müssen.

Liko war draußen bei den anderen geblieben, also musste ich die Decke auch nicht mit jemandem teilen, was meine Laune noch mehr anhob.

Manchmal war es komisch, wie Körper und Geist auf gewisse Dinge reagierten. Momentan wollte ich so viel, wohlwissend, dass nicht einmal die Hälfte davon in meinem Zustand klug war. Ich wollte Sex. Ich wollte Action. Ich wollte alles, was mich nicht an ein Bett oder dieses Haus fesselte, weil es nach zwei Tagen bereits stinklangweilig geworden war, auf meinen Körper Rücksicht zu nehmen, der viel zu lange brauchte, um sich von allem zu erholen.

Irgendwie musste ich dafür sorgen, dass sich zumindest mein Empfinden darüber änderte.

ATLAS

Nothing happens and it bores the shit outta me.

Mit jedem Tag, der ereignislos verstrich, wurde deutlicher, was für eine schlechte Idee es gewesen war, manche Menschen in einer sicheren Umgebung festzuhalten, damit sie dazu gezwungen waren, sich zu erholen.

Es fühlte sich an, als würde Bailey mit jeder Stunde, die verging, unruhiger werden. Vor der Entführung hatte es zwar auch Tage gegeben, an denen einfach nichts passiert war, aber damals schien sie es nicht so sehr gestört zu haben.

Mittlerweile war es nur allzu deutlich, dass sie nichts von ihrem Krankenstand hielt, und ich zweifelte nicht eine Sekunde daran, dass sie bald darauf bestehen würde, wieder nach draußen zu gehen. Die Insel zu verlassen. Irgendetwas zu tun, was das Adrenalin durch ihre Adern peitschte und ihr endgültig bestätigte, dass sie nicht mehr bei Cyrus in einem Käfig saß.

Ich behielt sie vorsichtig im Blick, damit sie keine

Dummheiten beging. Auch wenn sie sich von mir nicht davon abhalten ließ, das Gym im Keller zu besuchen, achtete sie doch auf ihre Grenzen, wenn sie meinen mahnenden Gesichtsausdruck bemerkte.

Was nutzte es ihr schon, wieder fitter zu werden, wenn sie sich auf dem Weg dahin einen Bänderriss zuzog, ihre Muskeln überdehnte ... oder schlimmer noch, sich etwas brach, weil sie einfach nicht vorsichtig genug gewesen war?

Ich wollte mir gar nicht ausmalen, wie sie reagierte, wenn sie mit einem gebrochenen Arm sechs Wochen überhaupt nichts unternehmen konnte.

Dass heute etwas anders war, wusste ich bereits, als sie ins Büro kam und mich mit diesem seltsamen Blick bedachte. »Hast du in letzter Zeit irgendwelche Zeichnungen fertiggestellt?«, fragte sie unverhohlen und lehnte sich mit verschränkten Armen gegen eines meiner Bücherregale.

Subtilität war wohl nicht ihre Stärke. Oder Bailey legte es gerade jetzt nicht darauf an. Was auch immer es war, ich musste schmunzeln.

»Ich hatte ein paar andere Sorgen«, meinte ich vage und hob eine Augenbraue.

»Wir sind nie dazugekommen, all die Sachen, die auf deinen bisherigen Zeichnungen dargestellt hast, auch nachzumachen«, fuhr sie fort.

Zur Hölle, diese Form der Anmache war schlimmer als das, was ich bei einigen Kerlen in Bars beobachtet hatte.

Belustigt lehnte ich mich zurück. »Du glaubst also, du kannst hier reinspazieren und wir haben einfach so Sex.«

»Bisher hat das auch ganz gut funktioniert, oder nicht?« Zurück zur Unverschämtheit hatte sie auch noch gefunden. Wunderbar.

»Ich weiß, das habe ich schon einmal zu dir gesagt, aber ... Ich werde nicht mit dir schlafen, Bailey.« Und das meinte ich ernst.

Sie verzog das Gesicht, ein wenig angesäuert. »Welchen Grund gibt es diesmal?«

»Weil du bisher mit keinem von uns wirklich darüber gesprochen hast, was dort bei Cyrus passiert ist. Und ich werde dich sicher nicht anfassen, wenn das bedeuten könnte, dass es irgendwelche Erinnerungen in dir weckt.«

Sie schnaubte. »Bist du plötzlich Psychologe geworden, oder was?«

Ihr Ton verwandelte sich rapide in etwas, das man getrost als beleidigend bezeichnen konnte.

Ich neigte den Kopf. »Nein. Aber ich interessiere mich für deine mentale Gesundheit.«

»Das spielt also plötzlich eine Rolle? Ausgerechnet *du* kommst damit an?« Mittlerweile wirkte sie regelrecht wütend.

Das allerdings war kein Grund, um sie wieder fallen zu lassen und klein beizugeben. Bailey wusste, worauf ich Wert legte – und ich würde mich von ihr nicht dazu überreden lassen, all die Vorsicht über Bord zu werfen und direkt über sie herzufallen. Nur weil sie glaubte, genau das jetzt zu brauchen.

»Es ist ein berechtigter Einwand. Ein Trauma lässt sich nicht wegvögeln, nur weil dir das vielleicht so in den Kram passen würde.« Meine Worte klangen nun genauso harsch wie ihre.

»Also wollen wir jetzt wirklich darüber diskutieren und streiten, ob wir Sex haben oder nicht?«, fragte sie, ein wenig mehr Freundlichkeit in der Stimme.

Sicher hoffte Bailey, dass meine Antwort darauf *Nein* lautete. Diese Hoffnung musste ich leider zerstören, noch bevor sie richtig zum Leben erwacht war.

Ich schüttelte den Kopf. »Ich will weder diskutieren noch streiten. Ich will mich mit dir unterhalten. Darüber, was passiert ist. Ich hab die Käfige gesehen, Bailey. Ich hab die Bettpfannen gesehen, das Tablett mit dem ekelhaften Frühstück darauf und die Dose mit den Pillen gleich daneben. Drogen, wenn ich nicht vollkommen danebenliege. Der Raum war stockfinster. Ein Elektroschocker um dein Fußgelenk, eine erzwungene Hochzeit ... soll ich weitermachen? Du kannst mir nicht erzählen, dass es dir nach dieser Sache hervorragend geht.«

Ich zwang mein Gesicht in eine emotionslose Maske, doch die Gefühle in meiner Stimme sprachen Bände.

»Was hat es eigentlich damit auf sich, dass du nicht den Nachnamen deines Vaters trägst?«, fragte sie plötzlich vollkommen zusammenhanglos. Kein sonderlich geschicktes Ablenkungsmanöver.

»Das ist es, was dir dazu einfällt?«

»Nun ja, ich frage mich das schon die ganze Zeit ...«

»Meine Eltern haben offiziell nie geheiratet. Und jetzt zurück zum eigentlichen Thema, Bailey.«

Sie starrte mich an. Nicht mehr und nicht weniger. Also schüttelte ich abermals leicht den Kopf.

»Ich hab mit meiner Mutter gesprochen. Ich weiß, dass ihr nicht viel miteinander geredet habt, vor allem aufgrund deines Misstrauens. Sie hat mir erzählt, dass Cyrus dich beim Schlafen beobachtet hat. Und was er zu dir gesagt hat.«

Sie lachte auf. »Als wäre das etwas Neues, Atlas. Was glaubst du, woraus meine Kindheit und meine Jugend bestand? So was prallt an mir ab.«

So eisern, wie sie daran festhielt, glaubte ich ihr fast. »Was ist mit den Drogen?«

»Er hat früher mitbekommen, wie hart ich drauf war. Ich glaube, er hat sich daraus einen Rückfall erhofft. Aber ich … ich hab's einfach ignoriert – weil ich wegen dieses Bastards sicher nicht rückfällig werden wollte.« Ich kam nicht umhin, festzustellen, wie ehrlich sie darauf antwortete. Ohne Zögern, mit lockerer Haltung. Nicht ein einziges Mal wich sie meinem Blick aus, als hätte sie absolut nichts zu verbergen.

»Warum schläfst du die letzten Tage immer bei Kade? Und ich frage nicht, weil es mich persönlich stört, Bailey«, setzte ich das Kreuzverhör fort.

Für eine Sekunde rutschte ihr Blick zu ihren Füßen, dann wieder zurück zu mir. »Weil ich mich dort sicher fühle, okay? Ich hab Probleme mit dem Einschlafen. Kade und ich haben darüber gesprochen.«

Ich nickte. »In Ordnung. Ich möchte dir trotzdem eine Geschichte erzählen.«

Überrascht sah sie mich an, als hätte sie damit überhaupt nicht gerechnet. Auf ihrer Stirn bildete sich eine kleine Ansammlung von Falten. »Wird es mich am Ende nerven, weil du sie mir erzählt hast?«

Ein Schmunzeln zupfte an meinen Mundwinkeln. »Ich glaube nicht.«

Bailey stieß ein Seufzen aus, ließ sich auf einen der Sessel vor meinem Schreibtisch fallen und legte die Füße hoch. »Schön, erzähl mir eine Geschichte.«

Ich lehnte mich zurück, nahm mir einen Moment Zeit, um darüber nachzudenken, was genau ich sagen würde, vor allem aber darüber, wie ich es sagen würde. Es gab nicht viele Menschen, die jenen Teil meiner Vergangenheit überhaupt kannten, und eigentlich bevorzugte ich es, wenn es genau so blieb.

Ein Gefühl allerdings sagte mir, dass Bailey eine Verbindung wie diese brauchte, um ihr eigenes Problem zuzugeben. Denn sie hatte eines – das sah selbst ein Blinder. Und wenn ich darauf wetten müsste, würde ich behaupten, dass sie früher oder später einfach explodierte, wenn die eine ihr unbekannte Sache passieren würde, die das Fass zum Überlaufen brachte.

»Ich weiß, dass Ylva mit dir über den Verrat deines Vaters gesprochen hat und auch darüber, wie all diese fremden Menschen in unser Haus eingefallen sind. Sie waren in der Überzahl ... du weißt, wie alt wir zu diesem Zeitpunkt gwesen waren. Jung genug, um noch nicht zu verstehen, wie die Welt funktioniert und alt genug, um nicht mehr vollkommen unbeschwert durch die Gegend zu springen. Sie kamen also her und ihre Absichten ... ich glaube, die muss ich dir nicht erklären. Was ich an jenem Tag gesehen habe, hat sich für immer in meine Erinnerung gebrannt. Es ist ein Teil meiner DNA geworden, es hat mich verändert – ich werde es nie wieder vergessen. Ich habe all diese schrecklichen Dinge gesehen und irgendwie ... ich weiß auch nicht. Es war in Ordnung. Nachdem ich mit meinem Vater darüber gesprochen hatte, dachten alle, dass sie keinen weiteren Einfluss auf mich haben würden.« Ich hielt für einen Augenblick inne, um mich noch ein Stück weiter nach hinten zu lehnen und dabei Baileys Gesicht zu studieren.

Falls sie etwas empfand, ließ sie es sich zumindest nicht anmerken.

Ich fuhr fort. »Ein paar Wochen später fingen die Träume an. Schlimme Träume. Und eines Tages muss ich aufgewacht und ans Bett meiner Mutter geschlichen sein, um sie zu würgen. Ich erinnere mich nicht – weder daran, dass ich sie töten wollte und es lauthals herausgeschrien habe, noch daran, wie mein Vater mich quer durch den Raum gegen die nächste Wand geschleudert hat. Ich erinnere mich daran, wie ich im Krankenhaus mit einer Gehirnerschütterung aufgewacht bin und daran, wie sie zunächst wollten, dass ein Psychologe mit mir sprach.

Doch sobald ich irgendjemanden gesehen habe … es fühlt sich heute noch genauso an. Das Zucken in meinen Fingern, der Impuls, zu töten und herauszufinden, wie es sich anfühlt, wenn jemand durch die eigene Hand stirbt. Es ist wie ein roter Schleier, der sich vor die eigene Sicht legt. Letztendlich hat mein Vater die Sache in die Hand genommen und mir Selbstkontrolle beigebracht.«

Bailey starrte mich einige Sekunden an, die Augen leicht geweitet, dann wandte sie den Blick ab. »Sie hatte angedeutet, dass meinen Vater große Schuld trifft. Aber ich wusste nicht, dass –«

»Spielt keine Rolle. Es ist passiert, daran lässt sich nichts ändern. Was ich damit aber eigentlich sagen möchte: Selbst wenn du glaubst, es würde dich nicht beeinflussen …«

Ich sah, wie Bailey heftig schluckte und ihren Blick abgewandt hielt. Es dauerte eine Weile, bis sie das Wort ergriff, doch als sie sprach, war ich heilfroh darüber. »Bevor ich wusste, dass sie deine Mutter ist … habe ich darüber nachgedacht, mich einfach selbst umzubringen. Er hätte mich nicht heiraten können, ihr hättet mich nicht retten müssen und eure Ressourcen darauf verwenden können, ihn zu erwischen und fertigzumachen. Ich hatte mir sogar schon überlegt, wie ich es tun könnte – und das war okay. Es wäre ein Opfer für das Rudel gewesen. Letztendlich hätte es euch retten können. Dann fand ich heraus, wer Ylva wirklich ist, und wusste sofort, dass es keinen Unterschied machen würde. Er würde sie als Druckmittel verwenden.«

Diesmal war es an mir, zu schlucken und einen tiefen Atemzug zu nehmen. Nach allem, was ich gesagt hatte, wusste ich nun nicht, was ich darauf erwidern sollte. Ich hatte vieles erwartet. Dass die Drogen sie in Versuchung geführt hatten, dass ihr der psychische Druck zusetzte.

Dass sie all das an ihre Vergangenheit erinnerte, an die Zeit vor Morgan.

Aber sicherlich nicht das, was sie nun ausgesprochen hatte.

Ihr entwich ein nervöses Lachen. »Ich glaube, wir könnten wirklich eine Selbsthilfegruppe aufmachen. Es würde nie langweilig werden.«

Ein kleiner Teil meines Hirns freute sich über das, was Bailey für uns geopfert hätte. Weil es bewies, dass sie zu uns gehörte. Weil es all das aussagte, was wir nie wirklich aussprachen, was sich einzig und allein durch Gefühl und Atmosphäre transportieren ließ.

Der andere, überwiegende Teil jedoch, empfand Wut auf Cyrus, einen gewissen Schmerz gegenüber der Entscheidung, die sie beinahe getroffen hätte ... und seltsamerweise war da auch Angst. Denn ihre Worte führten mir etwas vor Augen, was ich die vergangenen Tage über nicht für eine mögliche Option gehalten hatte.

Hätte sie nicht erfahren, wer Ylva wirklich ist – würde sie heute nicht dort auf diesem Sessel sitzen und sich unterschwellig weigern, das Erlebte als Trauma anzuerkennen.

So sehr ich auch die richtige Antwort darauf finden wollte, andere Dinge rückten in den Vordergrund. Das Bedürfnis, sie in meine Arme zu schließen, festzuhalten und nie wieder loszulassen. Ich wollte von ihr hören, dass sie diese Möglichkeit nie wieder in Betracht ziehen würde. Ein Versprechen.

Meine Stimme war heiser, als ich das Gespräch fortsetzte. »Sag mir, was du brauchst, kleine Wölfin. Weil ich weiß, was *ich* jetzt brauche.«

Und das ließ sich recht einfach beschreiben. *Sie*. In jeder erdenklichen Form, so nahe an mir, dass ich am

Ende nicht mehr wusste, wo mein Körper endete und ihrer begann.

Die Umgebung heizte sich in rasanter Geschwindigkeit auf. Ihr Blick veränderte sich, ich spürte, wie mein Körper auf die Vorboten dessen reagierte, was gleich passieren würde.

»Dich, Atlas. Ich ertrage es nicht mehr, mit Samthandschuhen angefasst zu werden. Ich brauche deine Stärke. Die Brutalität. Die Gefahr. Ich will alles daran fühlen. Deine Dominanz, damit ich bis in die letzte Faser meines Körpers weiß, wohin ich gehöre.« Während sie sprach, wurde ihre Stimme immer leiser. Dennoch verstand ich sie perfekt, weil sie mit jedem Wort ein Stück nähergekommen war, über den Schreibtisch hinweg, bis sich unsere Nasen fast berührten.

Ich atmete tief ein, um ihren Geruch in mir aufzunehmen, um mich daran zu erinnern, was die letzten Male geschehen war, als wir aufeinander getroffen waren. Sobald sich ihre Augen in meinen verankerten, erwachte in mir der Teil, der mir für gewöhnlich einen Heidenrespekt einjagte.

Meine Kiefermuskeln spannten sich automatisch an, als ich ihr Kinn packte, und sie für den ersten brutalen Kuss heranzog. Ich spürte Zunge, Zähne, Lippen, ihre, meine – ganz egal. Da war sie, die Bailey, die ich in den letzten Tagen zusehends vermisst hatte.

Eine Weile genoss ich es, auf diese Art mit ihr um die Führung zu ringen, doch alsbald war das Ende meiner Geduld erreicht. Gewisse Teile meines Körpers verlangten nach etwas anderem. Rauer. Härter. Mit eindeutiger Konnotation, die unmissverständlich klarmachte, wer hier das Sagen hatte ... und zu wem sie letztendlich gehörte, auch wenn sie sich am Anfang so vehement geweigert hatte.

»Steh auf. Wir gehen ins Schlafzimmer«, befahl ich, nachdem ich mich abrupt von ihr gelöst hatte.

Ein protestierender Laut kam über ihre Lippen, doch letztendlich dauerte es keine zwei Sekunden, bis sie sich vom Schreibtisch geschoben hatte.

»Soll ich mich auf dem Weg dahin vielleicht ausziehen?« Ihre Augen standen in Flammen, als sie zurück in meine Richtung sah.

»Nicht nötig. Das übernehme ich selbst. Aber du kannst dich aufs Bett knien, damit ich dir die Hände an die Pfosten fesseln kann. Sobald ich nämlich angefangen habe, werde ich nicht mehr aufhören. Auch nicht, wenn du glaubst, du könntest nichts mehr ertragen.« Ich hatte *sehr* genau im Auge behalten, wie sich ihre Gesundheit in den letzten Tagen verbessert hatte. Baileys Grenzen waren kein Geheimnis für mich – und ich würde sie in keinem Fall überschreiten, aber das hieß noch lange nicht, dass sie nicht vorher schon an den Punkt kommen konnte, an dem sie darum flehte, dass ich aufhörte.

Sie schob sich rückwärts in Richtung der Tür, die in mein Schlafzimmer führte. »Ich weiß nicht, ob ich mich einfach so fesseln lassen möchte«, erwiderte sie, sexuelle Provokation in ihrer Stimme.

»Keine Sorge, ich werde dir bei der Entscheidung liebend gerne behilflich sein.« Mit einer schnellen Bewegung war ich auf den Füßen, folgte ihr.

Mit jedem Schritt erwachte mehr Lust. Verlangen. Und damit auch der Wille, mir beides auf die Art zu nehmen, wie ich es brauchte.

Kaum, da die Tür hinter mir ins Schloss gefallen war, merkte ich, dass Bailey es wirklich darauf anlegte, von mir gezwungen zu werden.

Auf meinen Lippen breitete sich ein Grinsen aus, als ich langsam auf sie zuging. »Du weißt, ich habe kein Problem damit, dich bei den Haaren zu packen«, knurrte ich. »Vielleicht sollte ich dich als allererstes auf die Knie zwingen, damit ich deinen frechen Mund an meinem Schwanz fühlen kann? Oder würdest du es auch dort auf einen kleinen Kampf anlegen, hm?«

Irgendwann kam immer der Punkt, an dem sie gefügig wurde. Die richtige Drohung. Der richtige Satz. Oder auch nur eine Aufforderung, eine Berührung ... irgendetwas brachte sie am Ende zielsicher dazu, ihre Gegenwehr aufzugeben. Immerhin war das Teil des Spiels. Eine Art Test, ob ich überhaupt würdig genug war, um sie derart behandeln zu dürfen.

»Vielleicht solltest du es einfach herausfinden, Atlas. Aber sagen wir mal so ... das Einzige, was ich in den letzten drei Wochen hatte, waren ein paar Orgasmen durch Kades Hand. Ich habe *Hunger,* und es wird mit jeder Sekunde, die du mich so ansiehst, schlimmer.« Die Einladung war klar formuliert. Ich würde sie sicher nicht ausschlagen.

Ich verschränkte die Arme hinter dem Rücken, bevor ich weiter auf sie zuging. »Aufs Bett knien. Sofort.«

Sie bewegte sich keinen Zentimeter dorthin, stattdessen einen Schritt auf mich zu. Meine Haut begann zu kribbeln.

»Hast du mich nicht gehört, Bailey?« fragte ich, einen warnenden Ton anschlagend.

»Klar und deutlich«, erwiderte sie und verschränkte die Arme vor der Brust. »Aber ich habe keine Lust.«

Anstatt noch einmal darauf zu antworten oder ihr eine zweite Chance zu geben, überwand ich die kurze Distanz, vergrub eine Hand in ihren Haaren und führte sie zum Bett. Mit Hilfe der anderen Hand und unter Einsatz meines kompletten Körpergewichts verfrachtete ich sie auf dieses. Nicht ganz in die Position, in der ich sie eigentlich haben wollte, aber das war für den Moment egal.

»Wenn du dich nicht benimmst, werde ich dich mit meinen Fingern unzählige Male zum Orgasmus bringen – bis du nicht mehr weißt, wo oben oder unten ist. Aber meinen Schwanz bekommst du nicht. Dabei willst du doch gerade den so sehr, nicht wahr?«

Ärger glitt über ihre Gesichtszüge, doch sie reagierte nicht auf mich.

Ich wartete nicht ab, bis sie es sich anders überlegte, drehte sie auf den Bauch, zog an ihrer Hose, bis ich sie ihr ohne Probleme ausziehen konnte. Samt Unterwäsche. Die, als ich einen Blick darauf warf, bereits feucht schimmerte.

Sie brauchte das wirklich. Die Erektion in meiner Hose sagte mir allerdings auch, dass es mir nicht anders ging.

Mit der flachen Hand verpasste ich ihr einen kurzen, harten Schlag. Sie schnappte nach Luft, reagierte aber ansonsten nicht. Die Haut an ihrem Hintern wurde sofort rot. Also wiederholte ich es auf der anderen Seite, damit wenigstens eine gewisse Symmetrie herrschte – und schmunzelte, als sie prompt die Schenkel zusammenpresste, die Finger im Bettlaken vergrub.

Ein Blick weiter nach unten bestätigte mir meine Vermutung. Ihre Feuchtigkeit klebte an ihren Schenkeln, machte so nur allzu deutlich, dass sie es kaum erwarten konnte.

»Wie sieht's aus? Brauchst du noch ein paar Argumente mehr, um dich zu benehmen, oder reicht die Aussicht, heute nicht in das Vergnügen meines Schwanzes zu kommen?«

Ich bemerkte, wie sich die Muskeln an ihrem Kiefer anspannten. »Ist ausreichend«, knurrte sie.

Das Grinsen konnte ich mir dennoch nicht verkneifen. Ehrlich gesagt hatte ich mit mehr Gegenwehr gerechnet. Einem kleinen Handgemenge vielleicht. Dass ich sie wirklich regelrecht dazu zwingen musste, sich mir zu unterwerfen. Ihre Kontrolle an mich abzugeben.

So war es auch in Ordnung – und ersparte mir die Sorge, doch aus Versehen zu weit zu gehen.

»Na dann können wir uns ja die Fesseln schenken«, murmelte ich und fuhr mit den Fingern leicht über die gerötete Haut an ihrem Hintern. Aus einem Reflex heraus holte ich nochmal aus und schlug zu, verdrängte die Gedanken, die darauf in mein Bewusstsein strömten, die mit meiner Mordlust Hand in Hand gingen.

Ich schob ihre Beine auseinander, winkelte sie leicht an, zog Bailey dann ein Stück in meine Richtung, sodass ich stehenbleiben konnte. In einer einzigen, flüssigen Bewegung öffnete ich meinen Gürtel und zog die Hose nach unten.

Es war ein netter, zusätzlicher Hinweis, dass ich weder sie noch mich komplett auszog. Nämlich darüber, wer hier entschied, wie wir Sex hatten.

»Das wird sich bestimmt wahnsinnig intensiv anfühlen, wenn ich dich gleich ficke«, begann ich und presste die Spitze meines Schwanzes gegen ihren nassen Eingang. Auf ihren Lippen lag bereits das Stöhnen, welches das Eindringen ihr entlocken würde. »Aber ich will nichts davon hören. Nicht einen Ton. Höre ich irgendetwas von dir vor der Sekunde, in der du auf meinem Schwanz kommst, ziehe ich mich zurück. Und wir fangen von vorne an.«

Es gab mehr als eine Art, Bailey einer Qual zu unterziehen – das hier war eine davon. Eine, die mir ziemlich gut gefiel, wenn ich es mir so überlegte.

»Verstanden?«, hakte ich nach, die Eichel noch immer

an ihrer Pussy ruhend, obwohl ich spürte, wie die sich immer wieder zusammenzog. Auffordernd. Lockend. Aber auch vergebens, weil es mich nicht dazu bringen würde, eine Sekunde eher zu reagieren, als ich es wollte.

»Ich versuche es«, beteuerte sie, anscheinend wohlwissend, wie schwer ihr das fallen würde.

»Gut.« Ich bewegte die Hüfte und glitt ohne weiteren Widerstand in sie. Mir entwich ein lustvoller Laut, als ich spürte, wie sich alles um mich herum zusammenzog. Feucht und warm, so kräftig, dass es fast schmerzte.

Ihr Körper reagierte ... und diese Reaktion kostete mich einiges an Selbstbeherrschung. Aber die brauchte auch Bailey. Trotz meiner Position sah ich, wie sie die Lippen aufeinanderpresste und beinahe stur geradeaus sah. Als ich schließlich damit begann, mich zu bewegen, stieß sie ein Keuchen aus. Mehr nicht.

Jedes andere Mal wäre es ein heiseres Stöhnen gewesen, bei dem sich meine Bauchmuskulatur zusammenzog. War das hier besser?

Meine Bewegungen wurden schneller, ich stieß härter gegen ihr Becken, sah dabei zu, wie sich ihre Finger fester in das Laken krallten, wie sie das Gesicht darin vergrub, in der Hoffnung, es würde ihr dabei helfen, das Stöhnen zu unterdrücken.

Ich änderte den Winkel, wurde schneller, packte ihre Hüften, um mich mit noch mehr Nachdruck gegen sie drängen zu können.

»Glaubst du, es fällt mir nicht auf, wie du immer wieder die Luft anhältst, in der Hoffnung, es würde dadurch einfacher werden?«, raunte ich, beugte mich nach vorne, fasste in ihre Haare, um ihren Kopf zurückzuziehen. Weit genug, dass ich sie für einen kurzen Augenblick küssen konnte.

Unser Atem vermischte sich, ihre Augen sagten deutlich, wie schwer es ihr fiel ... Also legte ich eine Hand an ihren Hals und übernahm das, was sie die ganze Zeit über versucht hatte.

Von diesem Moment an brauchte es nur noch Sekunden, bis ich spürte, wie sich ihr Körper unter mir verkrampfte, zuckte ... und dann, endlich, traute sie sich auch, ihre Lust herauszuschreien. Sie kam so hart, dass die Art und Weise, wie sich ihre Pussy rhythmisch um mich zusammenzog, ausreichte, mich ebenfalls über den Punkt zu führen.

Sobald die letzten Wellen verebbt waren, zog ich mich aus ihr zurück, drehte sie sogleich auf den Rücken, um forschend ihr Gesicht zu mustern.

»Alles in Ordnung?«, fragte ich.

Mit einem zufriedenen Gesichtsausdruck nickte sie. »Bestens. Ich glaube, so gut ging es mir schon lange nicht mehr.«

Man wollte es kaum glauben, doch der gereizte Unterton aus ihrer Stimme war verschwunden. Stattdessen klang sie ... glücklich. Und wenn ich ganz ehrlich zu mir selbst war, empfand ich etwas ähnliches.

»Du musst mir versprechen, nicht mehr darüber nachzudenken, dich für uns zu opfern. Diese paar Tage, in denen wir nicht wussten, wie wir dich finden sollen ... glaub mir, es würde jeden von uns zerstören. Egal, wie wenig Zeit vergangen ist, seitdem wir uns kennen.« Vermutlich hielt sie das für lächerlich. Ich hätte es Bailey zumindest nicht übel genommen.

»Ich weiß. Es würde mir ganz ähnlich ergehen. So ungern ich das auch zugebe.«

Das war zwar nicht das, was ich als Antwort erwartet hatte, aber durchaus auch in Ordnung. »Versprichst du es mir? Ich weiß, dass wir alle eine unterschiedliche Definition von Loyalität haben ... aber –«

Bailey begann damit, sich vollständig auszuziehen, hob die Decke an und kroch darunter. »Keine Sorge – ich hänge dann doch etwas zu sehr an meinem Leben.«

»Beruhigend«, antwortete ich leicht sarkastisch.

»Was ist mit deinen Eltern? Du hältst es nicht wirklich für eine gute Idee, sie komplett auszuschließen, oder?«

Ich nahm mir die Zeit, um mich ebenfalls auszuziehen und neben ihr ins Bett zu klettern. Ohne Umschweife schob sie sich an meine Seite und in meinen Arm. »Das Problem ist mein Vater. Obwohl ich das nach seinem Gespräch mit Kade und seiner Mithilfe wirklich nicht erwartet hätte.«

»Ylva meinte auch, dass er kein schlechter Mensch sei.«

»Je nach dem, wen man fragt. In den Augen mancher Leute bin auch ich ein schlechter Mensch. Du wärst sicherlich ebenfalls einer. Der springende Punkt ist ... ich fürchte am Ende kann er eben einfach doch nicht aus seiner Haut.«

»Also wird er mich hassen und darauf bestehen, mich nicht als Teil des Rudels zu akzeptieren?«, fragte sie vorsichtig.

»Irgendwann bleibt ihm nichts anderes mehr übrig. Vielleicht gelingt es meiner Mutter, ihm den Kopf zu waschen. Und wenn nicht ... finde ich eine andere Lösung. Es wird sich nichts daran ändern, dass du zu uns gehörst.«

KADE

She’s hot like hell.

»Lani, bitte sag mir, dass du endlich fertig bist«, rief ich die Treppe nach oben. Der Einzige, der darauf reagierte, war Liko. Und der hob nur seinen Kopf von seinem Platz auf der ersten Treppenstufe, sah mich kurz nach dem Motto *Das ist vollkommen normal* an und legte ihn anschließend wieder ab.

Ich stieß ein Grummeln aus. Grundsätzlich fand ich die Idee, dass wir alle ein wenig Zeit allein mit Bailey verbrachten, gar nicht so verkehrt. Allerdings nicht, wenn sie die Hälfte des Abends damit verbrachte, mich warten zu lassen.

Bei mir müsstest du sicher
nicht so lange warten.

Du bist ein Hirngespinst.
Mit dir würde ich nicht ausgehen.

Und trotzdem werde ich dich begleiten ...
mit dabei sein. Bei jeder Sekunde,
die ihr gemeinsam verbringt.

Wunderbar. Wenn da mal
nicht Freude aufkommt.

Bishop lehnte vergnügt an der Wand im Wohnbereich und beobachtete mein Leiden.

»Halt die Klappe, Arschloch«, fauchte ich, konnte mir das Lachen aber nicht verkneifen. »Ach verdammt. Weißt du was, wenn sie dich die Tage dann genauso warten lässt, werde ich auch genau dort stehen und mich über dich lustig machen.«

»Vielleicht solltest du es mit klareren Ansagen versuchen«, rief Atlas von der Terrasse aus.

Ich fragte mich, wie er das Gespräch überhaupt verfolgen konnte aus dieser Entfernung. Fehlte nur noch, dass Alvaro die Haustür aufriss und ebenfalls mitmischte. Ich betete, dass mir zumindest das erspart blieb.

»Das funktioniert nur bei dir, Atlas«, brüllte sie von oben, laut genug, dass es vermutlich noch die sehr weit entfernten Nachbarn hörten.

»Unglaublich.« Mein Murmeln ging in Bishops Lachen unter. »Zwei Minuten. Dann komme ich hoch, werfe dich über meine Schulter und trage dich zum Auto. Verstanden?«

Sie erschien an der obersten Stufe der Treppe und sah von dort aus auf mich herunter. »Beruhig dich, ich bin doch schon da.«

Bailey hatte sich gegen das Kleid entschieden – aber das, was ich jetzt an ihr sah, gefiel mir noch sehr viel besser.

Ich zeigte in Bishops Richtung, der versuchte, näherzukommen. »Nein. Glaub bloß nicht, dass du mir den Moment versauen kannst!«

Mit verschränkten Armen blieb er stehen. Die Belustigung war ihm ins Gesicht geschrieben.

Mein Blick glitt zurück zu Bailey, die in eine verdammt enge Lederhose geschlüpft war. Sie lag eng an ihren Beinen wie eine zweite Haut, wurde von dunklen Stiefeln mit breiten Absätzen komplementiert und einem zerrissenen, grauen Oberteil, das unter den Achseln weit genug ausgeschnitten war, um die Ansätze ihrer Brüste erahnen zu können.

Sie hatte ihre Haare offen gelassen und sah mich nun warnend an. »Wir werden keinen Sex auf dieser Treppe haben. Es hat ewig gedauert, überhaupt erst in die Hose reinzukommen.«

»Ich hätte kein Problem damit, eine Schere zu holen«, sagte ich.

Direkt hier auf der Treppe?
Als wärst du ein lüsternes Ekelpaket.
Wo ist denn der Gentleman hin, Kade?
Vergisst du ihn, nur weil sie sich in ein
paar sexy Kleidungsstücke gequetscht hat?

Eigentlich würde es mir vor allem
Spaß machen, weil du es nicht aushalten würdest.

Grinsend schüttelte sie den Kopf. »Keine Chance. Du hast gesagt, du zeigst mir das *Aria*. Ich freue mich auf die laute Musik und die Menschen, auf den Spaß. Außerdem ist das ein Date, mein Wölfchen, und den Sex gibt es für gewöhnlich erst am Ende.«

»Manchmal auch zwischendurch«, hielt ich feixend dagegen und streckte ihr die Hand auffordernd hin.

Sie eilte die Treppe nach unten, ergriff sie unmittelbar und drehte sich in meinen Arm. Einen kurzen Kuss auf meine Wange später stand sie an meiner Seite, meinen Arm lässig um ihre Schultern geschlungen.

»Also, wie war das nochmal? Kein Alkohol, keine Drogen, um zwölf zuhause sein und keinen Jungs meine Brüste zeigen«, zählte sie amüsiert auf.

Bishop schüttelte den Kopf. »Keine Schlägereien, keine Verfolgungsjagden mit den Cops und dem *Divo* und keine *anderen* Kerle.«

»Was ist mit Frauen?«

Provokant.

Bishop schloss für einen Moment die Augen. Bereute er es bereits, dass er mir den Vortritt gelassen hatte?

Ihr könntet immer noch tauschen.
Los, biete es ihm an.

Halt. Die. Klappe.

»Von uns würde keiner eine andere anfassen, aber wenn du –«

»Das war Spaß, Großer. Das GPS im Wagen ist aktiv, Alvaro kennt unseren Standort, die Sicherheitsleute vor Ort sind informiert und wir bewaffnet. Weder du noch Atlas braucht euch Sorgen machen. Versprochen.« Irgendwie war es wichtig, dass sie all diese Dinge noch einmal aufzählte, bevor wir verschwanden. So hatte jeder von uns im Hinterkopf, dass wir diesmal alles dafür getan hatten, um einen sicheren Abend außerhalb der Villa verbringen zu können.

»Wir melden uns zwischendurch«, fügte ich an und

drehte sie dann in Richtung der Tür, damit wir endlich los konnten.

Ich hatte den *Divo* seit der Schießerei in der Tiefgarage nicht mehr gefahren, zum größten Teil, weil es eine Weile gedauert hatte, bis die Reparaturen daran vollendet gewesen waren. Einschusslöcher ließen sich nicht einfach ausbeulen und passende Ersatzteile gab es auch nicht beim Händler um die Ecke.

»Meinetwegen können wir los, außer du brauchst noch fünf Minuten, um dich zu verabschieden«, meinte Bailey.

Frech genug, dass ich einen Arm um ihre Taille schloss, sie hochhob und auf den Parkplatz hinaus trug. »Ich werde fahren«, meinte ich sofort, um ihrer Frage vorzubeugen, die ich bereits auf ihrem Gesicht ablesen konnte.

»Gib's zu, das letzte Mal, als ich hinter dem Steuer saß, hattest du ein wenig Angst.«

Wer hätte da keine Angst?
Ich meine, hallo? So wie die fährt?

Du findest, sie fährt schlimmer als ich?
Oh Daisy ...

Ich öffnete ihr die Beifahrertür von meinem Wagen und schloss sie hinter ihr wieder, sobald sie auf dem Sitz saß. Dann schob ich mich selbst hinter das Lenkrad.

Die Innenbeleuchtung erwachte zum Leben, bevor es der Motor tat.

»Ich freue mich einfach, dass ich ein paar Dinge verbinden kann, die ich sehr gerne mag. Diesen Wagen fahren, dich neben mir zu haben und einen netten Abend im *Aria* zu verbringen.« Das war nicht einmal gelogen. Ich freute mich wirklich darüber, dieses Stück Normalität auskosten zu können.

»Was ist das nochmal für ein Laden?«, wollte sie wissen, während ich mich in den Straßenverkehr einordnete.

Ich legte eine Hand auf ihren Oberschenkel und drückte mit den Fingern leicht zu. »Ein Club. Nicht jeder kommt rein. Wir brauchen da kein Drama oder irgendwelche Auseinandersetzungen. Es treten regelmäßig gefragte Künstler darin auf, es gibt mehrere Ebenen, verschiedene Areas. Auch Privateres. In manchen Bereichen tanzen Mädels, andere gleichen beinahe einem kleinen Wellnessresort. Es gibt ein angeschlossenes Hotel. Und die Speisekarte ist der Hammer, vor allem in Kombination mit den Getränken.« Mein Stolz auf das *Aria* ließ sich kaum leugnen. Noch vor einigen Monaten hatte ich dort sehr viel Zeit verbracht, weil es mir Spaß bereitet hatte, dort zu entspannen. Mit einem tic tac, einem guten Glas starken Alkohol und den lauten, wummernden Bässen im Hintergrund.

Meistens hatte das Blut eines Folteropfers noch unter meinen Fingernägeln geklebt oder an meinem Shirt, aber das fiel dort niemandem auf – oder sie ignorierten es schlichtweg. Es gab einfach Menschen, denen man besser nicht zu nahekam. Denen man keine neugierigen Fragen stellte. Zu jener Zeit hatte ich definitiv zu diesen Menschen gehört. Obwohl es heute nicht großartig anders war.

»Das klingt ganz nach einem Laden für mich«, meinte Bailey. »Wobei ich euch nie als Konkurrenz eingestuft habe. Das muss ich ehrlich zugeben.«

»Wir dich auch nicht. Dafür jede Menge andere Drecksläden in der Stadt. Nicht, dass sie uns wirklich das Wasser reichen könnten.« Was arrogant klang, war es keinesfalls. Es entsprach einfach nur der Wahrheit.

Bailey hatte ihr eigenes Imperium geschaffen und wir mit dem *Aria* eine unverwechselbare Marke kreiert.

»Ich kann's kaum erwarten.«

Mit lauter Musik rasten wir durch das nächtliche Miami, auf dem Weg in ein kleines Heiligtum.

Die Fassade des Gebäudes wirkte unscheinbar. Die zahlreichen Fenster waren geschwärzt, das Leuchtschild in einer dezenten Farbe gehalten. Vor der Tür gab es nur zwei Securityleute und keine Schlange. Ich kannte beide Männer beim Vornamen und wusste ihre Arbeit ein ums andere Mal zu schätzen.

Bei anderen Nachtclubs zogen sich die wartenden Gäste meist bis tief in die nächste Straße hinein. Beim *Aria* gab es so etwas nicht. Entweder man kam rein – oder man wurde ausdrücklich darum gebeten, das Gelände und den umliegenden Bereich sofort zu verlassen. Diese Bitte setzten die beiden Männer ohne Skrupel durch.

»Abend Jungs. Das hier ist Bailey O'Hara«, erklärte ich mit hochgezogener Augenbraue. Der Name würde ausreichen und ihnen alles verraten, was wichtig war.

Mich hast du nie vorgestellt.

Weil du nicht existierst.

Na und?

Also soll ich jedem auf die Nase binden,
dass ich gestört genug bin, um Gespräche
mit einer Frau, die nicht existiert,
in meinem Kopf zu führen?

Ich bitte darum.

Ja. Fahr zur Hölle.

Sie nickten unisono. Von meinem kurzen gedanklichen Gesprächsausflug hatten sie selbstverständlich nichts mitbekommen. »Freut mich, dass du mal wieder vorbeischaust. Bailey, schön, deine Bekanntschaft zu machen. Ich hoffe, dir geht es wieder besser – es hat sich ein bisschen herumgesprochen, was passiert ist.«

Sie lächelte den jüngeren der beiden Männer freundlich an. »Mir geht's prima. Bald bin ich wieder genauso fit wie vorher. Danke fürs Nachfragen.«

Die Tür wurde uns geöffnet, also führte ich Bailey ohne weitere Umschweife nach drinnen. Der Eingangsbereich war ähnlich dem jeden anderen Clubs auch. Die Magie fand erst statt, wenn man in den allgemeineren Bereich kam, der in schlichten, aber modernen Farben gehalten war.

Hier blieb die Musik immer vergleichsweise leise, sodass auch normale Gespräche möglich waren. Es gab Tische, eine Bar mit tausenden Flaschen Alkohol, die alle stylisch aufgebaut waren und sogar Kellner, die einem jeden Wunsch von den Lippen ablasen.

Mittig im Raum befand sich das erste Highlight: eine ausladende Treppe, die in den nächsten Stock führte und somit auch dorthin, wo sich das partywütige Volk aufhielt.

Bailey hatte sich inzwischen bei mir untergehakt und sah sich mit geschultem Auge um, so wie es jemand tat, der sich in der Branche bestens auskannte. Ich bezweifelte, dass sie es bei ihren Ideen nötig hatte, sich Inspiration bei anderen zu holen.

»Wessen Idee war das alles hier?«, wollte sie wissen

und sah sich weiter um, während ich sie bereits zur Treppe führte.

Ich plante nicht, den Anfang der Nacht hier unten zu verbringen, wenn es oben viel mehr zu entdecken gab.

»Man könnte von Erbe sprechen. Wir haben den langweiligen Gentlemen's Club, mit dem wir alle nichts anfangen können, und das hier. Auch wenn Atlas schon ewig nicht mehr hier war, und Bishop nie so begeistert wirkte, wenn wir ihn hierher geschleppt haben.« Ich führte sie die Treppe nach oben, wir passierten die nächste Tür und wurden dort beinahe vom Bass erschlagen, der plötzlich durch die Luft waberte.

Druck legte sich auf meine Ohren. Sofort war die ganze Atmosphäre verändert. Bunte Lichter strahlten in wilden Mustern von der Decke, ansonsten war es stockdunkel. Man sah, wie die Leute sich zur Musik bewegten, aber erkannte keine Gesichter.

Der Geruch von Schweiß, Alkohol und Sex lag in der Luft, obwohl wir ein erstklassiges Belüftungssystem verbaut hatten.

Bailey drückte sich gegen mich, bis ich ihre Lippen an meinem Ohr spürte. »Du erwartest aber nicht, dass ich mich ins Getümmel stürze, oder?« Sie schrie laut genug, dass ich jedes Wort mühelos verstand.

Ich schüttelte den Kopf. »Ist nur ein kleiner Zwischenstopp.«

Aus dem Alter, in dem ich ganze Nächte hier verbracht und unzählige Frauen aufgerissen hatte, mit Daisy in meinem Ohr, war ich lange raus. Ich war nicht stolz darauf, vor allem, weil ich mich an den größten Teil davon gar nicht erinnerte, und es sicher nicht einfach für die anderen gewesen war, meiner nicht gerade vorbildlichen Entwicklung zuzusehen, aber nichts dagegen unternehmen zu können.

Bevor ich nostalgisch werden konnte, zog ich Bailey weiter. Jeder Stock stellte eine Area da. Ganz oben auf der Dachterrasse ging es gediegener zu – über den Dächern Miamis fanden nette Partys statt und die meisten Bewohner der Stadt hatten nicht den blassesten Schimmer, weil der ganze Club so exklusiv war.

Wir erreichten das nächste Stockwerk, warfen einen Blick auf die Party, die dort stattfand. Einige Geschäftsleute tummelten sich hier, sahen den leicht bekleideten Frauen dabei zu, wie sie auf den Tischen und an den Stangen tanzten.

Nirgends in der Stadt gab es talentiertere Tänzerinnen – oder welche, die besser aussahen oder besser bezahlt wurden. Wir achteten auf jene Leute, die mit uns zusammenarbeiteten, auch wenn es nur ein Job im *Aria* war.

»So was läuft irrsinnig gut«, stellte Bailey fest. »In einem meiner Casinos gibt es auch Tänzerinnen ... die Spieler gehen voll drauf ab.«

Das wunderte mich nicht. Für viele Besucher ging es doch vor allem darum, das bestmögliche Erlebnis geliefert zu bekommen. Wenn man spielen und dabei ein paar Mädels beim Strippen beobachten konnte, sparte man sich zwangsläufig den Ausflug in den Stripschuppen.

»Ist jetzt nicht gerade mein Lieblingsort im ganzen Gebäude«, erklärte ich, nur um sie prompt noch ein Stockwerk höher zu führen. Hier erwartete uns wieder eine Tanzfläche, in der Area darüber ebenfalls.

Dann folgten die Büroräume und eine schmale Treppe, die nach oben aufs Dach führte.

Normalerweise legte man diesen Weg nicht zu Fuß zurück, sondern nutzte den Aufzug, der sogar eine nette Auflistung aller bekannten Features zu bieten hatte.

Als wir schließlich nach draußen traten, atmete ich tief durch und fühlte mich gleich viel besser.

»Ist das das Restaurant, von dem du gesprochen hast?« Bailey war direkt hinter der Tür stehen geblieben, um die Umgebung in sich aufzunehmen.

Wer auch immer die Idee für das hier oben gehabt hatte, verdiente einen Orden dafür. Warmes Licht hob sich gegen den dunklen Himmel ab, die dazugehörigen Leuchter geschickt zwischen den Pflanzen versteckt, die überall standen, um die einzelnen Tische ein wenig voneinander zu trennen. Im Hintergrund spielte leise spanische Musik, es gab eine offene Küche, die man von jedem Platz aus beobachten konnte.

Der Duft von frischem Essen und starken Kräutern lag in der Luft, ließ darauf schließen, dass hier Essen serviert wurde, das sein Geld wert war.

In einer Ecke des Daches fand sich eine kleine Tanzfläche, die den ganzen Abend über von professionellen Tanzpaaren am Leben gehalten wurde, die extra dafür engagiert worden waren.

»Und ich dachte, wir verbringen die ganze Nacht in einem schwitzigen Club«, sagte Bailey und sah an sich runter. »Wenn ich das gewusst hätte, hätte ich vielleicht eine andere Auswahl getroffen. Wieso hast du nichts verraten?«

Sie drehte sich in meine Richtung, tatsächlich einen empörten Ausdruck auf dem Gesicht, den ich ihr nicht ganz abkaufte. »Wieso sollte ich dir sagen, was du anziehen sollst? Ich hab einen Wunsch geäußert, aber das hier ist eigentlich sogar besser als das, was ich mir vorgestellt hatte.«

Sie schüttelte den Kopf. »Du bist ein Idiot, Kade. Weißt du, wie lächerlich das aussehen wird, wenn wir da vorne tanzen?«

»Du willst tanzen?«

»Klar. Du willst mir doch nicht sagen, dass du nicht tanzen kannst.«

Ich weiß, wie gut du tanzen kannst.

Um dich geht es hier aber gerade nicht, Daisy.

Das könnten wir doch ganz einfach ändern, oder nicht?

Ich hob eine Augenbraue. Gedanklich malte ich mir etwas anderes aus, das Bailey beinhaltete, und verdrängte damit Daisy, sagte aber nichts weiter zu Baileys ursprünglichen Aussage.

»Lass uns erst einmal essen, ja?« Ohne auf ihre Antwort zu warten, zeigte ich ihr den Weg zu unserem Tisch.

Mit dem Fortschreiten der Nacht veränderte sich auch die Musik, die im Hintergrund lief. Sie wurde nicht leiser, eher im Gegenteil. Lauter. Hitziger. Fordernder. Wie man es in dieser Kultur gewohnt war und so oft in den Straßen Miamis erlebte, wenn man sich nur an den richtigen Orten aufhielt.

Bailey beobachtete mich über den Tisch hinweg und schwieg. Wir hatten uns das ganze Essen über unterhalten und genossen nun für einen Moment das Geschehen um uns herum.

Auf einer Skala von eins bis zehn,
wie zufrieden bist du mit dem Abend?
War doch nett von mir,
mich ein wenig zurückzuhalten, oder?

Verschwinde, Daisy.
Wäre es so schwer gewesen,
dich auch noch den Rest
des Abends zu verpissen?

Das wäre vor allem langweilig gewesen.

Ich hab seit Stunden nichts genommen,
du solltest gar nicht mehr hier sein.

Tja, was soll ich sagen, Kade?
Ich kann dich doch nicht einfach
mit irgendwelchen Frauen alleine lassen.

Auf meiner Stirn bildete sich eine steile Falte, als ich aktiv versuchte, gegen Daisys Anwesenheit zu kämpfen. Gerade jetzt brauchte ich sie nicht schon wieder in meinen Gedanken – ich wollte den Abend genießen, nicht mit ihr darüber diskutieren, was sie von Bailey hielt.

Aber du kannst doch den Abend genießen.
Mit Bailey und mir.

Ich will den Abend für mich allein.
Was ist daran so schwer zu kapieren?

Keine Ahnung, sag du es mir.
Interessant, wie fieberhaft du überlegst,
warum ich überhaupt hier bin.

Als könntest du das kontrollieren.
Vielleicht liegt es auch gar nicht an den Drogen?
Und du bist einfach nur psychisch krank?
In diesem Falle könntest du ja einfach
wieder damit anfangen, mehr von dem Zeug
zu nehmen, oder nicht?

Ich ballte die Hand zur Faust und schloss die Augen. Konnte sie mich nicht einfach in Ruhe lassen? Mir den Spaß gönnen, heute Abend allein mit Bailey zu sein? Etwas, das in Zukunft eher selten vorkommen würde – zumindest in diesem Rahmen.

»Lass mich raten – Daisy hat gerade beschlossen, dass sie Aufmerksamkeit braucht«, sagte Bailey unvermittelt und sah mir direkt in die Augen.

Was brachte es schon, sie in dieser Hinsicht anzulügen? Ich nickte. »Sehr penetrant sogar.«

»Was will sie?«

»Mir weismachen, dass ich wieder mehr Drogen nehmen könnte. Angeblich ist sie nämlich nicht meine Sucht ... sondern eine psychische Erkrankung. Klingt super, nicht?« Ich schnaubte.

»Natürlich behauptet sie das. Sie ist die Personifizierung deiner Sucht und würde alles sagen, damit du wieder mehr nimmst. Davon lebt sie ja.«

Schlampe.

Überrascht sah ich Bailey an, ignorierte gleichzeitig Daisys lautstarken Kommentar. So weit hatte ich bisher gar nicht gedacht.

»Weißt du, was interessant ist?«

»Was?«, fragte sie sanft.

»Wenn ich Zeit mit dir verbringe ... fühlt sich das recht ähnlich an wie das Gefühl, das die Drogen in mir auslösen.«

Bailey lachte. »Gesund ist anders. Aber erscheint mir immer noch als die bessere Alternative.«

Sie lügt. Das weißt du, oder?
Sie sagt das nur, damit du das aufgibst,
was du am meisten liebst.

Ich liebe es nicht.
Es war immer eine Notwendigkeit,
um morgens überhaupt aufstehen zu können.

Siehst du? Warum willst du
das dann wegwerfen? Wegen einer
dummen Pute, die ein paar weise Worte
wiederholen kann, die sie irgendwo
aufgeschnappt hat?

Diese Unterhaltung ging in eine Richtung, die mir ganz und gar nicht gefiel. Nicht nur wurde Daisy beleidigend, nein. Sie wurde persönlich. Und damit konnte ich keinesfalls rational umgehen.

»Was sollen wir tun, damit sie die Klappe hält?«, fuhr Bailey fort und beugte sich ein wenig über den Tisch in meine Richtung. »Es muss doch irgendeine Möglichkeit geben.«

»Sie entscheidet immer selbst, wann sie auftaucht«, erklärte ich. Meistens in unpassenden Momenten, um mich zu nerven und mir auch noch das allerletzte bisschen Ruhe zu rauben.

Irgendetwas verriet mir, dass ich in dieser Angelegenheit noch nicht gewonnen hatte. Für den Augenblick war vergleichsweise alles in Ordnung. Aber das konnte sich schlagartig ändern.

»Tja, dann solltest du ihr mal eine Ansage machen

und ihr freundlich mitteilen, dass sie gefälligst die Klappe zu halten hat, wenn wir hier gemeinsam einen netten Abend verbringen.«

Sie ist und bleibt eine Schlampe.
Als könnte sie mir irgendetwas befehlen.
Steh auf und geh. Sofort.

Ich spürte ein Zucken in meiner Beinmuskulatur, unterdrückte den Impuls aber umgehend. Nirgends würde ich hingehen, schon gar nicht ohne Bailey.

Hörst du schlecht? Du sollst gehen.
Ich hab keine Lust mehr, diese dumme
Bitch ertragen zu müssen. Du solltest
mich verteidigen, nicht zu ihr halten.
Ihre Worte lullen dich nur ein, lassen dich
vergessen, worauf es wirklich ankommt.

Abermals stieß ich die Luft aus, schüttelte den Kopf und suchte aktiv nach Baileys Blick. »Ich weiß nicht, was wir tun könnten. Aber jetzt gerade ist sie nicht sonderlich nett.«

»Sie mag mich nicht, oder?« In Baileys Augen blitzte etwas auf. Belustigte sie das?

Ich nickte leicht.

»Ich frag mich, woran das liegt. Daran, dass ich meine Sucht besiegt habe? Daran, dass Veränderungen in unser beider Leben getreten sind? Oder vielleicht daran, dass du dir langsam erlaubst, zu heilen?«

Daisy heulte auf, als hätte sie ihr gerade eine Ohrfeige verpasst. Mit keiner dieser Vermutungen lag Bailey auch nur ein bisschen daneben. Vielleicht gab es sogar noch mehr Gründe, doch die musste sie nicht aufzählen. Ich kannte sie und führte sie Daisy selbst vor.

Wieso tust du das? Wir sind immer
gut miteinander ausgekommen. Ich passe
auf dich auf. Du solltest mich wählen, nicht sie,
du dummer, dummer Junge.
Als würde eine nette Pussy ausreichend sein,
um dich glücklich zu machen.

Ich versuchte, die Worte nicht zu nah an mich heranzulassen. Sie auszublenden und zu ignorieren, was sie unterschwellig damit andeutete. Es war nicht gerade wenig.

»Okay, weißt du was, Kade? Wir müssen hier nicht bleiben. Wir gehen, setzen uns in den *Divo* und machen einen kurzen Ausflug auf den Highway. Ich fahre.«

Ehe ich etwas dagegen einwenden konnte, hatte sie die Autoschlüssel vom Tisch genommen, war aufgestanden und streckte mir bereits ihre Hand entgegen.

Wahrscheinlich war es nicht zu übersehen, wie sehr mich die Entwicklung des Abends gerade belastete. Umso höher rechnete ich es Bailey an, dass sie so gelassen damit umging und versuchte, eine Lösung zu finden.

Wir stiegen in den leeren Aufzug, ich drückte den entsprechenden Knopf. Dann zog ich Bailey mit dem Rücken gegen meine Brust und vergrub das Gesicht am Übergang zwischen ihrem Hals und der Schulter, schloss die Augen und konzentrierte mich einfach nur darauf, zu atmen.

Zumindest für einen Augenblick, bis mir klar wurde, wie ich Daisy in diesem Augenblick in die Flucht schlagen konnte – fürs Erste.

Ich drehte Bailey um, donnerte sie so unvermittelt gegen die Metallwand der Fahrstuhlkabine, dass sie aufkeuchte. Mit großen Augen sah sie mich an. Fragend.

Also schüttelte ich den Kopf und bedeutete ihr damit, einfach nichts zu sagen. Ich fasste nach links, bis meine Finger auf den Notknopf des Fahrstuhls trafen. Ohne Zögern aktivierte ich ihn und brachte den Fahrstuhl damit zum Stoppen, irgendwo zwischen zwei Stockwerken.

Mit dem Knie zwang ich ihre Beine auseinander, eine Hand bereits unter dem Saum ihres Oberteils, die andere an ihrer engen Lederhose, um sie ein Stück weit nach unten zu ziehen. Gerade genug, um mir die notwendigen Freiheiten zu gewähren.

Das plötzliche Bedürfnis, sie zu vögeln – hier, im Fahrstuhl, jetzt sofort – überkam mich mit voller Wucht.

»Fünf Minuten. Damit sie erst einmal still ist«, hauchte ich in ihr Ohr, drückte mich gegen ihren Körper und atmete erleichtert aus, als ich spürte, wie ihre Finger mit fahrigen Bewegungen zu meinem Gürtel glitten.

Mit hitzigem Blick sah sie mich an, die Wangen leicht gerötet. Ihre Augen glitten nach unten, sobald sie meinen Schwanz befreit hatte und er in ihrer Hand lag. Hart. Groß. Und mehr als bereit dazu, in ihr zu versinken.

Sie stimulierte mich für einen Moment mit der Hand. Ein Zucken lief durch meinen Körper, ich drängte mich noch weiter an sie. Donnerte die Faust gegen die Metallwand und schloss die Augen, als sich der Knoten in meiner Magengegend zuzog.

Mit einem Mal setzte mein Denken aus.

»Spiel nicht mit mir, kleine Wölfin«, knurrte ich, packte ihr Kinn mit meiner freien Hand und küsste sie so hart, dass ich Blut schmeckte. Ihres? Meines? Egal.

Es unterstrich nur das heftige Verlangen, das in mir tobte ... und Bailey vollkommen überraschte.

Trotzdem grinste sie, als sie sich in einer fließenden Bewegung an mir nach oben zog, bis ihre Beine um meine Hüfte lagen. Fest.

Herausfordernd sah sie mich an, unterbrach den Kuss aber nicht. Dafür biss sie zu, bis ich ein Grollen ausstieß.

Ich drückte sie mit dem Rücken zurück gegen die Wand, drang gleichzeitig in sie ein, begann damit, sie zu vögeln.

Vermutlich hörte uns irgendwer oder beobachtete uns über die Kamera im Fahrstuhl. Beides war mir mehr als egal.

Bailey löste sich aus dem Kuss, legte die Hände auf meinen Schultern ab und kam mir bei den Stößen entgegen, mit einer Kraft, die mich die Luft anhalten ließ.

Ich spürte ihren heißen Atem an meiner Schulter, als sie die Zähne in dem weichen Fleisch versenkte, mit der Zunge über den Hals nach oben fuhr und schließlich für einen kurzen Moment an meinem Ohr innehielt. »Dich überkommt das plötzliche Bedürfnis, mich im Fahrstuhl zu vögeln, und dann ist das alles, was du zu bieten hast?«

Eigentlich hatte ich angenommen, dass es ihre Bewegungen waren, die mich fertig machten. In Wahrheit war es diese Aussage, die lasziv und gleichzeitig, doch so provokant war.

Ich griff in ihre Haare, riss ihren Kopf zurück und fiel über ihren Hals her, während ich meine andere Hand zwischen unsere Körper gleiten ließ, um die Finger an ihre Klit zu legen. Allerdings nicht sanft und so, dass sie einen Moment Zeit hatte, um sich daran zu gewöhnen. Nein, ich fasste sie so an, dass sie gar keine andere Wahl hatte, als sich der Lust zu ergeben und sich von ihr mitreißen zu lassen.

All das geschah, während ich sie weiter vögelte und sie mir bei jedem Stoß entgegenkam – hart und unnachgiebig. Jeder Stoß ein Kräftemessen, das bewies: dieses Mal gab es keine sanfte Seite.

»Die fünf Minuten sind gleich um, und du bist noch

nicht gekommen. Dabei spüre ich es so gerne, wie du auf meinem Schwanz kommst. Du wirst noch feuchter als ohnehin schon, dein Blick gleitet davon ... das ist ein Kunstwerk. Und ich will es sehen«, sagte ich und senkte den Mund auf ihren Hals, ließ sie meine Zähne spüren.

»*Oh fuck*, Kade –«

Es war nicht genug. War es niemals. Aber für den Augenblick reichte es.

BAILEY

I don't know about you, but this scares me a little.

Die Sorgen, die ich mir um Kade machte, nahmen ab, je länger wir über den Highway heizten. Vielleicht war das kurze Aufeinandertreffen im Aufzug auch nötig gewesen. Die Nacht zog an uns vorbei, und ich spürte allmählich, wie die Situation sich wieder lockerte.

Ein Teil von mir hätte zu gerne gewusst, mit was genau Daisy ihm zusetzte, doch ich traute mich nicht, nachzufragen. Es war eine private Frage, und ich konnte durchaus respektieren, dass es einfach Dinge gab, die er nicht mit mir teilen wollte. Oder konnte ... manchmal spielte ja auch das eine Rolle.

Ich nahm eine Hand vom Lenkrad und legte sie auf seinem Oberschenkel ab. Gleichzeitig überholte ich den nächsten lahmarschigen Fahrer, wohlwissend, dass an jeder Ecke die Highway Patrol warten könnte, um uns aus dem Verkehr zu ziehen.

»Bevor wir zurück nach Biscayne fahren ...«, sagte ich und nahm die nächste Ausfahrt in rasantem Tempo.

Ich parkte auf einem nicht weiter beleuchteten Parkplatz direkt neben dem Highway, stieg aus , streckte mich und genoss die lauwarme Nachtluft für einen Moment, bevor ich mich mit einem Satz auf das Dach des *Divos* hievte, dort auf die freie Stelle direkt neben mir klopfte.

Die naheliegende Straße und Stadt machten es fast unmöglich, die Sterne am Himmel zu erkennen, aber das änderte nichts daran, dass es eine schöne Nacht war. Wenn man sich konzentrierte, konnte man sogar die Grillen zirpen hören. Leise, irgendwo im Hintergrund.

Mit skeptischem Blick nahm Kade schließlich neben mir Platz. »Ich fürchte ja, dass der Wagen gleich unter uns zusammenbricht.«

»Dann ist er sein Geld aber nicht wirklich wert«, sagte ich schmunzelnd. »Es gibt da etwas, was ich dir sagen wollte, Kade.«

Er hob eine Augenbraue an, antwortete aber nicht. Also nahm ich mir einen Moment Zeit und fuhr dann einfach fort. »Es juckt mich nicht, was Daisy sagt. Und ohne zu wissen, was sie behauptet hat, kann ich dir versprechen, dass nichts davon wahr ist. Ich bin nicht da, um dich zu verurteilen oder dich zu heilen oder sonst etwas. Das ist nicht meine Aufgabe – und ehrlich gesagt habe ich dafür auch nicht die Nerven. Ich verbringe Zeit mit dir, weil ich dich als Mensch mag, auch wenn du dir Pillen einwirfst und Daisy dir das Leben schwerer macht, als es nötig wäre.«

Kade sah mich an, ich sah ihn an, und so verharrten wir eine Weile, bis er schließlich nickte und sich so weit zurücklehnte, dass er schon bald auf dem Autodach lag, anstatt zu sitzen. Seine Beine reichten bis über die Windschutzscheibe.

»Ich würde nie behaupten, dass es eine gute Idee gewesen war, mit den Drogen anzufangen«, sagte er schließlich. »Und im Rückblick gab es sicher auch einige Punkte, an denen die Sache hätte gewaltig schiefgehen können. Aber letztendlich ändert es nichts daran, dass ich nur noch ihretwegen am Leben bin.«

»Ich weiß. Das kommt mir nicht unbekannt vor.«

»Und irgendwann hast du einfach aufgehört?«

»Ich habe begriffen, dass nur ich etwas an meiner Situation ändern konnte – es ging im Endeffekt wirklich um Leben und Tod. Niemand hätte das für mich übernehmen können. Ich hatte Morgan an meiner Seite, aber ...«

Ich legte mich neben Kade, der seinen Arm automatisch unter meinen Kopf schob, sodass er schließlich auf seiner Schulter ruhte. »Hat er viel Erfahrung mit so was?«

Mir entwich ein leises Lachen. »Er war einfach stur genug, mich nicht aufzugeben, nachdem er seine leibliche Tochter schon verloren hatte. Aber ich glaube, durch das Militär hatte er den ein oder anderen Berührungspunkt.«

Es gab immer noch Dinge über Morgan, die ich nicht wusste. Details, die er für sich behielt oder über die er für gewöhnlich nicht reden wollte. Diese Grenzen konnte ich durchaus akzeptieren.

»Glaubst du, er würde mal ein Gespräch mit mir führen?« Allein die Tatsache, wie vorsichtig er die Frage formulierte, führte dazu, dass ich meine Stirn runzelte.

»Ich kann ihn mal fragen, wenn du das möchtest.«

Vielleicht war Morgan nach allem, was passiert war, skeptisch. Vielleicht war es aber auch die perfekte Möglichkeit, damit er die Jungs – oder einen davon – von einer anderen Seite kennenlernte und doch noch damit anfangen würde, sie zu mögen. Zu akzeptieren, wenn man es so wollte.

Kade nickte, also nickte ich auch.

»Ich glaube, meine größte Angst ist die Tatsache, dass ich mich dann all den Dingen widmen muss, die ich solange erfolgreich verdrängt habe. Angefangen mit dem Tod meines Vaters. Endend mit dem meiner Mutter.« Seine Stimme klang zwar relativ neutral, doch mittlerweile kannte ich ihn gut genug, um zu wissen, dass ihm allein die Erwähnung schon schwerfiel.

Ich erinnerte mich gut an das, was er mir über seine Eltern erzählt hatte – und war mir sicher, dass ich an seiner Stelle fast ähnlich reagiert hätte. Tauschen wollte ich nicht, auf keinen Fall, aber wenn er Hilfe wollte, brauchte und annahm ... ich würde ihm sicher nicht im Weg stehen.

»Glaub mir, irgendwie wird das alles schon«, murmelte ich. Was brachte es, ihm die Sterne vom Himmel zu lügen, wenn es das womöglich härteste und schwierigste Unterfangen seines bisherigen Lebens werden würde, wenn er sich erst einmal traute, sich seiner Vergangenheit zu stellen?

Die Freude, die mich überkam, als Alvaro mit Jacky durch die Tür der Villa trat, überraschte mich. Ein Teil von mir hatte fest daran geglaubt, dass es keine besonderen Gefühle in mir auslösen würde. Aber da stand ich und war so erleichtert, sie zu sehen, dass mir fast die Tränen in die Augen stiegen.

Wir hatten telefoniert, aber das war bei Weitem nicht dasselbe, wie sich von Angesicht zu Angesicht gegenüberzustehen und miteinander reden zu können. Schon kurz nachdem wir uns begrüßt hatten, führte ich sie nach draußen an den Pool.

Es gab Obstsalat, alkoholfreie Cocktails und von den drei Männern fehlte jede Spur. Ich hatte nicht einmal die leiseste Ahnung, wohin sie verschwunden waren.

»Und hier lebst du jetzt?«, hakte Jacky nach, sobald sie auf der Liege saß, die Sonnenbrille auf der Nase und eines der Getränke in der Hand. »Irgendwie könnte ich mich daran gewöhnen. Ihr habt nicht zufällig noch ein Gästezimmer frei?«

Ich lachte »Atlas bringt mich um, wenn ich dich hier wohnen lasse.«

»Der war mir sowieso immer schon suspekt. Wie er immer im *Señorita* saß und stundenlang gezeichnet hat ... komischer Typ«, sagte sie.

Ich konnte mir ein belustigtes Grinsen nicht verkneifen. Vor meinem inneren Auge tauchten Atlas' Zeichnungen auf, und wie unverschämt detailliert die meisten von ihnen waren. Er hatte Talent, das musste man ihm lassen ... aber sich selbst auf einer Zeichnung zu sehen, beim Sex, ein sehr aufregendes Gefühl.

»Ich behalte mein Apartment. Und alles andere auch, nur um das mal erwähnt zu haben.«

»Aber du wohnst hier mit diesen drei Typen ... die alle wahnsinnig attraktiv sind und die ganze Stadt unter ihren Fittichen haben.«

Ich hatte ihr in groben Zügen erzählt, was geschehen war, was sie mir eröffnet hatten – wer mein Vater gewesen war und was das alles für mich bedeutete. Letztendlich belief sich ihre Reaktion darauf, dass sie sich wünschte, einmal in ihrem Leben genauso viel *Glück* zu haben.

»Kann man so sagen«, erwiderte ich. »Und du? Geht es dir besser? Immerhin ist es nicht ganz ohne gewesen, was du erlebt hast.«

Ehrliche Sorge schwang in meiner Stimme mit, als ich

sie das fragte. Ich wusste zwar, dass Atlas sich um eine erstklassige medizinische und psychische Versorgung gekümmert hatte, aber das hatte im Endeffekt auch nur bedingt Aussagekraft.

»Zumindest kann ich nachts mittlerweile wieder durchschlafen. Ein ziemlicher Fortschritt im Gegensatz zum Anfang. Allerdings war da wohl auch die Sorge um dich maßgeblich. Wie sieht's bei dir aus? Gehst du zur Therapie?« Eine nicht unberechtigte Frage, die ich auf keinen Fall wahrheitsgemäß beantworten konnte.

»Atlas und ich reden darüber«, war letztendlich alles, was ich dazu sagte. Damit setzte ich mich am allerwenigsten in die Nesseln, immerhin entsprach es ungefähr dem, was tatsächlich passierte.

Jacky nickte. »Das ist gut.«

Vermutlich zweifelte sie daran, dass es etwas nutzte, mit jemandem darüber zu reden, der nicht dafür qualifiziert war. Womit sie nicht ganz unrecht hatte, aber mit einem Psychologen würde ich auf keinen Fall sprechen.

Denn es endete nicht mit dem Gespräch über die Zeit bei Cyrus, nein. Er würde immer neue Themen finden, bis wir irgendwann so tief in meiner Kindheit stecken würden, dass es mir als kleineres Übel erscheinen würde, wieder mit den Drogen und dem Spielen anzufangen.

Dahin wollte ich auf keinen Fall zurück – also hatte ich für mich beschlossen, dass es einfacher war, mich Atlas' forschen Fragen zu stellen ... und am Ende vielleicht auch noch atemberaubenden Sex zu bekommen, der für das entschädigte, was er aufgewühlt hatte.

»Lass uns über andere Dinge reden. Welche, die nichts mit Cyrus oder irgendwelchen Traumata zu tun haben«, schlug ich letztendlich vor, streckte einen Fuß seitlich von der Liege, in das angenehm kühle Wasser des Pools.

Wir verbrachten den Rest des Nachmittags mit Cocktails, Obstsalat und entspannten Runden im Wasser, während wir uns über all die Skandale unterhielten, die ich auf der Arbeit leider verpasst hatte.

BISHOP

I could spent my whole life with you.

Ich besuchte mit Bailey eines der kleinen Restaurants, für die man schon Monate im Voraus eine Reservierung brauchte, wenn man überhaupt die Chance erhalten wollte, dort essen zu dürfen. Es war so klein, dass gerade einmal sieben Tische darin Platz fanden. Man hätte natürlich noch mehr unterbringen können, doch der Besitzer hatte sich dazu entschlossen, der Privatsphäre seiner Gäste auch noch Genüge zu tun, sodass ausreichend Abstand zwischen den Sitzgelegenheiten herrschte und man nicht jedes Gespräch des Nachbartisches mitbekam.

Ich kannte den Koch persönlich und das schon seit Jahren, sodass er eine andere Reservierung einfach gecancelt hatte, um stattdessen Bailey und mir den spontanen Besuch zu ermöglichen.

»Es gibt ein paar Dinge, über die wir uns heute unterhalten sollten«, sagte ich, ungefähr fünf Minuten nachdem die Vorspeise an unseren Tisch gebracht worden war.

»Darüber, dass du so viele Restaurantbesitzer kennst und sie dir alle die Füße küssen?« fragte sie, gewohnt provokant.

Mit einem Grinsen schüttelte ich den Kopf. »Sicherlich auch ein interessantes Thema, aber ich dachte da eher an etwas anderes. Es gibt ein paar Dinge, die du noch nicht über mich weißt, und ich schätze, dass es an der Zeit ist, reinen Tisch zu machen.«

Bevor Bailey antwortete, nahm sie einen Schluck aus ihrem Glas. Cola für sie, Rotwein für mich, weil er wirklich hervorragend zu den Speisen passte, die hier angeboten wurden.

»Es fühlt sich irgendwie falsch an, darauf jetzt mit *Ich bin gespannt* zu antworten.«

Wie locker würden ihre Antworten noch ausfallen, wenn wir erst einmal bei den unschönen Details angekommen waren?

»Vielleicht fangen wir damit an, dass ich ein paar Jahre im Knast war.«

»Das weiß ich. Kade wegen, richtig?«

»Mehr oder weniger. Er hat damals auf Atlas' Befehl hin gehandelt und wurde dummerweise erwischt. Allerdings hätte er den Knast wohl nicht so gut weggesteckt wie ich«, führte ich etwas genauer aus.

Der Anklagepunkt war letztendlich fahrlässige Tötung gewesen und nur wegen ordentlichen Bestechungsgeldern war ich nicht länger weggesperrt worden. Fahrlässig war daran auch rein gar nichts gewesen, – es hatte sich um ausgemachten Mord gehandelt, nicht mehr und nicht weniger.

Gewissermaßen konnte man von Glück reden, dass es

uns gelungen war, alle Faktoren zu unseren Gunsten zu drehen. Angefangen damit, dass eben nicht Kade ins Gefängnis gegangen war, sondern ich.

»Ich hab ihn nie für instabil gehalten«, meinte Bailey und sah mich über den Tisch hinweg an. Ein wenig fragend.

»Ist er auch nicht. Aber es wäre schwierig gewesen, ihn im Knast mit seinen favorisierten Drogen zu versorgen. Und Kade auf Heroin, Ecstasy oder irgendwelchen anderen harten Sachen ... ich weiß ja nicht. Seine Psyche war durch Daisy auch schon immer sehr ... nun ja. Halten wir einfach fest, dass es besser gewesen ist, ihn nicht hinter Gittern zu wissen.«

Sie nickte, sagte nichts weiter dazu, sondern wartete einfach darauf, dass ich fortfuhr.

»Der Bau ist jedenfalls kein schöner Ort. Die Kerle dort sind teilweise richtiger Abschaum, die Kriminalitätsrate erschreckend hoch und die meisten Beamten taugen fast nichts. Den größten Teil der Zeit war ich in Einzelhaft, allein in einer recht kargen Zelle. Schlechtes Essen, eine unterirdische Auswahl an Büchern und anderer Unterhaltung. Vier Jahre sind eine verdammt lange Zeit, wenn man allein ist. Man hatte Atlas und Kade den Besuch im Gefängnis verboten. Der Richter hatte Angst, wir könnten gemeinsam einen Ausbruch planen.«

Baileys Augen leuchteten belustigt. »Einen Ausbruch? Ihr drei?«

Ich verzog das Gesicht. Was war so lustig an dieser Vorstellung?

»Ist das auch der Grund, warum dein Zimmer so karg ist?«, hakte sie nach und ich nickte einfach nur.

An dieser Beobachtung gab es nichts zu leugnen. Die Jahre im Knast hatten ihre Spuren hinterlassen, die mich noch eine Weile prägen würden, egal, wie sehr ich versuchte, dagegen anzukämpfen.

»Das ist aber nicht alles, oder, Bishop?« Entweder sie hatte bereits eine Vorahnung, oder aber sie war richtig gut darin gewesen, die Emotionen auf meinem Gesicht zu lesen.

Ich schüttelte leicht den Kopf. »Natürlich nicht.«

Warum ich nicht gleich damit begonnen hatte, ihr die Geschichte zu erzählen, war mir selbst ein Rätsel. So hätte ich es hinter mir gehabt, was sehr viel geschickter gewesen wäre, als Bailey eine Weile anzusehen und mich dabei zu fragen, was sie zu meiner Offenbarung sagen würde.

Ich könnte es herausfinden ... wenn ich nur den Mund öffnete und die sorgfältig ausgewählten Worte von mir gab, über die ich mir sehr, sehr lange Gedanken gemacht hatte.

»Irgendwann hat man mir eine weibliche Wärterin zugewiesen. Ihr Name war Faye. Am Anfang war es eine normale Beziehung zwischen Wärter und Gefangenem, aber irgendwann wurde sie offener. Hat eindeutige Kommentare gemacht ... und bevor ich mich versah, wurde daraus mehr. Was ich zu dem Zeitpunkt noch nicht wusste, war, dass sie von den Kubanern eingeschleust worden war, um an mich heranzukommen. Und an die Informationen, die ich ja zweifelsohne haben musste. Das fand ich dann erst nach der spontanen Hochzeit heraus, für die sie mich aus dem Knast entführt hat.«

Je länger ich redete, desto größer wurden Baileys Augen. »Du hast eine Frau?«

»Ich *hatte* eine Frau. Als ich herausgefunden habe, für wen sie arbeitet und was ihre Intentionen sind, habe ich sie getötet.«

Bailey öffnete den Mund, nur um ihn prompt wieder zu schließen. »Ich ... okay. Wow. Damit hatte ich nicht gerechnet.«

»Hättest du auch nicht gekonnt. Aber das ist der Grund, warum ... nun ja, es ist der Grund für vieles. Ohne jetzt näher ins Detail gehen zu wollen, aber ich schätze, dass diese Erfahrung auch auf unsere Beziehung gewisse Einflüsse genommen hat«, sagte ich. Man konnte ja nicht gerade behaupten, dass Bailey und ich einen leichten Neustart gehabt hatten. Oder einen guten Start.

Und auch in der Zeit zwischen unserem ersten Aufeinandertreffen und heute hatte es genügend Reibereien gegeben, die sich auf die ein oder andere Weise erklären ließen. Wir beide hatten unseren Teil dazu beigetragen.

»Diese Faye ... war also ein Versuch der Kubaner, um an euch heranzukommen?«

»So kann man es ausdrücken.«

»Das ist gerissen.«

Ich neigte den Kopf. »Mir fallen noch einhundert andere Beschreibungen dafür ein, die sind nicht so freundlich.«

»Verständlich. Ich weiß immer noch nicht, was ich dazu sagen soll, Bishop. Aber ... ich kann mir vorstellen, dass mein Versuch, euch gegeneinander aufzuhetzen, gerade deshalb nicht ganz so gut bei dir ankam«, meinte sie vorsichtig.

War das Reue auf ihrem Gesicht?

»Es hat zumindest einen gewissen Beigeschmack hinterlassen, ja. Aber ich glaube, im Nachhinein hast du selbst gemerkt, dass die Aktion keinen Sinn gemacht hat.«

Was noch untertrieben war. Seit Faye gelang es niemandem mehr, uns gegeneinander auszuspielen. Egal, wie viele Probleme wir persönlich gerade miteinander hatten, am Ende des Tages waren wir doch ein Rudel, Brüder ... und dementsprechend würde sich niemand zwischen uns drängen. Auch nicht Bailey, die ja ihrerseits einen wahrhaftig guten Ansatz verfolgt hatte.

»Ihr könnt es mir nicht übelnehmen, dass ich alles versucht habe, um meine Zugehörigkeit zu leugnen und von dort wegzukommen.«

Womit sie nicht unrecht hatte. Hätten wir an ihrer Stelle anders reagiert? Wohl kaum.

»Tun wir nicht. Ich bin froh, wie sich alles entwickelt hat, und ich glaube auch nicht, dass du uns jemals verraten würdest. Um nochmal auf Faye zurückzukommen.« Ich griff nach meinem Weinglas und gönnte mir einen großen Schluck.

Inzwischen war uns der Hauptgang gebracht worden, aber keiner von uns hatte ihn auch nur eines Blickes gewürdigt.

»Ich hatte auch nicht gerade vor, in ihre Fußstapfen zu treten, Bishop. Ich kannte sie nicht und kann mir auch kein wirkliches Urteil erlauben, aber ich schätze mal, dass sie zu der Sorte Frau gehört hat, mit der man wirklich nichts zu tun haben will.«

Ich nickte, ohne verbal darauf zu antworten. Natürlich war mir das erst im Nachhinein bewusst geworden. Hätte ich es vorher nur im Kleinsten geahnt, was sie im Schilde führte, hätte ich mich niemals auf sie eingelassen. So war es ein einziger, großer Fehler meinerseits gewesen. Ich hatte einen Strohhalm gesehen und mich daran festgeklammert, ohne darüber nachzudenken, dass es viel zu gut gewesen war, um überhaupt wahr zu sein.

Aus meinem Fehler hatte ich gelernt, aber der Schaden blieb trotzdem.

»Ich bin nicht so der Typ für Sentimentalitäten, weißt du. Der karge Raum kommt mir da ganz gelegen.«

Bailey hob eine Augenbraue an. »Du hast die Schachfiguren behalten, oder nicht? Zeigt das etwa nicht Züge deiner Sentimentalität?«

Schmunzelnd schüttelte ich den Kopf. »Ich schätze, das ist etwas anderes.«

»Anders, weil es eine Erinnerung an mich war?«

»Kann man so sagen. Stell dir mal vor, ich hätte sie nicht behalten. Wo hätte das bloß hingeführt?«

Irritiert sah sie mich an.

»Vermutlich hättest du mir nicht geglaubt und dich noch länger gegen die klaren Fakten gesträubt.«

Sie schnaubte. »Genau. So wäre es gewesen. Und ich hätte auch keine nette Deko für meinen Nachttisch. Vergiss das nicht!«

Diesmal war ich derjenige, der sich belustigt übers Gesicht fuhr.

»Ich bin froh, dass du mir davon erzählt hast, Bishop. Alvaro hatte das Gefängnis erwähnt, aber ich wollte nicht nachhaken, weil ... nun ja. Es wäre nicht dasselbe gewesen, deine Geschichte von ihm zu hören. Und auch die Sache mit Faye. Ich bin mir sicher, Kade und Atlas hätten sie mir erzählen können, aber das wäre nicht richtig gewesen. Vielleicht kriegen wir es ja hin und gehen ab jetzt einigermaßen normal miteinander um?« Sie zwinkerte. »Auch wenn es wirklich Spaß gemacht hat, dich zu *hassen*. Das war so schön aufregend.«

Ich nahm den ersten Bissen vom Hauptgang. »Aufregend? Wenn es darum geht, kann ich dafür sorgen, dass es aufregend bleibend wird. Dafür musst du mich wahrhaftig nicht hassen.«

Ein gespannter Ausdruck huschte über ihr Gesicht. »Verrate es mir nicht. Ich will mich überraschen lassen.«

Ich fand Bailey im Gym, damit beschäftigt, einen Boxsack zu verdreschen und dabei lautstark Musik zu hören. Eigentlich wollte ich sie nicht unterbrechen, weil ich wusste, wie wichtig ihr das Training war, um zurück zu ihrer ursprünglichen Form zu finden, doch in diesem besonderen Fall war es absolut in Ordnung. Zumindest aus meiner Sicht.

»Hast du ein paar Minuten für mich?«, rief ich über die Musik hinweg, die Vorfreude bereits spürend.

Die anderen beiden warteten bereits oben darauf, dass wir zu ihnen stießen.

»Willst du mitmachen?«, stellte sie eine Gegenfrage, doch ich schüttelte den Kopf.

»Ich will, dass du mit mir mitkommst.«

»Jetzt sofort?«

Ich nickte. »Am besten schon vor fünf Minuten.«

Mit einem Seufzen ließ sie die Hände sinken, hob sie dann aber wieder an, damit ich ihr dabei half, die Handschuhe auszuziehen. Sobald sie auf den Boden gefallen waren, setzte sie sich in Bewegung.

Einen Moment lang gönnte ich es mir, ihren Anblick näher zu betrachten. Die kurzen Shorts, den Sport-BH, die leichten Schuhe, die für Boxer gemacht waren, und die Bandagen an ihren Händen. Ihre Haare hatte sie wieder zu einer Flechtfrisur gebunden, so wie sie sie damals im Gym getragen hatte, als sie mich mehrfach hintereinander auf die Matte gehauen hatte.

»Kommst du, oder hast du es dir anders überlegt?«, rief sie. Zu spät bemerkte ich, dass sie bereits die Musik ausgeschaltet hatte.

Wunderbar, sie hatte mich beim verträumten Starren erwischt.

Trotzdem folgte ich ihr, ohne dass meine gute Laune

nachließ. Am oberen Ende der Treppe warteten tatsächlich schon Atlas und Kade. Ersterer schaute ernst drein, während Kade wirkte, als würde er sich wie ein Kind an Weihnachten freuen.

»Wow, heute seid ihr ganz besonders seltsam. Ein wenig angsteinflößend sogar, wenn ich das so sagen darf.« Ihr Blick wanderte zwischen uns hin und her, fragend.

»Was ein Kompliment«, spottete ich.

»Also, was wollt ihr von mir? Ich war gerade dabei, zum wichtigen Teil des Trainings überzugehen.«

Atlas gestikulierte mit dem Daumen in Richtung Haustür. »Wir haben da ein *kleines* Geschenk für dich.

»Kleines«, wiederholte Kade unnötigerweise, was mich mit den Augen rollen ließ.

Auf Baileys Stirn bildeten sich einige Falten, doch sie lief ohne Protest in Richtung Haustür, wo bereits Alvaro wartete, der sie ihr öffnete.

Ich wusste, was draußen auf dem Parkplatz für sie bereitstand – die anderen beiden Männer ebenfalls. Alvaro sowieso, er hatte dafür gesorgt, dass das Geschenk rechtzeitig ankam.

Ungefähr fünf Sekunden später hörten wir, wie Bailey erschrocken keuchte. »Ihr spinnt doch!«

Mit einem fetten Grinsen im Gesicht gesellten wir uns zu ihr nach draußen. Der *Audi R8 v10* sah mit seiner mattschwarzen Lackierung im Sonnenlicht Miamis noch sehr viel besser aus, als in der kühlen Umgebung des Autohauses, aus dem wir ihn befreit hatten.

»Was soll das denn?«, fuhr sie fort, lief gleichzeitig um den Wagen herum und nahm ihn genauer in Augenschein.

»Der *Infiniti* war Schrott, und du brauchst ein neues Auto«, antwortete Kade.

Bailey hob den Blick in seine Richtung. »Ich hätte mir selbst eines kaufen können, das wisst ihr, oder?«

Atlas zuckte daraufhin mit den Schultern und versenkte die Hände in seinen Hosentaschen. »Hättest du. Aber wir fanden, das wäre ein angemessenes Geschenk. Ich hab da übrigens noch etwas.«

Ohne Vorwarnung warf er das nagelneue Smartphone in ihre Richtung. Bailey fing es aus der Luft. Seit sie wieder hier war, war sie gut ohne ausgekommen.

»Fairerweise muss man dazu sagen, dass beide mit unseren GPS-Trackern ausgestattet worden sind. Damit wir alle immer wissen, wo die anderen sich aufhalten. Falls ... Ich möchte vermeiden, dass sich ein solches Szenario noch einmal wiederholt.« Das war nett ausgedrückt, wenn ich daran dachte, welche Ideen Atlas diesbezüglich noch vor Kurzem gehabt hatte.

»Also habt ihr mir diese Geschenke nicht ganz uneigennützig gemacht«, stellte sie mit einem Grinsen fest. »Wie charmant.«

»Willst du nun den Schlüssel dafür, oder nicht? Ich glaube, Atlas hätte nichts dagegen, zusätzlich zum *Aston Martin* auch einen *Audi* zu fahren.« Ich stellte die Frage absichtlich provokant.

Atlas nickte schmunzelnd.

Bailey streckte die Hand in meine Richtung aus. »Gib schon her.«

Ich warf ihn ihr zu.

»Danke. Auch wenn das wirklich nicht notwendig gewesen wäre. Und das sage ich zu niemandem hier im Speziellen.« Bailey drehte sich um, öffnete das Auto und ließ sich auf den Fahrersitz fallen. Dunkles Leder, das zur Armatur und dem Design des Wageninneren passte.

Er erwachte zum Leben, die vielen Lichter leuchteten

auf, bewiesen eindrucksvoll, wie viel Technik hinter der ganzen Sache steckte.

Sie stellte das Radio ein, sodass *Rise Up* von *VINAI* und *VAMERO* aus den Boxen plärrte. Obwohl sie eine ganze Weile dagegen ankämpfte, sich über das Auto zu freuen, gelang es ihr letztendlich doch nicht, diese Fassade aufrecht zu halten. Mit fettem Grinsen sah sie zu uns und nickte in Richtung des Beifahrersitzes.

»Wer von euch hat Lust auf eine kleine Spritztour? Ich glaube, das Teil muss erst einmal richtig eingefahren werden.«

Bevor der Rest überhaupt auf Baileys Frage reagieren konnte, war Alvaro schon an uns vorbeigeilt. »Also mich musst du das nicht zweimal fragen.« Uns blieb keine Zeit zum Protestieren. Im nächsten Moment saß er auf dem Beifahrersitz, Bailey hatte die Tür zugezogen und fuhr die private Auffahrt so schnell entlang, dass kleine Steinchen nach rechts und links wegsprangen.

Kopfschüttelnd sah ich dem *Audi* hinterher. Wer hätte damit rechnen können?

»Wunderbar«, meinte Atlas. »Dann haben wir jetzt genug Zeit, um ein paar andere Dinge vorzubereiten.«

Irritiert sah ich in seine Richtung. »Dinge?«

»Wir schmeißen die Einrichtung aus einem der Gästezimmer komplett raus. Alles«, erklärte er und Kade klatschte geschäftig in die Hände.

Hatte er von diesem Plan gewusst?

»Den Boden und die Tapete lassen wir aber, oder?«, hakte Kade nach.

»Ich würde zwar gerne sehen, wie du dich handwerklich betätigst, aber ... ja. Vorerst. Je nachdem, was sie am Ende mit dem Raum vorhat.« Atlas ging voraus, und sobald wir das Haus betraten, kam uns Liko entgegen, der die ganze Zeit über in seiner persönlichen Hängematte draußen unter den Palmen geschlafen hatte.

»Ich glaube, wir haben da noch ein paar zusätzliche Pfoten«, stellte ich fest.

»Super. Genau das, was man braucht«, erwiderte Atlas sarkastisch, bevor er verschwand. Vermutlich um sich etwas Passenderes anzuziehen.

BAILEY

It's ride or die, whenever I'm in a car.

»Haben sie dir gesagt, dass du mich begleiten sollst, weil sie den GPS-Trackern nicht vertrauen?«, fragte ich Alvaro, der sich verdächtig verkrampft an seinem Sitz festhielt. Vermutlich war er es von den drei Männern nicht gewohnt, beim Mittagsverkehr so waghalsig durch die Gegend gefahren zu werden.

Nun, irgendwann war es immer Zeit für das erste Mal, und von den paar tausend Autos ließ ich mich nicht aufhalten. Immerhin waren da sechshundert Pferdestärken unter meinem Arsch. Die konnte man doch getrost ausnutzen, wenn sie einem zur Verfügung standen.

»Nicht im Geringsten. Ich dachte mir nur, so eine Pause wäre ganz nett.« Er öffnete das Handschuhfach und holte zwei Dosen Cola hervor. Eine davon gab er mir. »Außerdem haben wir uns das letzte Mal – als wir zu zweit waren – auch sehr gut unterhalten. Oder nicht?«

»Und über was willst du diesmal reden?«

»Nichts bestimmtes.«

»Dann macht das, was du sagst, wenig Sinn. Ist dir bewusst, oder?«

Alvaro schüttelte den Kopf, nahm einen Schluck seiner Cola und schwieg. Sein Blick glitt aus dem Fenster. »Ich könnte dir über den aktuellen Stand bezüglich der Verfolgung von Cyrus Bericht erstatten.«

»Gibt's denn irgendwas Neues zu erzählen?«

»Nicht viel. Du hattest recht mit den Aufzeichnungen, aber leider ist es trotzdem schwierig, mehr herauszufinden. Wir haben ungefähre Anhaltspunkte, aber die reichen diesmal nicht aus, um ein stichfestes Ergebnis zu erhalten. Und damit meine ich, zu wissen, wo er sich tatsächlich aufhält.«

»Konntet ihr seinen Aufenthaltsort eingrenzen?« Ich hatte mich in den letzten Tagen nicht grundlos zurückgehalten. Neben meiner Erholung hatte es auch noch einiges an Vorbereitung gegeben, was das Casino in Orlando anbetraf. Treffen mit Morgan hatten auf dem Plan gestanden, ebenso wie etliche Telefonate und nicht unwichtige Videocalls mit den Leuten vor Ort.

Ich würde das ganze Gelände auch erst zur Eröffnung in der Realität sehen, umso wichtiger war es jetzt, mit Argusaugen die letzten Schritte zu beobachten, falls sich noch Probleme auftaten oder es entscheidende Fragen gab.

»Nicht wirklich. Er könnte schon durchs halbe Land sein. Oder im Ausland. Vermutlich hatte er Kontakte zu einem Arzt, der sich im Geheimen um seine Verletzungen gekümmert hat. Darüber wird man ihn also auch nicht finden.« Alvaro wirkte enttäuscht, dass es kaum Positives zu berichten gab.

Damit hatte ich allerdings auch gar nicht gerechnet.

Morgan war Cyrus ebenfalls auf den Fersen, ein wenig erfolgreicher als Alvaro – warum auch immer. Nicht, dass ich glaubte, dass es lohnenswert war, die Hälfte seiner verfügbaren Zeit darauf zu verschwenden, wenn sich doch die Wölfe bereits darum kümmerten.

Letztendlich konnte ich ihn aber auch nicht aufhalten, also musste ich wohl oder übel damit leben, dass er sich einmischte, dass er sein Bestes gab, um diesen Mann zu finden. Falls er Erfolg damit hatte, würde ich es ihm hoch anrechnen.

»Ich glaube, dass er sich nicht lange versteckt halten kann. Wir haben seine Ehre gekränkt, und nicht nur das. Sein Masterplan wurde vereitelt. Vielleicht hat er jetzt auch Stress mit den Kubanern, weil es für die genauso wichtig gewesen ist. Er wird irgendwann aus seinem Versteck kommen müssen, um einen Gegenschlag zu starten. Im Prinzip müssen wir nur darauf warten ... und dann zupacken.«

Alvaro schüttelte den Kopf. »Es ist nie gut, wenn man darauf wartet, dass sein Feind den ersten Schritt macht. Egal, ob man den letzten erfolgreich für sich beansprucht hat oder nicht.«

»Ich weiß. Aber ich glaube, dass es für keinen von uns gesund wäre, Cyrus jetzt schon wieder gegenüberzutreten.«

»Vermutlich nicht«, stimmte Alvaro zu. »Aber manchmal muss man Dinge tun, die nicht gut für einen sind, wenn sie am Ende gut für das größere Wohl sind.«

Weise und wahre Worte. Diese Herangehensweise war mir nicht unbekannt, immerhin hatte ich Jahre beim Militär verbracht und wusste, wie manche Entscheidungen gefällt wurden.

Ich sparte mir eine Antwort, konzentrierte mich stattdessen darauf, den *Audi* zu neuen Höchstleistungen zu treiben. Ich schenkte dem Tacho keine Beachtung mehr, fühlte Erleichterung, als wir Miami endlich hinter uns ließen und der Highway sich deutlich lichtete, was es mir ermöglichte, das Fahrgefühl des neuen Autos erst vollständig zu genießen.

Ich vermisste den *Infiniti*, keine Frage, und war weiterhin angepisst, weil Cyrus ihn im See versenkt hatte, aber dieser Wagen hier ... der war auch nicht verkehrt und zweifelsohne ein nettes Extra für den Fuhrpark der Wölfe, der ja schon mit einigen wirklichen Schätzchen aufwarten konnte.

»Was ich noch sagen wollte, Alvaro. Ich bin froh, dass wir damals dieses Gespräch geführt haben. Es hat mir ein paar Sachen vor Augen geführt, mich auf Dinge aufmerksam gemacht, die ich vorher nicht im Blick gehabt hatte.«

Ich konnte nicht nur ihm und seinem Bruder vertrauen, sondern auch jedem anderen der Männer. Atlas, Kade und Bishop – sie alle hatten es bewiesen. Genauso wie ich es – teilweise ungewollt – getan hatte.

Dieses Geschenk und ihre ehrlichen Worte zeigten nur, dass ich eine neue Familie gefunden hatte, obwohl ich nie auf der Suche danach gewesen war.

»Egal, was auch passiert, Bailey – du wirst immer mit mir reden können. Über alles. Im Prinzip bist du genauso mein Kumpel wie Kade beispielsweise.«

Ich lachte, wahrhaftig froh darüber, diesen Menschen begegnet zu sein.

Anstatt nach meiner Rückkehr zurück ins Gym zu gehen und mein Training fortzusetzen, eilte ich nach oben und in Richtung Bishops Zimmer, in der Hoffnung, ihn genau dort anzutreffen.

Ohne vorher anzuklopfen – das hatte ich mir bei den

drei Herrschaften des Hauses abgeschaut – trat ich ein. Aus dem angrenzenden Badezimmer vernahm ich sofort das Geräusch einer laufenden Dusche, sodass ich mich für den Moment damit begnügte, mich auf das Bett zu legen und die Zimmerdecke anzustarren.

Ich sollte einfach so mit diesen drei Männern in einer riesigen Villa leben, jedes Detail meines Lebens mit ihnen teilen – die guten und die schlechten Dinge, die Arbeit und das Vergnügen.

Ausnahmsweise war das Schicksal auf meiner Seite, anders konnte man es nicht nennen. Selbst wenn ich mich zu Beginn dagegen gewehrt hatte – inzwischen wollte ich nicht mehr tauschen.

Ich hörte, wie das Wasser abgestellt wurde, und zwei Minuten später trat Bishop aus dem Bad, ein Handtuch eng um die Hüfte geschlungen. Das Wasser perlte noch von seiner Haut ab, tropfte von seinen Haaren auf den Boden.

Als er mich auf dem Bett entdeckte, bildete sich eine steile Falte auf seiner Stirn, die mich belustigt grinsen ließ. Ich sagte nichts.

»Was machst du hier, Bailey?«, fragte er letztendlich, als klar wurde, dass ich weiterhin keine Anstalten machen würde, irgendetwas zu sagen.

Ich zuckte mit der Schulter, setzte mich ein wenig auf. »Irgendetwas sagt mir, dass du bezüglich der Geschenke eine größere Rolle gespielt hast.«

Bishop schüttelte den Kopf. »Ich hab das Thema nur aufgebracht.«

Manchmal war er schon süß – anstatt die Lorbeeren für sich einzuheimsen, spielte er die ganze Angelegenheit lieber runter.

Ich schüttelte den Kopf. »Das heißt, du willst jetzt

nicht sofort mit mir schlafen?«, fragte ich, mit deutlicher Provokation in der Stimme.

Zeitgleich deutete ich an, wieder von seinem Bett aufzustehen und mich aus dem Staub machen zu wollen. Er wusste genauso gut wie ich, dass ich nicht lange würde suchen müssen, um Atlas oder Kade zu finden. Bishop wusste allerdings nicht, dass ich gerade keinen der beiden wollte – sondern ihn.

Zufrieden beobachtete ich, wie er das Handtuch fallen ließ und sich sein Blick komplett auf mich fixierte. »Dafür hast du noch zu viel an«, stellte er mit einem Knurren fest.

Ich allerdings zog mich nicht aus, sondern ließ den Blick genüsslich über seinen Körper streifen, angefangen bei den Muskeln seiner Arme, bis hin zu seinem ebenso wohlgeformten Bauch. Geflissentlich überging ich die Tatsache, dass sein Schwanz in den letzten zwei Sekunden bereits auf meine Aussage reagiert hatte und mehr als bereit war, den Vorschlag in die Tat umzusetzen.

»Das könntest du ja schnell ändern«, hielt ich dagegen und fing an zu lachen, als er in meine Richtung stürzte.

Keinen Moment später war er auf mir, riss an meinem Oberteil und der Hose, und ehe ich mich versah, war beides verschwunden und mein nackter Körper presste sich gegen seinen.

»Das ging schnell«, sagte ich amüsiert und ließ die Hände über seinen Körper gleiten.

»Wenn du mich jemals zweimal bitten musst, stimmt irgendwas nicht. Merk dir das.« Bishop legte eine Hand an meinen Oberschenkel, zog ihn zur Seite und schaffte sich so den notwendigen Platz, um sich zwischen meinen Beinen zu positionieren.

Er bewegte sich leicht gegen mich, machte aber keine Anstalten, auch in mich einzudringen. Stattdessen begnügte er sich damit, mich zu küssen und meinen Körper zu erkunden, angefangen bei meinem Hals, bis hin zu meinen Brüsten. Jeden Zentimeter, an den er gelangte, ohne seine aktuelle Position aufzugeben.

Schon nach wenigen Sekunden blieb mir nichts anderes übrig, als mich gegen ihn zu bewegen, so stark war das Verlangen, ihn endlich in mir zu spüren. Es reichte mir nicht, wenn sein Schwanz gegen meine Pussy drückte und mir eine leise Vorahnung dessen gab, was noch geschehen würde.

Auch die Erinnerung an unseren letzten Sex reichte nicht aus, um mich irgendwie zufriedener zu machen. Wenn überhaupt förderte sie das Verlangen nach Bishop.

Hitze sammelte sich zwischen meinen Beinen, strahlte von dort in meinen Bauch und die Beine aus. Mir fiel es zusehends schwerer, einen klaren Gedanken zu fassen, solange er mit seiner Zunge über meine Haut glitt und ganz genau unter Beweis stellte, wie geschickt er damit umgehen konnte.

»Fuck«, fluchte ich, lauter als beabsichtigt. Meine Finger bohrten sich in seine Schulter, und ich spürte, wie er leise lachte.

Ihm gefiel das auch noch, mich derart auf die Folter zu spannen. Wunderbar.

»Wirst du ungeduldig, Bailey?«, flüsterte er gegen mein Ohr und jagte mir damit einen angenehmen Schauer über den gesamten Körper. Mein Puls begann zu flattern.

Ich drehte den Kopf, presste die Lippen gegen seine Wange, an seinen Kiefer, gegen seinen Hals – an jede Stelle, die ich erreichen konnte.

»Ich hätte dich jetzt einfach gerne tief in mir«, hauchte ich und spürte, wie seine Hüfte unwillkürlich gegen meine zuckte.

Diesmal war er es, der fluchte.

Ein zufriedenes Grinsen breitete sich auf meinen

Lippen aus, dann vergrub er die Finger in meinen Haaren, riss meinen Kopf ein wenig nach hinten, fiel abermals über meinen Hals her. Im selben Augenblick drang er endlich in mich ein, ließ mich jeden einzelnen Zentimeter spüren.

Ich keuchte, ging vollkommen in dem Gefühl auf, das er in mir auslöste. Noch bevor er damit begann, sich zu bewegen, kam ich ihm mit der Hüfte entgegen.

Eine seiner Hände rutschte zwischen unsere Körper, sodass er den Daumen gegen meine Klit pressen konnte. Verlangen und Lust schossen durch meine Adern, setzten auch den Rest meines Körpers in Brand.

Ich suchte Halt an ihm, küsste ihn verzweifelter, je näher er mich dem Orgasmus brachte und versuchte gar nicht erst, die Laute, die sich aus meiner Kehle lösen wollten, zurückzuhalten.

Innerhalb weniger Minuten gelang es Bishop, mich zum Kommen zu bringen. Sobald sich meine Muskeln um ihn herum zusammenzogen, grollte er in mein Ohr, biss zu, ließ mich ganz genau wissen, was für Auswirkungen ich auf ihn hatte.

Natürlich hörte er danach nicht auf – im Gegenteil. Er drängte sich auf eine Art gegen mich, dass die Nachwirkungen des Orgasmus' nie ganz nachließen, und als ich schließlich zum zweiten Mal unter ihm kam, ließ er sich davon mitreißen.

Ich genoss es anschließend, sein Gewicht auf mir zu spüren, mit den Fingern sanft über seinen Rücken zu kreisen und die andere Hand in seinen Haaren zu vergraben.

Ich genoss den Kontrast zwischen den drei Männern. Sie waren so unterschiedlich, egal, ob es um den Charakter, das Aussehen oder ihre Vorlieben ging. Selbst im Bett ließen sie sich nicht miteinander vergleichen. Eines stand allerdings fest: Ich brauchte sie alle, denn erst ihre Kombination machte mich wirklich glücklich. Erfüllte mich.

»Und ich hatte nicht einmal das Bedürfnis, dir zu sagen, dass ich dich hasse«, sagte ich spaßeshalber und spürte sofort, wie Bishops Lachen durch meinen Körper vibrierte.

»Wir machen also Fortschritte. Was für eine tolle Nachricht.« Der Sarkasmus triefte aus seiner Stimme, damit war es mir unmöglich, mein eigenes Lachen zurückzuhalten.

ATLAS

For now you're just mine.

»Und dich interessiert es gar nicht, was die anderen beiden dazu sagen, dass du das Date einfach so ausreizt?«, fragte Bailey, in der einen Hand die Reisetasche und in der anderen einen Stofffetzen, der wohl einen Bikini darstellen sollte.

Ich hob eine Augenbraue. »Es gab keine Regeln. Sie hätten mit dir nach Japan fliegen können, wenn sie denn gewollt hätten.«

Bailey verzog das Gesicht. »Japan? Nicht unbedingt meins.«

Natürlich überging sie die eigentliche Aussage, ohne sich damit auch nur im Geringsten schlecht zu fühlen. »Willst du dich weiter mit solchen Fragen aufhalten, oder packst du zu Ende?«

Für einen Moment wirkte sie, als müsste sie wirklich darüber nachdenken, dann warf sie ein paar Sachen in ihre Tasche, schulterte sie und sah mich auffordernd an. »Wohin gehen wir überhaupt?«

»Das siehst du, wenn wir da sind.«

Der Ausflug war außerdem strategisch gewählt, denn so hatten Kade und Bishop Zeit, die letzten Vorbereitungen in ihrem zukünftigen Zimmer vorzunehmen. Es war nicht sonderlich schwer gewesen, die Entrümpelungsarbeiten vor ihr zu verbergen – wir kümmerten uns grundsätzlich nur darum, wenn sie nicht da war, achteten darauf, das Zimmer in ihrer Gegenwart nicht zu erwähnen.

»Du weißt aber, dass wir bis Samstag wieder hier sein müssen? Orlando eröffnet sich nicht von selbst.«

Ich rollte mit den Augen, nahm ihr die Tasche ab und schob sie aus der Tür. »Keine Sorge, ich hatte nicht vor, dich dort eine halbe Ewigkeit festzuhalten.«

Es war doch ohnehin sehr viel wahrscheinlicher, dass sie am Ende nicht mehr von allein gehen wollte, wenn sie erst einmal gesehen hatte, wohin ich sie brachte.

»Wir treffen uns in fünf Minuten im Auto. Ich muss noch meine Sachen holen«, meinte ich, damit sie am Ende der Treppe den Weg zur Haustür nahm, während ich abbog, um einen letzten Abstecher in mein Büro zu machen und dort meine Tasche einzusammeln.

Kade lümmelte auf dem Sofa, während Bishop im Sessel lag. Lag, nicht saß.

»Willst du nun endlich verschwinden oder dauert das noch zwei Jahre?«, fragte Kade, fast gelangweilt. Den Platz neben ihm nahm Liko ein, den wir leider nicht mitnehmen konnten.

»Stimmt. Was kann so lange dauern, sie ins Auto zu setzen und loszufahren?«

Ich grinste. »Das Programm fing mit einem anderen wichtigen Punkt an.«

Bishop zog die Nase kraus. »Wow. Und wir sitzen hier und warten.«

Mit einem Schulterzucken schnappte ich mir meine Tasche, winkte den beiden Männern zum Abschied und verschwand dann nach draußen.

Die Höhle sah aus wie ein Ort aus einem Fantasyfilm. Das Wasser war so blau, dass es fast unecht wirkte. Man konnte bis auf den Grund sehen, und das auch schon, wenn man die Treppe noch gar nicht nach unten gestiegen war.

Durch ein natürliches Loch in der Decke fielen Sonnenstrahlen nach unten, sodass eine angenehm feuchte Wärme vorherrschte. Ich hatte den Anzug gegen eine Badehose getauscht, Bailey war in den schwarzen Bikini geschlüpft, der maßgeschneidert war, und hatte ihre Haare dann noch in einem geflochtenen Zopf aus ihrem Gesicht genommen.

Ich hatte dafür gesorgt, dass außer uns heute niemand hier sein würde. Außerdem würde man sich darum kümmern, dass es uns an nichts mangelte.

Bevor man diesen Ort der Öffentlichkeit zum Tauchen zugänglich gemacht hatte, hatte es exzessive Forschungen gegeben, denn die Höhlen, die sich unter Wasser in alle Richtungen zogen, hatten nicht nur menschliche Überreste beherbergt, sondern auch die einiger sehr alter Spezies. Schattenwölfe und weitere lang ausgestorbene Rassen.

Inzwischen waren all diese Artefakte geborgen worden, Höhle sowie Unterwasserwelt weiterhin atemberaubend schön. Bei zweiundzwanzig Grad Wassertemperatur ließ es sich außerdem gut aushalten.

Ich reichte Bailey eine Hand und führte sie die Metalltreppe nach unten auf die Holzplattform, die stellenweise mit Wasser bedeckt war und einen einfacheren Einstieg in das Wasser ermöglichte.

»Woher kennst du diesen Ort?« Bailey sah mich neugierig an, streckte einen Fuß in das Wasser und ließ sich am Rande der Plattform schließlich nieder.

»Es ist eine Touristenattraktion, seit einer halben Ewigkeit schon. Normalerweise mag ich so was nicht, aber in diesem Fall ... wie könnte man einen Ort wie diesen nur aufgrund seiner Beliebtheit hassen?« Außerdem war es die perfekte Möglichkeit, einen angenehmen Tag zu verbringen. In aller Ruhe.

Beinahe wie Wellness – nur ohne die seltsamen Leute, die meinten, es wäre angenehm, wenn sie einen überall am Körper betatschten, mit von Öl klebrigen Fingern und Musik im Hintergrund, die als beruhigend galt, aber insgeheim nur die eigene Aggression förderte.

»Und warum nennt man den Ort *Devils Den*? Sieht nicht so teuflisch aus.«

»Weil an kalten Tagen die Hitze innerhalb der Höhle in Form von Nebel und Rauchschwaden nach oben steigt ... und durch dieses Loch entweicht. Für die Leute früher wirkte es wohl so, als wäre sie ein Schornstein aus der Hölle.«

Bailey grinste. »Immer wieder interessant, was die Menschen früher so glaubten.«

»Man kann es ihnen zumindest nicht übel nehmen.«

»Außerdem hätten die Orte dann weniger coole Namen«, stellte Bailey fest. »Überleg dir mal, ein Mensch von heute müsste die Höhle benennen. Das wäre ... langweilig.«

»Vielleicht auch ein wenig lächerlich, wenn ich daran denke, wie die Sprache teilweise verunstaltet wird.«

Bailey nickte. »Wie tief ist das Wasser tatsächlich?«

»Tiefer, als es aussieht. Falls du nicht zufällig professionell tauchen kannst, solltest du nicht versuchen, die Unterwasserhöhlen zu erkunden.«

»Ach, du meinst, das wäre Selbstmord?«

Ich verzog das Gesicht. »So in der Art, ja.«

»Und warum sind wir dann ausgerechnet hier?«

Natürlich musste sie das fragen. »Weil es hier keinen Handyempfang gibt, keine Menschen, die ständig was von einem wollen. Ich glaube, diese kleine Pause brauchen wir beide.«

»Und du hältst das aus? Ein paar Stunden nicht in der Lage zu sein, alles um dich herum zu kontrollieren?«

Natürlich machte ich mir Gedanken darum, dass nun alles in den Händen von Kade und Bishop lag. Sie waren fähig, keine Frage. Aber trotzdem hasste ich es, die Kontrolle an andere Personen abzugeben.

»Ich bin noch nicht verrückt geworden, oder?«

Bailey grinste mich an. »Wir sind ja auch noch keine dreißig Minuten hier, oder?«

»Touché. Dann musst du eben dafür sorgen, dass es mich nicht verrückt machen wird. Dürfte ja nicht so schwer werden, oder?«

»Keine Ahnung. Du könntest mal damit anfangen, deinen Hintern ins Wasser zu bewegen. Ich glaube nicht, dass es entspannend ist, sich die ganze Zeit ans Geländer zu lehnen und mich dabei zu beobachten.«

An manchen Tagen fragte ich mich wirklich, warum sie keinen Filter zwischen ihren Gedanken und ihrem Mund hatte. An anderen wurde mir in Momenten wie diesen klar, dass wir Bailey exakt so brauchten, wie sie eben war. Ansonsten wäre sie zwischen uns längst untergegangen.

Als ich mich schließlich zu ihr gesellte, trieben wir eine ganze Weile durch das Wasser, ohne ein Wort miteinander zu wechseln. Das einzige Geräusch, das die Höhle erfüllte, war das des Wassers, welches von den steinernen Wänden tropfte oder in Bewegung geriet, wenn wir uns drehten.

Gedanklich war ich mittlerweile wieder bei dem Thema angelangt, das unser letztes persönliches Gespräch geprägt hatte. Bailey und Cyrus. Ich hatte nicht vor, sie so einfach davonkommen zu lassen, was das anbelangte. Es gab noch vieles zu besprechen, Dinge über die ich unbedingt mit ihr reden wollte, um sicherzustellen, dass es ihr wirklich wieder gut ging.

Doch nicht heute – auch wenn mich der Vorfall immer wieder beschäftigte. Es störte mich nicht einmal, wenn ich ihr dafür Teile meiner Probleme anvertrauen musste. Ich wusste ja, dass sie bei ihr in sicheren Händen waren, so wie es umgekehrt auch der Fall war.

Ich drehte mich in Baileys Richtung, sah dabei zu, wie sie mit geschlossenen Augen durch das Wasser glitt und ihren Körper sicher zwischen den Felsen, die herausragten, hindurch manövrierte.

Waren das die Fähigkeiten, die sie sich beim Militär angeeignet hatte? Oder besaß sie diese Begabung von Natur aus und ihre Laufbahn hatte diese einfach nur hervorgehoben?

Fragen über Fragen, und es wurden sicher nicht weniger, je mehr Zeit man mit ihr verbrachte.

»Ylva hat mir erzählt, wie die Wölfe damals entstanden sind«, sagte sie aus dem Nichts heraus. Ihre Stimme hallte von den umliegenden Wänden sanft wider. »Ich frage mich, warum du nie darüber redest, was ihr eigentlich seid.«

Ich kniff die Augen zusammen, nur um anschließend den Blick gen Decke zu richten.

»Ist wohl ein schwieriges Thema«, fuhr sie nach ungefähr einer Minute fort, in der ich nichts gesagt hatte.

Mir war durchaus bewusst, dass sie mich nicht einfach so vom Haken lassen würde. Wieso auch? Ich machte es mit ihr schließlich nicht anders.

Seufzend drehte ich mich herum, sodass ich Bailey dabei wenigstens ansehen konnte. »Mein Vater hatte immer eine ganz genaue Vorstellung davon, was das Wolfsrudel ist und was nicht.«

»Das ist mir aufgefallen.«

Ich verzog das Gesicht. »Im Prinzip hat er ja das erreicht, was er erreichen wollte. Aber zu beenden, was er aufgebaut hatte, stand nie zur Debatte. Also führen wir das fort, was er ins Leben gerufen hat. In letzter Zeit ziemlich schlecht, wie du weißt.«

»Jedes Unternehmen hat mal Schwierigkeiten. Das bedeutet nicht automatisch, dass es auch schlecht ist«, antwortete sie und drehte sich damit auch endlich in meine Richtung.

Die nassen Haare klebten ihr an Stirn, Schulter und Hals. Auf ihren Wangen hatte sich eine leichte Röte gebildet, die sicherlich von der Wärme des Ortes stammte.

»Schau dir doch an, wo wir mittlerweile stehen.« Ich biss die Zähne fest aufeinander, bis ein Knirschen entstand. Wir waren nicht dazu in der Lage, Cyrus zu finden, ihn dazu zu benutzen, die Auseinandersetzung mit den Kubanern ein für alle Mal zu beenden.

Ich war fest davon überzeugt, dass er der Schlüssel dazu war, immerhin hatte er angefangen, mit der Mafia zusammenzuarbeiten und ihnen eine gewisse Hoffnung gemacht. Davon würde er nicht einfach so ablassen – und unsere ausgemachten Feinde mit Sicherheit auch nicht.

Bailey stieß ein Schnauben aus. »Was? Weil ihr euch erlaubt, die Pause zwischen den Auseinandersetzungen auch wirklich als Pause zu nutzen? Komm schon, Atlas, keiner von uns kann zu einhundert Prozent einsatzfähig sein, wenn wir uns nicht ab und an Ruhe gönnen. Auch wenn es mich wirklich in den Fingern juckt, wieder etwas zu unternehmen.«

Ihre letzte Aussage überging ich geflissentlich. »Darum geht es gar nicht. Es fühlt sich an, als hätte die Hälfte der Stadt sich gegen uns verschworen und auf die Seite der Kubaner gestellt. Und falls das so ist, wird es nicht aufhören, bevor wir sie nicht alle losgeworden sind.«

»Wäre ja nicht das erste Mal, oder?«

»Natürlich nicht.«

»Gut. Dann ist das der Plan. Wir werden sie los, beanspruchen Miami wieder für uns, und dann überlegen wir, was wir aus dem Rudel und dem Unternehmen machen wollen. Ich glaube, nicht nur Bishop sehnt sich nach einer kleinen Veränderung, oder?«

»Wir können nicht einfach ...«

Bailey winkte ab. »Klar. Und wir werden auch. Was dein Vater dazu sagt, ist erst einmal nicht weiter von Belang.«

Ich schüttelte den Kopf. Was sollte ich schon dagegen einwenden?

KADE

You're not serious about this. Are you?

»Ich will irgendetwas Spannendes machen. Ich hab genug davon, immer nur hier rumzusitzen«, meinte Bailey und setzte sich aus ihrer liegenden Position auf. Wir hatten die erste Hälfte des Abends damit verbracht, den TV im Wohnbereich mit unserer Anwesenheit zu beehren.

Leider war das Programm bescheiden und in Sachen Pay-TV wir zu keiner Einigung gekommen.

Geht das schon wieder los?
Will sie dich in irgendeine Tiefgarage
schleppen und sich dann in einen
Kugelhagel stürzen?

Das hat zumindest Spaß gemacht.

Du wärst beinahe draufgegangen.

Tja. Berufsrisiko.

Der Gedanke gefällt dir doch auch nur, weil ihr dann zusammen gestorben wärt.

Wir leben zusammen.
Wir sterben zusammen.
Ist doch einfach, oder nicht?

Da ist schon wieder dieser Würgereiz ...

Ich hob die Augenbraue. »Du willst mir doch nicht sagen, dass du schon so weit bist, anderen Leuten den Arsch aufzureißen.«

Sie zuckte mit der Schulter. »Keine Ahnung. Woher soll ich das wissen, wenn ich es nicht ausprobieren kann?«

Ich verzog das Gesicht in einer wenig begeisterten Geste. Mir gefiel der Gedanke nicht, dass sie durch die Straßen der Stadt spazierte und ... nun ja, das tat, was wir vor ihrer Entführung gemeinsam getan hatten.

»Ich halte das für keine gute Idee. Außerdem hattest du einige Dates. Du kannst mir nicht sagen, dass die nicht spannend waren.«

Bailey kniff die Augen zusammen, als sie mich daraufhin ansah. »Das ist ja wohl kaum zu vergleichen, oder?«

Wieso musste sie mit fast allem, was sie sagte, recht haben? Oder war ich mit meinen Antworten einfach nur schlecht genug und bot ihr eine leichte Angriffsfläche?

»Schön. Ist es nicht. Aber mir gefällt der Gedanke daran dennoch nicht. Mag ja sein, dass du trainierst, wieder zugenommen hast und fast so furchteinflößend aussiehst wie vorher, aber man muss sein Glück auch nicht unbedingt herausfordern, oder?«

»Ich fordere gar nichts heraus«, wehrte sie sich und schüttelte den Kopf. »Ich hatte nur nicht vor, von nun an immer im Haus zu hocken und mir die langweiligen Nachrichten anzusehen, während ihr da draußen rumturnt und versucht, Cyrus aufzuspüren.«

»Wir turnen nicht rum ...«

»Weißt du, da gibt es noch ein paar andere Personen, die ich gerne finden würde. Wir könnten damit anfangen, ihnen einen Besuch abzustatten. Vielleicht wissen die ja etwas? Da war zum Beispiel eine Frau, die für Cyrus gearbeitet hat«, begann sie. Ob ich nun wollte oder nicht, sie genoss automatisch meine Aufmerksamkeit. »Und einige Gesichter von der Hochzeit konnte ich mir auch merken.«

Mir war sehr wohl bewusst, dass sie das schon früher erwähnt hatte, allerdings waren wir zu dem Ergebnis gekommen, dass es unmöglich schien, lediglich anhand einer Erinnerung einen Menschen zu finden. Es gab keine Kartei mit Fotos der Kubaner, die sie abgleichen konnte, um die entsprechenden Leute ausfindig zu machen.

So was existierte nicht, auch wenn es so vieles einfacher gemacht hätte.

Es war auch nicht gerade eine gute Idee, in das Gebiet der Kubaner zu fahren und sich dort umzusehen, in der Hoffnung, zufällig den richtigen Männern über den Weg zu laufen.

Eher erkannten die uns und versuchten, kurzen Prozess zu machen.

»Das klingt nicht, als wäre es ein durchdachter Plan. Und wir stochern in keinem Wespennest herum, bis wir zufällig den richtigen treffen.«

Bailey wirkte ernsthaft enttäuscht. »Aber das würde doch Spaß machen. Wir könnten ein paar Kubaner loswerden, vielleicht stoßen wir auf ein paar neue Infos, und wenn wir ganz viel Glück haben, finden wir in irgendeinem der Gästezimmer zufällig auch Cyrus.«

Ich schnaubte. »Wenn es so einfach wäre, hätten wir ihn schon an den nicht vorhandenen Eiern gepackt und in die Lagerhalle geschleift.«

Ich war nach wie vor dafür, ihn an den Kufen eines Helikopters anzubinden und einen Rundflug über Miami zu veranstalten.

Mit einem Seufzen fuhr ich mir durch die Haare. »Keine spontanen Aktionen, die dich in Gefahr bringen würden.«

Vermutlich würde das Verbot nur das Gegenteil bewirken, und sie erst recht dazu anstacheln, die Villa hinter sich zu lassen und auf die Suche nach diesen Menschen zu gehen, mit denen sie offensichtlich noch eine Rechnung offen hatte.

Wie fürsorglich. Ich bin dafür,
dass du sie gehen lässt. Vielleicht
kommt sie ja einfach nicht wieder?

Damit würde sie aber auch
nur dir einen Gefallen tun.

Ich finde, ihr solltet alle dafür sorgen,
dass ich glücklich bin.

Klar. Und die Welt dreht sich um dich,
die Sonne geht morgens nur wegen dir
auf und das Meer wird nicht vom
Mond beeinflusst, sondern von dir.

»Na schön«, murmelte sie. »Atlas hat in einem Nebensatz erwähnt, dass sein Vater noch einen Gefallen bei einem Mitglied der Mafia guthatte, und dass dieser ihm deshalb von der Hochzeit berichtet hat. Stimmt das?«

Ich zog die Augenbrauen zusammen. »Ich schätze schon, ja? Wieso?«

»Wir könnten den Typen aufsuchen und versuchen, ihm weitere Informationen zu entlocken. Wenn ich ihm die Gesichter beschreibe, sagt er uns vielleicht, um wen es sich handelt. Immerhin war die Gästeliste begrenzt, das schließt schon einige Männer aus. Oder nicht?«

Ich spürte, wie mein Frustrationslevel anstieg. Allein ihre Worte sagten deutlich aus, wie versessen sie darauf war, endlich wieder nach draußen zu können, das zu tun, was sie erst in unseren Bann geschlagen hatte.

»Ich hab keine Ahnung, wer der Typ ist, und ich glaube auch nicht, dass Graysen es ausgerechnet dir verraten wird.« Das war im Prinzip das letzte Argument, was mir dagegen einfiel.

Glücklicherweise brachte es Bailey zum Grübeln. »Schön. Kein Ausflug nach Miami, um irgendwem den Arsch aufzureißen. Aber wenn ich mich demnächst wieder mit Bishop prügele, ist das deine Schuld.«

»Du könntest dich auch mit mir prügeln. Oder mit Atlas. Ich bin mir sicher, er drückt dich nur zu gern auf den Boden und zeigt dir ganz genau, wer den Kampf gewonnen hat.« Ich hielt den lasziven Unterton mit Absicht nicht aus meiner Stimme heraus.

Bailey äffte mich nach, bevor sie sprach. »Das macht es nicht besser. Es fühlt sich an, als würdest du absichtlich in der Wunde herumstochern, weil du genau weißt, dass ich hier nicht rauskommen werde.«

»Ach komm schon. Es wäre wohl nicht so toll, wenn du morgen Abend in Orlando mit einem blauen Auge und ein paar Prellungen auftauchst. Das würde Fragen bei den Gästen aufwerfen.«

»Niemand hat was davon gesagt, dass ich mich verprügeln lassen will. Ich wollte schon gerne meinerseits Hand bei anderen anlegen.«

Ich schüttelte den Kopf. Inzwischen war ich mir sicher, dass ich diese Diskussion nicht gewinnen würde. »Gib dem Ganzen einfach noch eine Woche Zeit, dann schauen wir weiter. Keiner von uns hat vor, dich ewig von deiner Berufung abzuhalten. Versprochen.«

Bevor sie weiter diskutieren konnte, schob ich einen Arm um ihre Schultern, zog sie näher an mich heran. Ich händigte ihr die Fernbedienung aus. »Hier, such was aus. Ich schau es mit dir, auch wenn es mich innerlich töten wird.«

Ein fettes Grinsen erschien auf ihrem Gesicht. »Aber gerne doch. Und keine Beschwerden, verstanden?«

»Ich würde nicht mal im Traum dran denken«, erwiderte ich.

So einfach sollte es sein, sie von ihrem Wunsch abzulenken? Ich musste ihr einfach nur die Fernbedienung aushändigen, sie entscheiden lassen, mit welchem Film wir den Abend verbrachten?

»Wir merken uns den Rest einfach für nächste Woche. Und dann gibt's keine Ausreden mehr, ja?« Natürlich ließ sie es noch nicht ganz ruhen, das Thema.

Mit einem Seufzer nickte ich. »In Ordnung. Aber so ein zweites Tiefgaragen-Fiasko brauchen wir nicht unbedingt, wenn du mich fragst.«

»Ich hatte Spaß.«

»Wir wären fast gestorben.«

»Na und? Wir leben noch. Du könntest auch *fast sterben* jedes Mal, wenn du dich in den *Divo* setzt.«

»Das ist wohl kaum miteinander vergleichbar«, hielt ich dagegen, inzwischen an einer ganz anderen Frustrationsgrenze angelangt.

»Doch, sehr gut sogar.«

Ich schüttelte abermals den Kopf und deutete auf die Fernbedienung. »Wähl den verdammten Film endlich aus, sonst krieg ich hier noch die Krise. Vielleicht such ich mir gleich was, um dir den Mund zu stopfen.«

»Du musst erst suchen?«

Ich atmete kontrolliert aus, sah sie mit tödlichem Blick an, dann stur geradeaus, um den Anfang des Films nicht zu verpassen, den sie ausgewählt hatte, ohne dass ich es wirklich registriert hatte.

Am Ende stellte ich fest, dass Baileys Filmgeschmack gar nicht so schlecht war, und dass sie einen Teil der Konversation nur aufrecht erhalten hatte, um mich damit zu ärgern. Den zweiten Film suchte ich aus, den dritten dafür wieder sie. Wir verbrachten die halbe Nacht auf der Couch, während ab und zu die anderen beiden Männer auftauchten, sich ungefähr fünf Minuten des jeweiligen Films mit uns gemeinsam ansahen, um dann zu beschließen, dass sie doch keine Lust darauf hatten und wieder verschwanden.

Sehr zu unserer Belustigung, denn sie machten jedes Mal ungefähr dasselbe, gelangweilte Gesicht.

BAILEY

Showtime.

Wir hatten das Frühstück kaum begonnen, als ich in die Runde blickte und die drei Männer nacheinander fixierte. »Wir sollten uns mal über eine Sache unterhalten.«

»Was ist los?«, hakte Atlas nach, der sein Essen sofort unterbrochen hatte, um mir seine volle Aufmerksamkeit zu schenken.

»Nun ja … ihr wisst ja, dass heute Abend die Eröffnung meines neuen Casinos in Orlando ansteht.«

»Der ganze Bundesstaat weiß es«, erwiderte Kade mit sarkastischem Unterton in der Stimme.

Ich streckte ihm die Zunge heraus.

»Was ist damit?« Bishop hatte ebenfalls die Gabel beiseitegelegt und sah mich nun abwartend an.

»Tja, ich hatte überlegt, ob es nicht nett wäre, wenn wir dort gemeinsam hingehen.«

»Wer?« Kade sah mich verwirrt an, als spräche ich plötzlich indonesisch.

»Wir. Alle. Zusammen. Ihr mit mir. Du, Atlas, Bishop und ich«, spezifizierte ich meine vorherige Aussage noch einmal, um meinen Willen ganz deutlich zu machen.

»Du willst dich mit uns allen in der Öffentlichkeit sehen lassen?«, hakte Bishop nach und ich rollte mit den Augen.

»Ihr sollt mich natürlich nicht vor aller Augen vögeln, aber ja ... ich hätte euch gerne alle drei dabei. Als meine Dates. Muss ja keiner wissen, oder?« Die Idee schwebte mir jetzt schon einige Zeit im Kopf herum, aber ich hatte mich nicht getraut, sie auch laut anzusprechen. Was eigentlich vollkommen lächerlich gewesen war.

Außer die Angst, sie könnten Nein sagen und mich damit vor den Kopf stoßen, hielt mich doch nichts davon ab?

Eine Pause entstand. Wunderbar. Würden sie vielleicht doch ablehnen?

Kade war der Erste, der irgendeine Reaktion zeigte. Er räusperte sich und wandte sich dann in meine Richtung. »Also ich hätte nichts dagegen, dich heute Abend zu begleiten, Bailey«, sagte er schließlich und zauberte mir damit ein erleichtertes Lächeln auf die Lippen.

»Ich bin auch dabei. Und ich hoffe, du tauschst die Lederjacke noch gegen ein nettes Kleid«, meldete sich Atlas zu Wort. »Dann kann ich dir nämlich verbieten, Unterwäsche zu tragen ... und ein bisschen Spaß haben, während niemand etwas ahnt.«

Ich verzog zwar das Gesicht, spürte aber bereits ein vorfreudiges Kribbeln in den Eingeweiden. Ein Ausflug mit den drei Männern war kein echter Ausflug, wenn es nicht irgendwo etwas Unerwartetes, Ungeplantes gab. Egal, in welche Richtung das auch ausfallen mochte.

»Bishop?«, fragte ich vorsichtig und sah in seine Richtung, weil er sich bisher noch nicht ein einziges Mal gerührt hatte.

»Du weißt, dass sie dann morgen nicht über die Eröffnung an sich berichten werden, sondern über die Gesellschaft, in der du dort erschienen bist?«

Mein Blick wurde umgehend weicher. Ich hob die Schulter. »Sie spekulieren, seit man mich und Atlas miteinander gesehen hat. Dann haben sie uns beide zusammen gesehen ... Fehlt nur noch, dass sie Kade und mich irgendwann beim Strandspaziergang entdecken. Ich glaube, mittlerweile ist es eh egal. Und solange sie über die Wölfe berichten, gibt es wenigstens keine Schlagzeilen über die Mafia.« Ich hob die Schultern und ließ sie wieder fallen.

Obwohl es noch einige Stunden hin war, konnte ich es kaum erwarten, bis ich endlich mit den drei Männern an meiner Seite in Orlando ankommen und der Eröffnung des Casinos beiwohnen würde, nur um mir dann alles zum ersten Mal live anzusehen. Die Bilder gaben nicht mal einen Teil dessen wieder, was mein Team dort auf die Beine gestellt haben musste, und ich konnte es kaum erwarten, die Außenwirkung zu sehen.

Uns war es nämlich gelungen, den kompletten Bauprozess verschleiert zu halten. Es gab öffentlich nicht eine Information darüber, was die Besucher dort erwarten würde. Umso größer war die Erwartungshaltung der Menschen – und ich wusste, dass wir sie nicht nur erfüllen, sondern meilenweit übertreffen würden.

»Also, halten wir fest: Du ziehst ein Kleid an, wir tauchen im Anzug dort auf, und wenn uns irgendwer in die Quere kommt, machen wir kurzen Prozess«, fasste Atlas zusammen.

»Hinter verschlossenen Türen«, fügte ich hinzu. Ich

verspürte wenig Lust, das Casino mit einem Mord einzuweihen.

»Das Restaurant wird ein Buffet servieren für die Allgemeinheit, aber eine ausgewählte Anzahl an Leuten wird dort à la carte zu Abend essen können. Das angeschlossene Resort wird in der Nacht auch zum ersten Mal in Betrieb sein. Wir müssen uns also keine Gedanken darüber machen, wann wir zurückfahren.«

»Ich kann's kaum erwarten, dein Organisationstalent für *Mahina Industries* zu nutzen.« Atlas zeigte mit der Gabel auf mich und nahm dann das Essen wieder auf. Wir anderen taten es ihm gleich.

Der Anblick, der sich mir bot, als ich durch die riesigen Glastüren schritt, raubte mir fast den Atem. Es gab zwar einen Empfangsbereich, der den Eingang zum Themenpark von dem des Casinos abgrenzte, aber im Prinzip war es ein nahtloser Übergang, sobald man seine Tickets eingelöst oder gekauft hatte.

Es hatte Millionen gekostet, das gewagte Vorhaben umzusetzen, doch nun wusste ich, dass es sich gelohnt hatte. Im Hintergrund lief eine dezente Lichtshow, die auch im täglichen Betrieb aktiv sein würde. So lag der Fokus nicht auf den Automaten, die immer wieder zwischen den Fahrgeschäften aufgebaut waren. *Fahrgeschäfte.*

Achterbahnen, die sich durch die riesige Halle schlängelten, nach oben ausbrachen oder im Boden verschwanden, weil ich das zur Realität gemacht hatte, was sich viele wünschten, wenige verstanden und keiner sich traute, in die Tat umzusetzen.

Die drei Männer traten Sekunden später nach mir ein, bezogen rechts und links von mir ihre Stellung. Ich hörte, wie Kade ausatmete, und als ich zu ihm sah, bemerkte ich, dass er den Gesichtsausdruck einer Katze hatte, die einen Weihnachtsbaum sah.

»Tja. Das ist es. Das *Rollerca$her*. Jahrelange Planungsarbeit, unzählige Streits mit den Behörden und haufenweise Zeit und Geld sind hier versunken. Aber ich glaube, es hat sich gelohnt.« Der Geruch von frischem Essen stieg mir in die Nase. Um ins Restaurant zu gelangen, musste man nicht in das Casino selbst, sondern konnte einfach nach dem Eingang links abbiegen.

Es befand sich im ersten Stock, war durch eine Glaswand vom Rest abgetrennt und überblickte den größten Teil des angeschlossenen Themenparks. Dieser Ort vereinte so viele verschiedene Attraktionen, dass es eigentlich unmöglich war, dass jemand hier herausging und nicht zufrieden war.

Es war also vollkommen egal, was das Herz begehrte – es gab hier nichts, was es nicht gab.

»Das ist der Wahnsinn«, murmelte Bishop. »Sieht die Abendplanung zufällig vor, das auch alles auszuprobieren?«

Ich sah auf die Uhr an meinem Handgelenk. »Wir haben noch exakt drei Stunden bis zur offiziellen Eröffnung. Also ... tut euch keinen Zwang an. Ich kümmere mich derweil –«

Noch bevor ich zu Ende gesprochen hatte, waren Kade und Bishop verschwunden. Atlas blieb zurück, die Hände in den Hosentaschen versenkt.

»Willst du dich ihnen nicht anschließen?«

Er schüttelte leicht den Kopf. »Nein. Ich dachte, ich helfe dir bei dem restlichen Organisationskram. Das wolltest du doch sagen, oder?«

»Wollte ich. Danke, Atlas.«

Er winkte ab, also streckte ich ihm die Hand entgegen,

wartete bis er sie nahm, und dann machten wir uns daran, die Arbeit, die noch zu tun war, so schnell wie möglich zu erledigen.

Die Eingangshalle war voller Gäste, die sich so lautstark unterhielten, dass die Hintergrundmusik kaum noch hörbar war. Wo ich auch hinblickte, ich sah gespannte Gesichter. Aber nicht nur das. Das Interesse an diesem Ort war so hoch, dass es draußen noch eine ganze Schlange Menschen gab, die auf Einlass warteten – sobald sich das Foyer geleert und die bisherigen Besucher sich auf die verschiedenen Sehenswürdigkeiten innerhalb des Gebäudes verteilt hatten, würde der Rest am Zug sein.

Ich spürte Kades Hand an meinem unteren Rücken, Atlas und Bishop standen direkt neben uns. Die große Ansprache hatte ich bereits hinter mich gebracht und das Öffnen der Tore, im übertragenen Sinne, überließ ich lieber der Frau, die den Job als Leiterin des gesamten Komplexes bekommen hatte.

Sie hatte mehr Zeit hier verbracht als ich und würde das auch in Zukunft tun, also gebührte ihr die Ehre.

Bevor der große Ansturm stattfand bedeutete ich den drei Männern, mir in Richtung des Restaurants zu folgen.

Eigentlich hatte ich damit gerechnet, mindestens ein Dutzend Mal aufgehalten zu werden – von Reportern, neugierigen Besuchern oder altbekannten Gesichtern. Doch die Anwesenheit der Wölfe schien sie alle einzuschüchtern und letztendlich davon abzuhalten, auch nur eine Sekunde zu lange in meine Richtung zu sehen.

Ein Teil von mir genoss das, weil es bedeutete, dass ich mich nicht mit frechen Fragen herumschlagen musste, die mir nach weniger als zwei Minuten schon auf die Nerven gingen. Für die Öffentlichkeitsarbeit war ich definitiv nicht geboren worden.

Bevor wir das Restaurant erreichten, eilte Jacky in unsere Richtung. Sie war mit Morgan für eine extra Schicht angereist und streckte mir nun das obligatorische Glas mit alkoholfreiem Sekt entgegen.

Anschließend ruhte ihr Blick kurz auf Bishop. Ihr Grinsen verriet mir, dass sie sich an ihn erinnerte, auch wenn sie ihm im *Gambling Hell* nur flüchtig begegnet war.

»Bishop kennst du ja bereits, und das sind Atlas und Kade.«

»Ihr habt euch ja bei meinem Besuch erfolgreich vor mir versteckt. Mir erschließt sich gar nicht, warum.« Sie musterte die drei Männer so ausgiebig, dass es für alle Anwesenden ausreichend gewesen wäre, die sich genau das nicht getraut hatten.

Zugegeben, in den dunklen Anzügen und den grimmigen Gesichtsausdrücken waren sie schon ein wenig einschüchternd. Anscheinend jedoch nicht für Jacky, die es geradezu darauf anlegte, sie zu reizen.

Belustigt beobachtete ich, wie Kade und Atlas einen Blick tauschten und Bishop die Arme verschränkte, weil sie sich eindeutig zwischen uns und dem Restaurant platziert hatte.

»Ich glaube nicht, dass sie gehen wird, bevor …«

Atlas streckte ihr die Hand entgegen, noch bevor mein Satz zu Ende war. »Ich weiß nicht, was die anderen für eine Ausrede haben, aber ich für meinen Teil hatte zu tun.«

Was ihn für gewöhnlich auch nicht davon abhielt, in regelmäßigen Abständen nach dem Rest zu schauen. Aber das sagte ich nicht laut.

Bishop streckte ihr ebenfalls die Hand entgegen. »Ich hatte keine Lust, mir in den Arsch treten zu lassen.«

Jackys Augen blitzten auf. »Ich bin mir sicher, Bailey hat das schon erledigt.«

Ich nickte. Trotzdem hätte ich gerne gesehen, wie sie Bishop ihr Tablett über den Kopf zog, weil sie genau wusste, was für einen Bullshit er abgezogen hatte.

Kade musterte Jacky mit verschränkten Armen und machte keine Anstalten, sie auch nur anzuerkennen. Ein Blick in sein Gesicht verriet mir genau, was das Problem dahinter war. Und das trug einen weiblichen Namen, der mit D anfing und mit Bitch aufhörte.

»Kade stell ich dir wann anders vor«, meinte ich entschuldigend, den Arm bereits um seinen Arm geschlungen, um ihn in Richtung des Restaurants zu geleiten.

Ich hörte noch, wie Bishop sich entschuldigte, und Atlas uns hinterher eilte, da durchschritten wir auch schon die Tür und wurden von absoluter Ruhe umschlossen.

»Sie wird penetranter, oder nicht?«, fragte ich ohne Umschweife. Ich hatte keine Zeit, mich sensibel an das Thema heranzutasten.

»Kann man so sagen«, knurrte er.

Ich wollte gar nicht wissen, was sie in Jackys Gegenwart losgelassen hatte. Es war sicher nicht nett gewesen – weder für Kade noch für Jacky.

»Was hältst du davon, wenn wir nach oben gehen und etwas essen?«, fuhr ich fort. Ich spürte Atlas' und Bishops Anwesenheit in meinem Rücken, wohlwissend, dass die beiden dafür sorgten, dass niemand etwas von unserem Gespräch und Kades Zustand mitbekommen würde.

Normalerweise hatte er sich gut unter Kontrolle, und es war nie ein Problem gewesen, gleichzeitig Daisy in Schach zu halten und nach außen hin normal zu erscheinen. Doch je länger er es durchzog, die Drogen auszuschleichen, desto penetranter wurde sie anscheinend.

»Alternativ kann ich dafür sorgen, dass du jetzt schon ins Resort rüber kannst.«

Doch Kade schüttelte den Kopf. »Und dir den Abend versauen? Kommt gar nicht in Frage.«

Ich machte mir nicht die Mühe, ihn vom Gegenteil zu überzeugen. Er würde mir damit sicherlich nicht den Abend versauen. Eher würde es mich erleichtern zu wissen, dass es ihm allein in einem der Zimmer gut ging.

»Dann lasst uns nach oben gehen«, meinte ich und streckte Kade die Hand entgegen.

Er griff danach und beugte sich in meine Richtung. »Ich will gerade wirklich nicht allein sein«, meinte er so leise, dass die anderen beiden Männer es auf keinen Fall hören konnten.

Automatisch strich ich mit dem Daumen über seinen Handrücken, ließ ihn darüber wissen, dass ich durchaus verstand, was er damit meinte.

Trotzdem machte es das nicht einfacher, mich wieder auf das Wesentliche zu konzentrieren. Alles rückte in den Hintergrund, während ich genau darauf achtete, wie sich Kades Stimmung veränderte. Zum Positiven, zum Glück.

Morgan schloss sich unserem gemeinsamen Essen später an, also veränderte sich auch der Gesprächsstoff wieder in Richtung des Casinos und allem, was damit einherging.

»Das war übrigens das letzte Projekt in Florida«, sagte ich irgendwann unvermittelt. »Es macht keinen Sinn, den Bundesstaat zu übersättigen. Vielleicht sollten wir darüber nachdenken, darüber hinaus zu expandieren.«

Morgan schien überrascht, wohingegen Atlas eher so wirkte, als würde der Gedanke ihm gefallen. »Ich glaube, darüber sollten wir uns in den kommenden Wochen nochmal unterhalten. Wenn sich absehen lässt, wie dieser Standort hier läuft.«

Immerhin gab es hier nicht gerade zu verachtende Konkurrenz. Aber dieses Risiko war ich bereitwillig eingegangen, weil es außer Orlando keinen wirklich passenden Ort für mein Großprojekt gegeben hatte. Miami war schon voll, es gab kaum bezahlbaren Bauplatz und die Örtlichkeiten an und für sich waren ... nicht gerade geeignet gewesen.

Orlando hingegen lag viel zentraler, zog sowieso schon viele Touristen an und bot viel mehr Möglichkeiten – in jeder Hinsicht, wie man nun sehen konnte, da es endlich fertiggestellt war.

»Einverstanden. Aber in dem Fall wirst du zwangsläufig mit Morgan zusammenarbeiten müssen. Er ist überall involviert.« Daran würde sich sicherlich nichts ändern – und auch nicht, dass alles in Florida mir gehörte.

Ich war bereit, alles außerhalb des Staates mit Atlas zu teilen, weil ich wusste, dass er die Abwechslung dringend nötig hatte, aber mehr auch nicht.

»Und mich fragt keiner? Ich würde gerne Beauftragter für das Testen von Achterbahnen und anderen Fahrgeschäften werden«, meldete sich Bishop zu Wort.

»Diese Stelle schaffen wir allein für dich, Großer«, erwiderte ich, belustigt grinsend. »Und Kade darf den Tester für alle kulinarischen Einrichtungen machen.«

»Bin dabei. Ich fange bei den Popcorn-Ständen an und höre bei den Fünf-Sterne-Restaurants auf.«

Man konnte wirklich sagen, was man wollte – egal, wie angsteinflößend diese Männer von außen wirkten, wenn man sie erst einmal näher kannte, kam man gar nicht drum herum, sie zu mögen. Vorausgesetzt natürlich, man war nicht gerade der Feind oder ihnen böse gesinnt.

Ich legte eine meiner Hände auf Kades Oberschenkel, streckte mein Bein in Richtung Atlas aus, der mir gegenüber saß, und drückte das andere gegen Bishops, der auf meiner anderen Seite saß.

»Demnächst muss ich also nicht mehr selbst arbeiten, sondern lasse euch einfach alles übernehmen. Morgan darf den Kindergarten dann beaufsichtigen.«

Dafür zeigte er mir sofort den Vogel. »Ich glaube nicht. Das machst du schön selbst.«

Grinsend zuckte ich mit den Schultern. »Kein Problem. Bisher hat das ja auch gut funktioniert.«

Eine ziemlich mutige Aussage, aber im Grunde genommen absolut wahr.

»Hat dir schon jemand erzählt, dass Bishop hier beinahe die Hauptattraktion geschrottet hätte? Er hielt es wohl für eine gute Idee –«, begann Morgan, wurde aber prompt von Bishop unterbrochen.

»Musst du alles verraten, Vargas? Ich kann's nicht fassen! Sie muss nicht alles wissen.« Er drehte sich in meine Richtung. »Es wäre gar nichts kaputt gegangen. Ich wollte nur herausfinden, wie das ist, wenn man im Führerhäuschen sitzt und alles überwachen darf.«

»Das hätte ich an deiner Stelle jetzt auch behauptet«, schoss Morgan zurück. Das leichte Grinsen auf seinen Lippen verriet mir, dass es tatsächlich gar nicht so schlimm gewesen war, wie er es gerade darstellen wollte.

Vermutlich wollte er ihn schlichtweg nur mit irgendeinem Fauxpas ärgern, der Bishop unterlaufen war.

»Solange niemand auf die Idee kommt, das hier abzufackeln … ist alles gut.«

»Da fällt mir ein, dass ich die Küche mal besuchen wollte«, erklärte Kade, bereit dazu, sich zu erheben.

Ich schloss die Hand fester um den Teil seines Oberschenkels, den ich zu greifen bekam. »Trau dich bloß nicht, die Köche zu verschrecken! Es war schon schwierig, überhaupt welche zu finden, die gut sind und der Belastung gewachsen. Ich will sie nicht verlieren.«

»Keine Sorge, ich will ihnen nur sagen, welche hawaiianischen Speisen sie in ihre Karte aufnehmen sollen«, erwiderte er, erhob sich und beugte sich zu mir nach unten.

Bevor ich mich versah, hatte er mein Kinn sanft gepackt, meinen Kopf leicht nach oben gedreht … und mich geküsst.

Ich erwartete halb, dass die Welt um uns herum nun explodierte und in Flammen aufging, aber als sie sich nach zwei Sekunden immer noch weiterdrehte, kehrte die Entspannung in meine Gliedmaßen zurück.

So einfach war es also, in der Öffentlichkeit zu vergessen, dass wir nicht auf einem Privatgrundstück auf Key Biscayne waren.

BISHOP

This place is crazy and I love it.

Als wir später ins Resort wechselten, stellte ich schnell fest, dass auch dieser Ort mit viel Sorgfalt und Liebe fürs Detail erschaffen worden war. Vom Stil her erinnerte es an gehobene Unterkünfte auf den Inseln vor dem Festland, der Urlaubsflair war deutlich zu spüren, und obwohl es sich um den ersten Abend handelte, herrschte bereits reges Treiben im Foyer und der Lounge, an der Bar und in den Fluren.

Ich kam also nicht umhin, Respekt vor Bailey zu empfinden – und Stolz, weil diese Frau aus ihrem Leben etwas gemacht hatte, wo viele andere am Boden liegen geblieben wären, statt aufzustehen.

Bailey war bereits vorgegangen, um noch ein paar kurze Gespräche zu führen, Kade hatte sich auf die Suche nach dem richtigen Zimmer begeben und Atlas nahm den Eingangsbereich interessiert in Augenschein.

Vermutlich plante er bereits sein eigenes Großprojekt,

was die wenige Freizeit, die er noch zur Verfügung hatte, vollständig auffressen würde.

Der Abend war sowieso anders verlaufen, als ich ursprünglich erwartet hatte. Die Außenwirkung unserer Erscheinung war monumental gewesen und auch wenn sie geglaubt hatten, wir hörten das Tuscheln nicht, hatte ich genug mitbekommen, um zu wissen, dass die Schlagzeilen sich morgen rund um all die Spekulationen drehen würden, die heute Abend entstanden waren. Angefangen mit unserem gemeinsamen Erscheinen und endend damit, dass Kade sich aus einem simplen Reflex heraus zu Bailey gebeugt hatte, um sie zu küssen.

Das hätte jedem von uns passieren können.

Inzwischen gehörte es einfach dazu. War vollkommen normal, und stieß auch bei uns anderen nicht auf Missbilligung. Trotzdem hatte ich Bailey angemerkt, dass es sie zum Nachdenken brachte. Selbstverständlich. Wir hatten diese Sache nie weiter thematisiert, sondern einfach nur für uns drei beschlossen, wie wir damit verfahren würden.

Das hatte sie von Anfang an gewissermaßen ausgeschlossen, auch wenn es wirklich nicht mehr viel zum Reden oder gar diskutieren gab. Die Lage war doch eindeutig, spätestens nach den Dates – und diesem einen großen, gemeinsamen sowieso.

Ich machte mich auf den Weg nach oben und traf Kade in der weitläufigen Suite an. Er hielt sich an einem Glas fest, dessen Inhalt im schummrigen Licht der Deckenbeleuchtung golden strahlte.

»Ist Alkohol jetzt dein neues Ding?«, fragte ich, ohne es böse zu meinen. Kade traf man in der Regel allerdings tatsächlich selten mit Alkohol an. Atlas so gut wie nie.

»Ist nur ein bescheidener Versuch, die Kontrolle zurückzuerlangen«, erwiderte er und fuhr sich übers Gesicht.

Also sah es mit seiner geistigen Gesundheit heute tatsächlich nicht so gut aus. »Kann ich irgendetwas für dich tun?«

Ich wusste zwar nicht, was das sein sollte, aber ich würde es nicht verpassen, ihm genau das anzubieten. Kade hatte aus seiner Sucht und Daisy nie ein Geheimnis gemacht, es allerdings auch nicht darauf angelegt, mit jedem darüber zu quatschen. Es war sein Ding gewesen – so wie es mein Ding war, meine vergangenen Fehler totzuschweigen und es Atlas` Ding war, seine Blutlust unter den Teppich zu kehren.

Ich zweifelte immer noch daran, dass er seine kleinen Aussetzer gegenüber Bailey erwähnt hatte – und fragte mich zeitgleich, ob er noch immer mit geladener Waffe durch die Gegend spazierte, oder ob er mittlerweile zu alten Gepflogenheiten zurückgekehrt war.

Kade zuckte mit den Schultern und gab ein unschlüssiges Geräusch von sich. »Ich hatte gehofft, gleich in den Genuss von Baileys Gesellschaft zu kommen.«

Ich lachte. Hatten wir das nicht alle? Ein bisschen ungeteilte Aufmerksamkeit würde zumindest nicht schaden. »Ich bin mir sicher, dass sie nichts dagegen hat.«

Als die Tür geöffnet wurde, drehte ich den Kopf, stellte allerdings schnell fest, dass es sich nur um Atlas handelte, der sich unserer kleinen Privatfeier anschloss.

»Du siehst ziemlich scheiße aus, wenn du mich fragst«, stellte er sofort mit einem Blick auf Kade fest.

»Gut, dass dich keiner gefragt hat, Arschloch.«

Ich lachte erneut und machte mich daran, die Suite genauer zu betrachten. Irgendwie verspürte ich das Bedürfnis, all die Details auswendig zu kennen, angefangen bei den Fluchtmöglichkeiten und der Raumaufteilung bis hin zu der Frage, wie viel die Tür aushielt, wenn sie unter Beschuss stand oder anderen Einflüssen ausgesetzt war.

Der Abend war zwar ruhig verlaufen, und es hatte keine Hinweise darauf gegeben, dass Cyrus oder einer seiner Männer sich auf dem Gelände aufhielten, aber das hatte nichts zu bedeuten. Es kam selten vor, dass wir zu viert am selben Ort waren und eigentlich hätten wir mindestens Alvaro mit nach Orlando bringen müssen, um für zusätzliche Sicherheit zu sorgen.

»Du checkst nicht gerade die Sicherheit des Appartements, oder?«, hörte ich Bailey irgendwo hinter mir.

Mit verschränkten Armen drehte ich mich um. »Und wenn?«

»Dann müsste ich dir wohl mitteilen, dass die heute schon dreimal geprüft wurde, die Leute unten gebrieft sind und in diesem Stockwerk außer uns niemand ist. Es gibt keine Treppe, die hier hoch führt, und der Aufzug hält heute Nacht nicht in unserem Stockwerk. Wer hier rein will, müsste sich vom Dach abseilen, und ich glaube nicht, dass die Kubaner plötzlich zu Ninjas geworden sind.«

Ich hob eine Augenbraue, beeindruckt davon, dass sie sich all diese Mühen gemacht hatte. Davon, dass sie überhaupt daran gedacht hatte, mit all den anderen Sachen, die sie gerade zusätzlich beschäftigten.

Atlas nickte. »Das hätte ich dir eigentlich auch sagen können.«

Hatte er aber nicht.

Stattdessen fokussierte er den Blick auf Bailey, die nach wie vor mit verschränkten Armen an der Tür der Suite stand und uns musterte.

In ihrem Kleid sah sie verdammt gut aus. Es erinnerte mich ein wenig an das, was sie bei unserer allerersten Begegnung getragen hatte, nur sehr viel eleganter. Und noch teurer. Satin, in einem dunklen Smaragdton, der so kräftig hervorstach, dass sie sich in unserer Mitte wirklich perfekt machte.

Sie hatte die Haare den ganzen Abend über offen getragen und in ihren hellen Augen hatte dieses strahlende Leuchten gewohnt, das einem ganz deutlich verriet, wie stolz sie selbst über ihren Erfolg war.

Nun räusperte sie sich. »Vielleicht sollten wir mal darüber reden, was vorhin passiert ist. Ich will nicht, dass sich irgendwer ausgeschlossen fühlt. Und … ich glaube nicht, dass ich eine Entscheidung treffen kann.«

Atlas zog die Augenbrauen zusammen. »Wer hat was von einer Entscheidung gesagt?«

Mir entging nicht, dass er umgehend bereit war, uns anderen dafür an die Kehle zu gehen, sollte einer von uns diesen Kommentar gebracht haben.

Bailey hob beschwichtigend die Hände. »Niemand. Ich dachte nur, dass wäre … äh. Das Richtige?«

Ich schüttelte den Kopf, während Kade schnaubte. »Du musst überhaupt nichts entscheiden, *Menami*. Wir sind ein Rudel, und wenn du uns alle *magst*, dann ist das so.«

Er erwähnte nicht, dass es umgekehrt schließlich genauso war.

»Gut, da das nun geklärt wäre«, schaltete ich mich ein und ging auf sie zu. »Würde ich uns allen gerne den Gefallen tun und dich aus dem Kleid befreien.«

»Eigentlich war ich noch nicht f–« Bailey kam nicht dazu, den Satz zu beenden, weil in der nächsten Sekunde Kade vor ihr stand, von oben auf sie herabsah und sie letztendlich für einen Kuss an sich heranzog.

Ihr Protest erstarb augenblicklich, also umrundete ich sie, eine Hand bereits mit leichter Berührung an ihrer Seite entlangführend, bis meine Finger auf den Reißverschluss dort trafen.

Mit geübten Bewegungen zog ich ihn auf, sodass das Kleid im nächsten Augenblick raschelnd zu Boden fiel. Ich ging in die Knie, um die Schuhe von ihren Füßen zu lösen, nur um mich dann Zentimeter für Zentimeter an ihren Beinen nach oben zu küssen.

»Schade. Ich hatte gehofft, du hältst dich nicht an Atlas' Anweisung bezüglich der Unterwäsche …«, murmelte ich, als ich feststellte, dass sie tatsächlich keine trug.

Ich ließ mir Zeit, um von ihrer Hüfte zu ihren Rippen zu kommen, und als sich meine Lippen schließlich um ihre Nippel schlossen, hatte sich auf ihrem Körper eine feine Gänsehaut gebildet, die sie erschaudern ließ.

Nur am Rande bemerkte ich Atlas, der sich auf den Sessel zurückgezogen hatte, auf dem zuvor noch Kade gesessen hatte. Es wunderte mich nicht, dass er es für den Augenblick vorzog, dem ganzen Spektakel nur zuzusehen.

Er wartete den passenden Moment ab – zweifelsohne darauf bedacht, Bailey wieder ein wenig zu quälen.

Ein Gedanke schoss durch meinen Kopf, entfachte Feuer in meinen Adern und sorgte dafür, dass ich mich aufrichtete und von hinten gegen sie presste. Mein harter Schwanz kam auf ihrem Hintern zu ruhen, meine Hände schoben sich automatisch nach vorne und legten sich um ihren Bauch.

Kade war noch immer damit beschäftigt, sie in aller Ausgiebigkeit zu küssen. Darin wollte ich ihn keineswegs unterbrechen, doch der Gedanke, der sich in mein Hirn gebrannt hatte, wollte mich einfach nicht mehr loslassen.

Ich legte die Lippen an Baileys Ohr, konnte mir ein sanftes Lächeln nicht verkneifen. »Was hältst du davon … Während Kade dich mit der Zunge verwöhnt, werde ich meinen Schwanz so tief in dir versenken, dass es dir schwerfällt, noch einen ordentlichen Gedanken zu fassen.«

Baileys Hand landete prompt auf meiner, drückte viel zu fest zu.

Ich hörte Atlas lachen. »Du könntest Kades Schwanz nebenbei mit deinem Mund verwöhnen.«

Bevor ich reagieren konnte, saß Bailey bereits auf Kades Hüfte, der sie ohne Umschweife zum Bett trug.

Auf dem Weg dorthin wurde ich all die überflüssigen Klamotten los, die plötzlich sowieso viel zu eng waren, und zog Bailey kurzzeitig in meine Arme, während Kade sich ebenfalls seiner Kleidung entledigte.

Baileys Hände wanderten über meinen Körper, heizten mein Verlangen nach ihr noch weiter an und danach, mich endlich in ihr zu versenken.

Sobald Kade seinen Weg zu uns gefunden hatte, drehte ich Bailey mit einer Bewegung zur Seite, drängte mich gegen ihre Rückseite, packte ihr Bein, um es nach hinten über meinen Oberschenkel zu legen. Somit hatte nicht nur ich Zugang zu ihrer Pussy, sondern auch Kade, der den Spaß in die andere Richtung mitmachte.

Sobald Bailey sich nach hinten und somit gegen mich presste, drückte sich meine Erektion automatisch gegen ihren Eingang. Meine Spitze drang in sie ein, ohne dass ich mich bewegen musste.

Kades Kopf verschwand auf Höhe ihrer Hüfte und sobald ich fühlte, wie er damit begann, sie mit der Zunge zu bearbeiten, drang ich vollständig in sie ein. Ich hielt das tiefe Stöhnen in meiner Kehle zurück, weil ich viel lieber hörte, wie Bailey sich selbst vergaß und all den Geräuschen freien Lauf ließ, die ihrem Mund entkommen wollten.

Sie wurde augenblicklich stiller, als Kades Schwanz den Weg in ihren Mund fand. Ich vergrub die Zähne an ihrer Schulter, sobald das erste Zittern durch ihren Körper lief. Nur ein Vorbote für das, was ihr bevorstand, ich war mir sicher, dass es ein harter Orgasmus werden würde.

Nicht nur für sie, sondern auch für mich.

»Sieht aus, als hättest du Spaß, kleine Wölfin. Oder interpretiere ich dein Stöhnen falsch?« Atlas war meisterhaft darin, solche Fragen zu stellen. Er wusste genau, dass sie nicht in der Lage war, ihm zu antworten und ihr gar nichts anderes übrig blieb, als ihm zuzuhören. »Ich wette, das fühlt sich göttlich an. Ein Schwanz in deiner feuchten Pussy, einer in deinem Mund. Eine Zunge an deiner Klit ... und dann das Wissen, dass das nicht das Ende sein wird, weil es da noch einen dritten Schwanz gibt, der nach deiner Aufmerksamkeit giert.«

Verdammte Scheiße. War er sich eigentlich der Tatsache bewusst, dass er damit nicht nur Bailey folterte?

»Ich will, dass du jetzt einmal für uns alle kommst. Und später für jeden einzeln.« Als hätte Atlas die magische Befehlsgewalt über ihre Orgasmen spürte ich keine fünf Sekunden später, wie er durch ihren Körper peitschte und alles mit sich riss.

Das Zittern ihrer Beine fühlte ich bis tief in meinen Körper, und ich war mir sicher, dass Kade angesichts des unterdrückten Stöhnens gerade tausend Tode starb, regelrecht darum kämpfte, nicht sofort zu kommen.

Ihre Finger krallten sich in meinen Arm, je länger der Orgasmus anhielt, und als die Spannung in ihrem Körper endlich nachließ, fühlte ich mich, als wäre ich selbst gerade gekommen.

ATLAS

Shit. This feels too good to be true.

Mit einem zufriedenen Grinsen befreite ich Bailey von den anderen, nur um sie für einen langen Kuss an mich heranzuziehen. Sofort machten sich ihre Finger daran, die Krawatte um meinen Hals zu lösen. Die Knöpfe meines Hemdes folgten, und ehe ich mich versah, landete der komplette Anzug auf dem Boden.

Meine Boxershorts war ebenso schnell verschwunden. Ich ließ mich von ihr nach hinten drängen, auf den Sessel, der an der Wand gegenüberliegend zum Bett stand. Sobald ich saß, war sie auch schon auf mir, schwebte mit ihrer Pussy über meinem steinharten Schwanz, offensichtlich darauf wartend, dass ich ihr erlaubte, uns zu vereinen.

Selbst jetzt, wo sie sich in der überlegenen Position befand ... ich beendete den Gedanken nicht, legte eine Hand stattdessen um ihren Hals und drängte sie mit ein wenig Druck nach unten. Auf die gleiche Weise gab ich ihr das

Tempo vor, zog sie mit dem Kopf noch ein wenig näher an mich heran.

»Entweder du lernst verdammt schnell, oder du brauchst das hier wirklich.«

Bailey drängte sich mit einer besonders harten Bewegung gegen meine Hüfte, was nur dazu führte, dass ich die andere Hand an ihren Hintern legte und ihr einen kurzen, aber gezielten Schlag verpasste.

»Ich wette, ich kenne den Grund«, fuhr ich fort. »Heute war einer der Tage, an dem du wieder mehr Chefin warst als alles andere. All die Entscheidungen, die du treffen musstest. Du brauchst einen Ausgleich dafür, nicht wahr?« Das war der Grund, warum es ihr so leichtfiel, die Kontrolle an mich abzugeben. Warum es ihr nicht nur gefiel, mich herauszufordern, sondern vor allem, warum sie es so dringend brauchte.

Mit einem Schmunzeln hielt ich sie davon ab, sich weiter auf mir zu bewegen, nahm die Führung an mich. Das Einzige, was sie in ihrer aufrechten Position auf meinem Schoß hielt, war meine Hand an ihrem Hals.

Mein Name lag auf ihren Lippen, je tiefer und härter ich in sie eindrang. Mit jeder Bewegung spürte ich, wie sich ihre Muskeln fester um mich herum zusammenzogen, versuchten, mich an Ort und Stelle zu halten.

Es war ein Spaß, dagegen anzukämpfen, und beide Komponenten, die mir eine so einzigartige Kontrolle über ihren Körper gaben, noch weiter auszureizen.

Die Mischung aus Stöhnen und Flehen war Musik in meinen Ohren und führte letztendlich dazu, dass ich es selbst nicht länger aushielt, ihr das zu versagen, was wir beide brauchten.

Abermals zog ich ihren Kopf näher an meinen heran, biss in die empfindliche Stelle unterhalb ihres Ohres und presste die Lippen anschließend gegen ihre Haut. »Wann immer du dich in meine Hände begibst, kleine Wölfin, bist du mir vollkommen ausgeliefert. Mit allen Vor- und Nachteilen, die diese Tatsache mit sich bringt. Dein Körper kann mich nicht anlügen ... ich weiß genau, was du willst. Grade nichts sehnlicher, als noch einmal Erfüllung zu finden. Während ich tief in dir bin, sodass du jeden Zentimeter spürst ... und ich ebenfalls komme. Ich finde, du solltest uns beiden diesen Wunsch erfüllen.«

Ohne Vorwarnung zwang ich meine Hüften dazu, wieder zum Stillstand zu kommen, überließ ihr das Kommando über die Bewegungen ... und genoss es regelrecht, wie hart und unnachgiebig sie mich daraufhin ritt.

Bailey raubte mir den Atem – und ihren eigenen gleich dazu, denn je näher sie ihrem Orgasmus kam, desto fester wurde mein Griff um ihren Hals.

Bis sie um mich herum, gemeinsam mit mir, explodierte.

KADE

Makamae.

Atlas besaß zumindest genug Anstand, um Bailey wieder zu uns aufs Bett zu bringen, nachdem er seine kleine Show – zumindest war es für mich eine gewesen – beendet hatte.

Die Kontrolle, die er über sie besaß, wäre für jeden anderen sicher beneidenswert gewesen ... nur, dass diese Art des Machtspiels nicht unbedingt in den Bereich der Dinge fiel, die mir Spaß machten. Es war interessant anzusehen, vor allem wenn es um Baileys Reaktionen ging, doch am Ende des Tages war ich froh darüber, dass es Atlas war, der sich um ihre Bedürfnisse dieser Hinsicht kümmerte. So blieb alles andere für mich.

Und Bishop.

Ich zog Bailey in meinen Arm, begann mit der anderen Hand langsam über ihren Körper zu gleiten, bis sie wieder halbwegs in der Lage war, auf diese Reize zu reagieren. Man hätte glauben können, dass es ihr irgendwann zu viel wurde.

Zu viel Aufmerksamkeit, zu viel Reiz, zu viel Stimulation. Umso überraschender fand ich es ein ums andere Mal, wie sie immer wieder nach mehr gierte. Nicht nur wir forderten sie heraus – sie hielt es umgekehrt genauso.

Als ich bemerkte, dass ihre Hand bereits an Bishops Schwanz lag, schüttelte ich den Kopf. Belustigt.

Ich würde aus ihren trägen Bewegungen gleich etwas machen, was deutlich mehr Verlangen mit sich trug, dessen konnte sie sich sicher sein.

Ohne Umschweife glitt ich zwischen ihre Beine, beließ es aber nicht bei der gewöhnlichen Missionarsstellung. Stattdessen nahm ich ihre Beine und legte sie nach oben über meine Schultern. Ihr Blick allein ließ mich ein wenig sadistisch Grinsen. Sie wusste also genauso gut wie ich, wie intensiv das für sie werden würde, besonders nach dem, was Atlas gerade noch mit ihr angestellt hatte.

Ich drang in sie ein, nur um den Rhythmus anzuschlagen, den sie gerade nutzte, um an Bishops Schwanz auf und ab zu gleiten. Langsam. Träge.

Feuer blitzte in ihren Augen auf, als sie es nach wenigen Sekunden bemerkte und ihre Bewegungen anpasste. Ich tat es ihr gleich und bemerkte schon bald, worauf das hinauslaufen würde.

Nicht nur sie würde in den nächsten Sekunden kommen. Sondern auch ich. Und Bishop. Man konnte über Bailey sagen, was man wollte, aber diese Frau hatte eine wahnsinnig gefährliche Seite an sich. Nicht nur für mich, sondern für alle, die ihr begegneten.

Ich spürte, wie sich mein Orgasmus am Ende meiner Wirbelsäule aufbaute, und Bailey, die ganz genau wusste, was sie tat, veränderte den Rhythmus, mit dem sie Bishop nach wie vor anfasste, noch ein einziges Mal.

Wir kamen gleichzeitig.

Kaum, dass ich mich aus ihr zurückgezogen hatte und

wieder neben Bailey auf dem Bett lag, hatte Bishop meinen vorherigen Platz eingenommen. Mit einem zufriedenen Grinsen sah ich dabei zu, wie er sie gar nicht erst von ihrem Orgasmus herunterkommen ließ, sondern sie sofort weiter malträtierte.

Ein unglaublicher Anblick, bis Bailey ihre Finger in meinen Arm bohrte, den Kopf in den Nacken geworfen. Ihre Lust brachte sie lautstark zum Ausdruck – und selbst Bishop konnte ein Stöhnen nicht zurückhalten, was eher daran lag, dass Bailey ihre andere Hand in seinen Haaren vergraben hatte und dort nicht gerade zimperlich zupackte.

Atlas beobachtete das ganze Szenario von seinem Platz auf dem Sessel aus, ebenso angetan von dem, was er sah. Seine Finger zuckten, und ich war mir sicher, dass er in Gedanken gerade dabei war, die Szene auf einem Stück Papier festzuhalten. In all seinen dreckigen Details.

Heimlich. Er ahnte sicher nichts davon, doch ich fragte mich, ob sie sich zukünftig verändern würden, oder ob er weiterhin daran festhielt, nur sich selbst und Bailey darzustellen.

Meine Aufmerksamkeit wurde unerwartet zu ihr zurückgerissen, als ein Zittern durch ihren Körper lief. Ihr Griff um meinen Arm verstärkte sich, ich spürte wie ihre Fingernägel die Haut durchbrachen. Selbst als sie endlich kam und damit in dieser Nacht zum vierten Mal Erlösung fand, ließ sie nicht los.

Das war wohl die Retourkutsche dafür, dass ich sie vorher gequält hatte. Eine, mit der ich ohne Weiteres leben konnte.

BAILEY

Maybe we'll need a bigger bed.

Als ich am folgenden Morgen aufwachte, spürte ich nicht nur einen Körper unter mir, sondern auch rechts und links von mir. Blinzelnd öffnete ich die Augen, nur um festzustellen, dass es Kade war, der unter mir schlief. Einer meiner Arme ruhte auf Atlas' Brust, die andere Hand befand sich in Bishops Fängen.

Für einen Moment fragte ich mich, wie es mir überhaupt möglich gewesen war einzuschlafen, bis ich das unangenehme Ziehen jedes Muskels in meinem gesamten Körper bemerkte, und mir wieder einfiel, was wir letzte Nacht getan hatten.

Kein Wunder, dass ich nicht einmal aufgewacht war – obwohl das Bett definitiv zu klein für vier ausgewachsene Menschen war. Drei davon noch dazu mit überdurchschnittlichen Proportionen.

Wie sollte ich aus diesem Chaos aus Körpern und Gliedmaßen rauskommen, ohne jemanden aufzuwecken? Ich konnte mich nicht einmal umdrehen, ohne zwangsläufig auf einem der anderen beiden Männer zu landen, und Kades Arm, der sich fest um meine Taille geschlossen hatte, machte das Unterfangen auch nicht gerade einfacher.

Ja. Niemals wieder würde ich mit allen von ihnen im selben Bett schlafen, auch wenn ich mich nicht wirklich darüber beschweren konnte, dass es unbequem gewesen war. Im Gegenteil, ich hatte mich nie beschützter und wohler gefühlt als in diesem Moment – und das, obwohl sie schliefen.

Zuerst entzog ich Bishop meine Hand und nahm meinen Arm von Atlas herunter. Anschließend griff ich nach Kades massivem Arm und hob ihn mit Fingerspitzen an, um ihn irgendwie oberhalb seines Kopfes wieder abzulegen. Es glich einem Wunder, dass er davon nicht aufwachte.

Ich fühlte mich wie ein Spion auf geheimer Mission, als ich die Hände rechts und links von Kade abstützte, mich nach oben drückte und langsam zum anderen Ende des Bettes schob, um dem versammelten Haufen an Wölfen zu entkommen. Zumindest zeitweise.

Als ich meine Mission erfolgreich hinter mich gebracht hatte, ging ich im angrenzenden Raum auf die Suche nach meinem Smartphone und nutzte die Gunst der Stunde, um das sich mir dort bietende Bild festzuhalten.

Leise lachend suchte ich einen der Bademäntel, wickelte mich in den flauschigen Stoff und sah auf die Uhr. Es war zu früh, um Frühstück zu bestellen und der Minikühlschrank hatte außer verschiedenen Süßigkeiten, Softdrinks und Alkohol nichts zu bieten.

Ich wusste, dass ich an der Rezeption anrufen könnte, und innerhalb der nächsten dreißig Minuten alles hätte doch ich wollte nicht verantwortlich dafür sein, dass nach gestern Abend jemand zum Ende seiner Schicht hin noch einmal alles geben musste.

Also begnügte ich mich mit einer Tafel Schokolade und einem Platz auf der riesigen Wohnlandschaft – den ich nicht teilen musste. Für den Augenblick freute mich das mehr, als es sollte.

Draußen lag die Welt noch in absoluter Dunkelheit, doch am Ende des Horizonts ließen sich bereits die ersten grauen Streifen erkennen. Es würde nicht lange dauern, bis die Sonne aufging und die gesamte Umgebung in gleißendes Licht tauchte.

Ich hatte die Hälfte der Schokolade vernichtet, als ich Schritte hörte. Noch bevor Kade den Raum betrat, wusste ich, dass er es war. Sie liefen alle so unterschiedlich, dass es ein Leichtes war, ihre Schritte voneinander zu unterscheiden – selbst dann, wenn ich nicht einmal aktiv darauf achtete.

»Bist du hier, damit ich mich nicht dran gewöhne, irgendwo genug Platz zu haben?«, fragte ich grinsend.

»Soweit ich mich erinnere, bist du auf mir eingeschlafen, nicht umgekehrt.«

»Ich hatte ja keine andere Wahl«, hielt ich dagegen, noch immer grinsend.

Ungefragt streckte ich ihm die Schokolade entgegen und beobachtete ihn dabei, wie er erst neben mir auf die Wohnlandschaft sprang, dann die Füße auf dem Couchtisch ablegte und damit begann, zu essen. Er hatte sich nicht mal die Mühe gemacht, seine Boxershorts ausfindig zu machen.

»Wir könnten uns raus auf den Balkon setzen und zur Abwechslung den Sonnenaufgang anschauen, anstatt ihren Untergang«, schlug er vor.

»Du willst unbedingt, dass sich die anderen Gäste beschweren, weil sie frühmorgens einen fremden Mann nackt gesehen haben, oder?«

»Ich glaube nicht, dass sie einen Grund hätten, sich darüber zu beschweren.« Kades Blick glitt an seinem eigenen Körper hinab und leider Gottes hatte er mit dieser selbstbewussten Aussage auch noch recht.

Vermutlich tat er der ein oder anderen Person damit auch sogar einen Gefallen.

Mit einem belustigten Laut stand ich auf, öffnete die Tür, die nach draußen führte, und ließ frische Luft in den Raum. Für einige Minuten hatte es draußen noch eine halbwegs angenehme Temperatur, doch das würde sich in Kürze mit dem Aufgehen der Sonne ändern.

Kade folgte mir nach draußen, lehnte sich gegen das Geländer und verschaffte sich einen Überblick über das gesamte Grundstück. Von hier oben überblickte man praktisch alles. Das riesige Gebäude, in dem sich Casino und Themenpark befanden, die Außenanlage, die zum Resort gehörte, die Parkanlage und die Anbindung an die öffentlichen Verkehrsmittel.

Sah man nach unten – oder oben – ließ sich das Resort näher betrachten.

»Willst du über gestern Abend reden?«, fragte ich vorsichtig und schmiegte mich an seine Seite.

So viel dazu, dass es für heute genug Nähe gewesen war.

»Eigentlich nicht«, entgegnete er mit einem Seufzen. »Aber ich schätze, das wäre ziemlich dumm.«

Ich hob die Schultern leicht an. »Keine Ahnung. Ich mache mir einfach nur Sorgen, weil ich das Gefühl habe, dass es immer schlimmer wird.«

Das Problem war Daisy, und dass seine Sucht durch sie eine Stimme gewonnen hatte, über die er allmählich die Kontrolle verlor, je mehr Mühe er sich gab, davon loszukommen. Wohin führte das noch, wenn er weiter daran festhielt?

»Es wird auf jeden Fall nicht leichter«, brummte er.

»Atlas scheint ziemlich gut als Psychologe zu taugen, vielleicht willst du einfach mal mit ihm darüber sprechen.«

»Lieber nicht. Wenn ich mit jemandem spreche, dann mit dir. Oder Morgan. Mit keinem sonst.« Es klang beinahe ein wenig trotzig, so wie er das sagte. Als könnte er außer mir niemandem vertrauen – was eine komplette Fehleinschätzung war. Er hatte jahrelang nur mit Atlas und Bishop gesprochen. Trotzdem wusste ich, dass das Problem nicht war, dass er ihnen nicht vertraute. Es lag woanders.

»Daisy und du hattet eine sehr intime Beziehung, oder nicht?«

»Was tut das zur Sache?«

»Na ja, wenn ich die Situation richtig einschätze, hatte sie von Anfang an etwas dagegen einzuwenden, dass wir …«

Kade lachte auf. »Etwas dagegen einzuwenden? Das ist die Untertreibung des Jahrhunderts. Im Prinzip fing es schon an, noch bevor wir uns auf dem Schießstand getroffen haben.«

»Das klingt, als wäre es Zufall gewesen. Und der Plan, der hinter der Aktion steckte, war übrigens ziemlich scheiße.« Wenn ich mir ausmalte, wie ernsthaft schief alles hätte gehen können, wollte ich die Erinnerung daran eigentlich sofort ersatzlos aus meinem Hirn streichen und nie wieder daran denken.

»Aber hätte ich mich nicht selbst davon überzeugt, dass Bishop ein Fehler unterlaufen ist, stünden wir heute nicht hier.«

Ich sah ihn an. Am Horizont war der erste orangene Streifen aufgetaucht. »Und das wäre ziemlich blöd.«

Er stimmte mir stumm zu, bevor wir uns wieder dem eigentlichen Thema zuwandten.

»Ich bin kein Psychologe, Kade, aber ich glaube, der Verlust deiner Eltern … der überaus wichtigen Beziehungen … hat dazu geführt, dass dein Unterbewusstsein dir einfach eine neue Beziehung geschaffen hat.«

»Mit einer Stimme in meinem Kopf«, erwiderte er so, als würde er kein Wort davon glauben.

»Worauf ich eigentlich hinaus will – du brauchst Daisy nicht mehr. Und das weißt du auch.«

»Dein Blick sagt mir, ich sollte die Schlussfolgerung selbst ziehen können, aber …«

»Soll ich sie dir verraten?« Ich lehnte mich näher an ihn, bis meine Lippen seine trafen und küsste ihn sanft. »Du hast jetzt mich«, meinte ich leise, hob den Blick an, damit ich ihm in die Augen sehen konnte und küsste ihn erneut.

Mehr gab es dazu eigentlich nicht zu sagen. Kade hatte mit Daisy nach einer Möglichkeit gesucht, das Loch in seiner Brust zu füllen, irgendetwas zu fühlen, weil er glaubte, eine tiefere Bindung sei aufgrund des Verlusts seiner Eltern einfach nicht mehr möglich. Doch seit der ersten Sekunde, in der wir uns begegnet waren, hatte ich etwas anderes in ihm gesehen. Nämlich das, was er glaubte, verloren zu haben.

»Du weißt, dass das eine ziemlich obsessive Angelegenheit ist, oder?«

War das ein indirekter Vergleich mit Drogen?

»Ich bin Profi für solche Angelegenheiten«, erwiderte ich grinsend. »Ich glaube, ich komme damit klar.«

Ich strich über seine Wange. Für einen kurzen Moment traf mich die Erkenntnis, dass ich es irgendwie zugelassen hatte, gleich drei Männer in mein Herz zu lassen, eiskalt. Dann fiel mir wieder ein, dass ich eigentlich keine andere Wahl gehabt hatte und jede Gegenwehr sinnlos gewesen wäre.

Wir hatten ein Spiel gespielt und ich war von Anfang an auf dem Pfad gewesen, der mich am Ende zum Verlierer machte. Betrachtete man es jedoch aus einer gänzlich anderen Perspektive ... hatte ich gewonnen. Mehr, als ich mir jemals hätte erträumen können.

»Ich will euren kitschigen Moment nicht unterbrechen, aber ich verhungere gleich«, brüllte Bishop in der Sekunde, in der die Sonne endlich komplett am Himmel stand und uns für einen Moment blendete.

Ich hob die Hand und zeigte ihm den Mittelfinger, während ich gleichzeitig darauf hoffte, er käme irgendwann einmal auch in die Situation, so unterbrochen zu werden.

Kade schüttelte kaum merklich den Kopf. »Nicht schlimm. Vielleicht lernt er irgendwann auch noch, dass Momente wie diese nichts Schlimmes sind.«

Ich begann zu lachen. »Daran glaubst du nicht wirklich, oder?«

»Die Hoffnung stirbt zuletzt? Sagt man das nicht so?« Er schob mich in Richtung der Tür, sodass ich mich den anderen beiden Männern gegenübersah.

Atlas schleuderte etwas in Kades Richtung, das ich für seine Boxershorts hielt. »Dein Arsch kann sich zwar sehen lassen, aber ich würde es bevorzugen, ihn nicht ständig nackt vor Augen zu haben.«

Sein Kommentar kam so trocken, dass ich nicht aufhören konnte, zu lachen. Sie hatten kein Problem damit, im selben Bett zu schlafen, aber bei etwas Nacktheit hörte es auf, wenn sie nicht im unmittelbaren Zusammenhang mit Sex stand? Wunderbar.

Mein Weg führte mich durch den Wohnbereich hindurch und direkt nach draußen auf die Terrasse. Ich gab einen lauten Pfiff von mir, wartete einige Sekunden und stellte dann fest, dass Liko mit riesigen Sprüngen in meine Richtung hechtete. Sein Fell glänzte im Licht der Sonne und an seinen Lefzen tropfte Sabber.

Er bellte. Und nach ungefähr zwei Sekunden stellte ich fest, dass die Landung auf dem Boden unvermeidbar *und* schmerzhaft werden würde.

Kaum, da er mich erreicht hatte, riss er mich mit einem großen Sprung von den Beinen. Pfoten bohrten sich in meinen Körper, seine riesige Zunge schlabberte mir durchs Gesicht, und bei alledem hatte ich kein Problem, seine letzten drei Mahlzeiten am Geruch seines Atems zu erkennen.

Ich versuchte, ihn lachend von mir zu schieben und ihn zu einer etwas sanfteren Begrüßung zu zwingen, doch die Rechnung machte ich definitiv ohne ihn. Er weigerte sich nicht nur, nein. Er legte sich direkt protestierend auf mich und hechelte von oben auf mich herab, sodass sich seine Sabber großzügig auf mir verteilte.

»Du bist ein Idiot, weißt du das?« Ich piekste mit dem Zeigefinger in seine Seite, doch auch davon zeigte er sich unbeeindruckt. »Ich war keine zwei Tage weg, du könntest dich wirklich zusammenreißen. Du bist ein Dobermann. Du zerfetzt Leute, wenn sie mich schief anschauen. Ein paar Wochen in dieser Villa und du verweichlichst?«

Ich gab ein Schnauben von mir. Natürlich verstand der Hund kein Wort von dem, was ich da zu ihm sagte. Trotzdem musste ich es loswerden, weil er vom gefährlichen Schutzhund wirklich zu einem süßen, kuschelbedürftigen Schoßhund geworden war, der sich gerne hinter den Ohren kraulen ließ und abwechselnd in allen Betten schlief, zu denen er Zugang fand.

»Will mir mal irgendwer helfen?«, rief ich und versuchte, einen Blick ins Innere des Hauses zu erhaschen. Vergebens.

»Eigentlich nicht«, rief Atlas zurück. Ich hörte, wie sich seine Schritte entfernten. Das war nicht sein Ernst! Wie konnte er ausgerechnet jetzt verschwinden?

»Würdest du bitte von mir runtergehen«, wiederholte ich in Richtung des Hundes. Natürlich wäre es ein Leichtes gewesen, ihn einfach von mir zu schieben oder trotz seines Gewichtes aufzustehen, aber ich wollte ihm weder wehtun, noch den Spaß verderben.

»Wenn du deinen Arsch von mir runterhebst, kriegst du heute Abend ein fettes Steak. Ich bringe Kade dazu, es vorher auf den Grill zu werfen.«

Neugierig spitzte Liko die Ohren, gab ein Schnauben von sich, das noch mehr seiner Sabber auf mir verteilte und erhob sich dann mit einem weiteren, wenig begeisterten Ton von mir, sodass ich mich wenigstens aufsetzen konnte.

Ich nahm mir einige Minuten, um ihn zu streicheln und all die Stellen zu kraulen, an denen er besonders gerne angefasst wurde, und erhob mich dann wieder.

»Wir sollten Bishop suchen. Mal schauen, was er zu seinem kleinen … Geschenk sagt.« Liko jaulte und folgte mir nach drinnen. »Bitte sag mir, dass du es nicht aufgefressen hast, während wir weg waren."

Alvaro kam seitlich aus der Küche. »Hat er nicht. Ich hab dafür gesorgt, dass er anderes Zeug hat, auf dem er herumkauen kann. Ich glaube, mit dem Steak hat er also einen ziemlich guten Deal gemacht.«

»Also hab ich bald keinen Dobermann mehr, sondern einen unförmigen Hund?«

»Wenn er weiter so großes Interesse an Futter jeglicher Art hat ...«

Ich schüttelte den Kopf. Vielleicht sollte ich wieder damit anfangen, mit ihm zu trainieren. Ihn wieder in andere Umgebungen bringen, wo er das tun konnte, wozu ich ihn mir eigentlich angeschafft hatte.

Hinter unserer Bindung steckte nämlich keine süße Geschichte, die für ihn irgendwann im Welpenalter begonnen hatte. Im Gegenteil. Als ich ihn übernommen hatte, war er bereits ausgewachsen gewesen – und sein Training bis dahin hatte sich darauf beschränkt, dass er alles verbellen und verbeißen sollte, was sich ihm in den Weg stellte.

Nun, das war jetzt offensichtlich nicht mehr der Fall, aber es hatte auch einiges an Training gebraucht, um dorthin zu kommen.

Bishop kam in der Sekunde in den Wohnbereich gestürmt, als Alvaro gerade wieder nach draußen ging. »Wer zum Teufel hat Blumen auf meine Kommode gestellt?«

Anhand seines Gesichtsausdrucks war ich mir sicher, dass er absolut nicht begeistert davon war. Zumindest hatte er die Blumen nicht direkt wieder nach unten getragen und war schon dabei, sie in den Müll zu werfen.

Ich zuckte mit den Schultern. »Möglicherweise war ich das.«

Er hielt in seiner von Ärger angetriebenen Bewegung inne und musterte mich mit einem Blick, der sich eindeutig als fragwürdig kategorisieren ließ. »Wieso?«

»Weil ich dachte, dass es an der Zeit ist, eine persönliche Note mit einzubringen. Blumen sind schön anzusehen, sie duften gut und sobald sie verwelken, kriegst du neue.«

»Du meinst das wirklich ernst, oder?«

Unsicher hob ich eine Augenbraue. »Was?«

»Dieser positive Einfluss auf uns. Einfach so, als wäre es vollkommen normal, sich drei Kerlen mit einem Haufen Problemen anzunehmen und die dann nach und nach aufzulösen.«

»Ach, das ist gar nicht normal?«, fragte ich, die Unschuld übertrieben in meinem Unterton.

»Nein«, zischte Bishop.

»Und willst du, dass ich damit aufhöre?«

»... nein?«

Ich nickte und bedachte ihn mit einem schiefen Grinsen. »Dann wäre das ja geklärt.«

»Nicht wirklich.«

»Was gibt es denn noch?«

Er schwieg, starrte mich einfach nur an.

»Weißt du, ich hab mir überlegt, dass man die Blumen irgendwann gegen Topfpflanzen austauschen könnte. Ich mag Monsteras gerne. Oder Orchideen. Vielleicht auch einen Philodendron, keine Ahnung? Alternativ könnte man einen Kaktus nehmen, mit dem hast du nämlich gerade sehr viele Ähnlichkeiten.«

Sein Starren ging weiter, stachelte mich noch mehr an.

»Dann gibt's ein paar Bilder. Vielleicht eines auf einer großen Leinwand, damit endlich etwas Farbe in den Raum kommt. Oder ich zwinge dich dazu, ein paar Fotos mit mir zu machen, dann stelle ich dir eins davon auf den Nachttisch. Vielleicht lasse ich auch eine meiner Tagesdecken bei dir auf dem Bett liegen. Oder Spielzeug von Liko auf dem Boden.« Ich hätte die Liste ewig fortführen können, vor allem als ich merkte, dass es ihn immer weiter ärgerte, was ich von mir gab.

»Du hast also keinen Spaß gemacht.«

Ich nickte. »Natürlich. Wir haben alle Probleme. Was spricht dagegen, wenn wir uns gemeinsam darum kümmern?«

Bishop sagte weiterhin nichts dazu.

»Weil Veränderungen im ersten Moment immer scheiße sind? Das weiß ich. Aber ich glaube, am Ende profitieren wir alle davon. Oder nicht? Du kannst jetzt also entweder herkommen, und mich kurz küssen, oder aber nach oben gehen und darüber schmollen, dass ich dir ein paar doofe Blumen ins Zimmer gestellt hab.« Bevor ich den Satz zu Ende gesprochen hatte, wusste ich, dass ich ihn damit hatte.

Der verärgerte, leicht grimmige Ausdruck auf seinem Gesicht verschwand zwar nicht, als er sich durch den Raum auf mich zu bewegte und auch dann nicht, als er schließlich vor mir stand, aber das war schon in Ordnung.

Ich griff trotzdem nach ihm, zog ihn zu mir heran, küsste ihn, wohlwissend, dass er gerade einfach ein Problem damit hatte, aus seiner eigenen Haut herauszukommen. Das würde sich allerdings verändern, wenn er erst einmal verinnerlicht hatte, dass ich nicht Faye war – und auch nicht vorhatte, ihn an der Nase herumzuführen.

Zumindest nicht mehr, seit ich erkannt hatte, dass diese Männer meine Familie waren ... und nun auch endlich dazu bereit war, das mit jeder Faser meines Körpers zu akzeptieren.

ATLAS

If this is true …

Shopping jeglicher Art gehörte nicht gerade zu meinen Lieblingsbeschäftigungen. Auch dann nicht, wenn es darum ging, die neue Einrichtung für Baileys Zimmer in der Villa auszuwählen – mit ihr an meiner Seite, selbstverständlich.

Ich an ihrer Stelle hätte eine beliebige Seite im Netz aufgerufen, das eingegeben, was ich haben wollte und es einfach bestellt. Ich hatte es in einem Nebensatz zwar vorgeschlagen, war damit aber auf taube Ohren gestoßen. Eigentlich hätte es mir klar sein müssen – die Diversität in ihren Casinos, die verschiedenen Stile und die ganzen Details dort sprachen nicht gerade für jemanden, der sich nicht für ein gewisses Maß an Ästhetik interessierte.

Im Prinzip sprach auch nichts dagegen … nur wäre es mir lieber gewesen, es hätte nicht so viel Zeit in Anspruch genommen oder irgendein Innenarchitekt hätte die Aufgabe für uns übernommen.

Nun stand aber ich inmitten eines mehrstöckigen Möbelhauses, folgte Bailey in jede noch so entlegene Ecke und fragte mich ernsthaft, ob das hier eine Art von Bestrafung für irgendeinen Fehler war, den ich in den vergangenen Jahren begangen hatte.

Nach außen hin ließ ich mir das natürlich nicht anmerken – ich würde ihr den Shoppingtrip sicherlich nicht versauen. Im Inneren allerdings ließ ich meinem Frust freien Lauf, weil ich sonst mit Sicherheit jede einzelne Entscheidung hinterfragen würde, die mich in die Situation gebracht hatte.

Mein Blick glitt zu der Uhr an meinem Handgelenk. Zwei Stunden waren bereits verstrichen und Baileys Liste wurde immer länger. Vermutlich wäre es einfacher gewesen, das Schlafzimmer aus ihrem Appartement in die Villa zu verfrachten – hätte sie nicht so vehement darauf bestanden, ihre Wohnung zu behalten, weil sie sich sicher war, irgendwann auch mal eine *Auszeit* von uns zu benötigen.

Die erneute Belustigung darüber ließ mich beinahe laut auflachen.

»Wir sollten einfach das größte Bett aufschreiben, das sie verkaufen«, warf ich ein, weil wir uns gerade in der passenden Abteilung befanden.

Mit skeptischem Blick drehte sie sich zu mir um. »Warum?«

»Damit es genug Platz gibt.«

Bailey lachte. »Denk nicht mal dran. Ich werde sicher keinen öffentlichen Schlafplatz für herrenlose Caniden aufmachen.«

»Nach der Nacht im Hotel kannst du schlecht Nein sagen«, hielt ich dagegen, bereits amüsiert davon, dass sie glaubte, in dieser Hinsicht überhaupt eine Wahl zu haben.

»Ich kann und ich werde. Vielleicht suche ich mir einfach eines der kleineren Betten aus? Dann habt ihr alle keinen Platz!«

Ich verzog das Gesicht. »Wir schaffen uns dann schon Platz, keine Sorge.«

Bailey schüttelte den Kopf und zeigte auf ein Bett mit Holzrahmen, das relativ schlicht wirkte und kein Vergleich zu dem war, was ich in meinem Schlafzimmer stehen hatte.

»Das sieht aus, als würde es bei der ersten falschen Belastung zusammenbrechen«, warf ich ein, tatsächlich skeptisch, ob das die richtige Wahl war.

»Es ist zum Schlafen da, nicht zum Turnen«, erwiderte sie und rollte mit den Augen, als hätte sie tatsächlich nicht vor, etwas anderes in ihrem Bett zu tun. »Ich will mein Bett für mich allein, das ist mein Ernst.«

»Und dann kommst du uns abwechselnd besuchen?«

Sie deutete mit dem Finger auf mich. »Du hast es erfasst. Genau das werde ich tun. Und wenn ich euch alle nicht mehr sehen kann, lege ich mich in mein eigenes Bett. Mit Liko, einem Film und einer großen Schale Eis. Falls das nicht funktioniert, fahre ich eben in meine Wohnung. Da kommt ihr zumindest nicht rein.«

»Wir kommen überall rein, wenn wir wollen«, erwiderte ich. Ein Fakt – keine Drohung.

»Das werden wir ja noch sehen.« Damit schien die kleine Diskussion beendet, denn Bailey ging nahtlos dazu über, den nächsten Gang zu begutachten.

Am Ende verbrachten wir knapp fünf Stunden in dieser Vorhölle, aber Bailey konnte stolz vermelden, dass sie all die Möbelstücke und Dekoelemente gefunden hatte, die sie wollte. Das war … ein Fortschritt. Außerdem würden die Wände einen neuen Anstrich bekommen.

Sobald wir bezahlt hatten, und angegeben war, in welche Lagerhalle die Möbel geliefert werden sollten –

weil wir sie von dort aus selbst in die Villa transportieren würden – griff Bailey nach meiner Hand, damit wir gemeinsam nach draußen auf den Parkplatz gehen konnten.

Kaum hatten wir den ersten Schritt gemacht, begann das Smartphone in meiner Tasche zu vibrieren. Ebenso Baileys.

»Ich glaub, da drinnen gab es keinen Empfang«, murmelte sie.

Seltsam. In Miami gab es kaum einen Ort, an dem man nicht hervorragendes Netz hatte.

Wir hatten den Parkplatz noch nicht erreicht, da wusste ich bereits, dass irgendetwas nicht stimmte. Bailey schien es ebenfalls aufgefallen zu sein, denn ihre Hand rutschte aus meiner und glitt ohne Umschweife zu der Waffe, die sie im Verborgenen mit sich trug. Ich ließ meine Hand ebenfalls unauffällig unter dem Jackett verschwinden, unmittelbar bereit dazu, die Waffe zu ziehen – und einzusetzen.

Ich war nicht wieder dazu übergegangen, ungeladene, nichtsnutzige Waffen mit mir herumzuführen. Vor allem nicht dann, wenn ich Bailey an meiner Seite hatte.

Mein Blick glitt über den Parkplatz, doch auf die erste Sichtung war nichts Ungewöhnliches zu sehen.

»Wir gehen zum *Aston Martin* und dann verschwinden wir von hier, auf dem schnellsten Weg«, sagte Bailey leise. Auf ihrer Stirn hatten sich Konzentrationsfalten gebildet, als ihr Blick immer wieder über die Umgebung hinwegglitt, zwischen den geparkten Autos hindurch und zurück zu mir. »Links auf Höhe des grauen Familien-Vans sind drei Leute. Ihre Schatten sind auf dem Boden sichtbar. In hundertfünfzig Metern Entfernung auf der rechten Seite in dem Wagen mit den getönten Scheiben. Da wartet einer. Hinter uns sind vermutlich auch welche, und es würde mich nicht wundern, wenn sich jemand parallel zu uns bewegt.«

Mein Blick folgte ihren Ansagen, nur um eben jene Anzeichen, die sie genannt hatte, ebenfalls zu identifizieren. »Das sind keine Leute der Mafia«, stellte ich im Bruchteil einer Sekunde fest.

»Ich weiß. An unserem Auto wartet einer auf uns.«

Sobald ich den *Aston Martin* zu Gesicht bekam, stellte ich fest, dass sie recht hatte. Ein Mann mittleren Alters lehnte dort, in einen Anzug gekleidet, der mindestens eine Nummer zu groß für ihn war. Auf seiner Nase saß eine verspiegelte Sonnenbrille und seine Haare wurden an den Seiten bereits dünner.

Ich kniff die Augen zusammen, ging gedanklich alle Möglichkeiten durch, um herauszufinden, mit wem wir es hier zu tun hatten.

Es war unmöglich, wieder zurück ins Kaufhaus zu verschwinden. Diese Männer wussten, dass wir sie bemerkt hatten. Leugnen zwecklos.

»Ich hab ein ganz mieses Gefühl«, meinte Bailey knapp und sah mich von der Seite an. Das konnte ich nur bestätigen, denn in meiner Magengegend hatte sich ebenso ein mulmiges Gefühl gebildet.

Wir erreichten den *Aston Martin* und damit den Typen, der offensichtlich auf uns wartete.

»Sind Sie Atlas Wallin?«, fragte er ohne Umschweife – in einem Tonfall, der Baileys Hand zucken ließ.

»Wer will das wissen?«, entgegnete ich gelassen und richtete meinen Anzug, ganz darauf bedacht, ihn nicht unnötig aufzuregen. Er war immerhin ebenfalls bewaffnet und mit den anderen deutlich in der Überzahl.

»Wir haben einen Haftbefehl gegen Sie vorliegen, Mr. Wallin, und diesen werden wir heute vollstrecken. Sind Sie bewaffnet? Oder Ihre Partnerin?«

Bevor ich reagieren konnte, hatte Bailey das Wort bereits an sich gerissen. »Haftbefehl? Wegen was? Weil wir zu lange gebraucht haben, um ein paar Möbel zu kaufen?«

Die Angriffslust in ihrer Stimme entging mir nicht, was in Kombination mit dem Kerl vor uns eine gefährliche Angelegenheit war. Ich schloss meine Hand um ihr Handgelenk, zog sie ein Stück zurück. Ein wenig gegen mich, damit sie ihm nicht direkt ins Gesicht sprang.

»Es gibt verschiedene Delikte, die Mr. Wallin vorgeworfen werden. Wir werden ihn festnehmen und anschließend an das zuständige Gefängnis übergeben, bis es zur Verhandlung kommt.«

Bailey schüttelte den Kopf. »Ich glaube nicht.«

Diesmal reagierte ich schneller. Bevor sie die Waffe ziehen konnte, um einen Cop – oder was auch immer der Typ darstellte – zu erschießen, hatte ich sie an den Oberarmen gepackt und zu mir umgedreht.

Wütend starrte sie mich an, als ich sie eindringlich ansah. Der Typ hörte zu, also gab es nicht viel, was ich sagen konnte, ohne mich in weitere Schwierigkeiten zu verstricken. »Hör zu«, meinte ich leise. »Ich bin mir sicher, das ist ein Missverständnis. Ich werde den Officer hier begleiten und alles aufklären. Du fährst zu Morgan und wartest dort, bis ich dich anrufe, ja? Wir wollen doch nicht, dass sich das hier in eine Verfolgungsjagd verwandelt, oder? Sobald ich mehr weiß, kümmert ihr euch um den Rest.«

Ich hoffte inständig, dass sie jeden Hinweis in meiner Aussage verstand – und sich vor allem daranhielt.

Bailey bleckte die Zähne, weil ihr das hier überhaupt nicht in den Kram passte und gab ein Knurren von sich.

Also zog ich sie an mich heran, spürte wie ihre Hand unter mein Jackett glitt und das Einzige verschwinden ließ, was mich gerade wirklich in Schwierigkeiten hätte bringen können.

Bevor sie sich von mir löste, stellte sie sich auf die Zehenspitzen und küsste mich. »Das wird kein langer Ausflug werden, versprochen.«

Interessanterweise glaubte ich ihr das sogar.

Was dann folgte, war allerdings weniger schön.

BAILEY

You shouldn't mess with me.

Mein Blut kochte, als ich sah, wie der Officer – oder Cop, was auch immer er war – dazu überging, Atlas in Handschellen zu legen –, während sich all die versteckte Unterstützung mit erhobenen und entsicherten Waffen näherte, die allesamt auf seinen Kopf zeigten.

Das war ein Witz, oder?

Als würde er plötzlich anfangen, sich zu wehren und ihnen damit das geben, worauf sie so sehnsüchtig warteten.

Ich verzog den Mund, im Kopf immer wieder durchgehend, wie schwierig es sein würde, es allein mit all diesen Männern aufzunehmen. Sie waren zu viele, mit zu schweren Waffen, um eine realistische Chance zu haben ... aber mitanzusehen, wie Atlas von diesen Kerlen abgeführt und sonst wohin gebracht wurde, behagte mir nicht.

»Ich möchte Ihre Telefonnummer, die Dienstnummer

und Ihren Namen, bevor sie überhaupt irgendwohin gehen«, stellte ich laut genug fest, dass es womöglich der ganze Parkplatz hörte.

Wer sagte mir, dass das nicht eine miese Finte von Cyrus war, um uns den nächsten Schlag zu versetzen.

»Bringt ihn in den Wagen und bereitet dann den Transport vor«, ordnete er an und machte eine Handbewegung in Richtung eines schwarzen *Escalades*, der mit laufendem Motor wartete.

Erst dann wandte er sich mir zu, holte eine Marke aus seiner Tasche und reichte mir eine Visitenkarte, auf die er zuvor ein paar Dinge gekritztelt hatte. »Das ist eine offizielle Angelegenheit, Ms. O'Hara. Sie alle sind besser damit beraten, die Füße stillzuhalten. Vielleicht wollen Sie ihm einen Anwalt besorgen, aber rechnen Sie nicht damit, in diesem Fall irgendwen ... überreden zu können, ihm Sonderrechte einzuräumen. Wir haben umfassende Beweise und Materialien, um ihn wegen einem Dutzend Verbrechen zu überführen. Ein Teil davon gilt als Kapitaldelikt.«

Ich stieß ein Schnauben aus und nahm die Visitenkarte an mich, ihn noch immer bitterböse anstarrend.

Was glaubte er eigentlich, wer er war?

»Wenn Sie einen guten Rat haben wollen: Packen Sie Ihre Sachen und kehren Sie in Ihr altes Leben zurück. Andernfalls wird man früher oder später auch Sie belangen. Das ist erst der Anfang.«

Lachend schüttelte ich den Kopf. Eher würde ich ihn hier, jetzt und auf der Stelle, erschießen. »Sie haben recht. Das ist erst der Anfang.«

Er nickte und tat, als hätte er sein Bestes gegeben, um mich vom Gegenteil zu überzeugen. »Wir sehen uns.«

»Darauf können Sie wetten.« Ich wartete, bis er sich abgewandt hatte, doch sobald er einige Schritte entfernt war, stieg ich in den *Aston Martin* und raste davon.

Fahr zu Morgan.

Ich wusste genau, was Atlas zwischen den Zeilen ausgedrückt hatte. Diese Männer wussten nicht, wo die Wölfe wohnten – deswegen hatten sie es nötig, sie auf einem öffentlichen Parkplatz abzufangen und festzunehmen. An dieser Tatsache sollte sich so bald auch nichts ändern, also schlug ich den Weg nach *Little Havanna* ein, damit ich dort den Wagen tauschen konnte.

Ich traute mich nicht einmal, einen Anruf zu tätigen – wer wusste, ob sie das Auto nicht verwanzt hatten? Scheiße, wer wusste überhaupt irgendetwas?

Aus einem plötzlichen Impuls heraus donnerte ich die Faust auf das Lenkrad. Für einen Moment sah ich rot. Wie konnte Atlas so gelassen bleiben und einfach mit den Beamten mitgehen? In mir kochte die Wut, und ich wünschte mir mit einem Mal, einfach die Waffe gezogen zu haben, um damit ein Ziel nach dem anderen auszuschalten. Was hätten sie schon unternehmen können? Bevor sie dazu in der Lage gewesen wären, zu reagieren, wären sie tot gewesen ...

Zur Hölle mit diesem Kerl. Glaubte er wirklich, er konnte uns Atlas nehmen und dabei zusehen, wie der Rest in alle Himmelsrichtungen davonstob? Das war eine Kampfansage. *Eine Kriegserklärung.*

Sobald die anderen Bescheid wussten, würde ich dem Präsidenten der hiesigen Polizei einen Besuch abstatten. Atlas hatte erwähnt, dass er auf der Gehaltsliste des Rudels stand – wie konnte es also sein, dass wir nicht gewarnt worden waren?

Ich stellte den Wagen auf dem Parkplatz ab und eilte nach drinnen. Glücklicherweise lief ich Morgan direkt in die Arme.

»Du siehst aus, als würdest du gleich jemanden umbringen wollen«, stellte er fest, einen durchaus beunruhigten Unterton in der Stimme.

»Vielleicht passiert das auch«, knurrte ich. »Atlas wurde gerade verhaftet. Sie werfen ihm eine Million verschiedener Dinge vor und bringen ihn in den Knast, bis die Verhandlungen stattfinden.«

»Was brauchst du?«

Dafür hätte ich ihn umarmen können. »Für den Anfang einen anderen Wagen. Vielleicht verfolgt man mich.«

Er hielt mir einen Schlüsselbund entgegen, den ich sofort an mich nahm. »Danke. Ich werde mich hinten umziehen.«

Morgan nickte. »Bailey ... ich werde versuchen, irgendetwas herauszufinden.«

»Ich glaube nicht –«

»Ich kenne Leute. Vertrau mir.«

»Schön. Danke.« Ich eilte nach hinten, und als ich zwanzig Minuten später wieder nach draußen ging, konnte man mich ziemlich leicht mit jemandem verwechseln, der regelmäßig zum Spielen herkam. Ich stieg in Morgans älteren Truck, bog vom Parkplatz und auf den Highway, und als ich schließlich sicher war, dass mir niemand folgte, machte ich mich auf den Weg auf die Insel.

BISHOP

Holy hell.

»B*ereits heute Morgen wurden im Big Cypress National Preserve zwei Leichen aufgefunden, von denen eine so grausam zugerichtet war, dass es bis zum jetzigen Zeitpunkt unmöglich ist, sie zu identifizieren. Die Polizei ist vor Ort und untersucht beide Mordfälle und deren Zusammenhänge. Sobald nähere Informationen bekannt gegeben werden, erfahren Sie es bei uns als Erstes*«, faselte die Nachrichtensprecherin vor sich hin, während man im Hintergrund vergleichsweise schlechte Aufnahmen aus dem Schutzgebiet sah.

»*Wir unterbrechen die Nachrichten für eine Eilmitteilung. Heute Mittag wurde –*« Ich sah noch Atlas' Gesicht über den Bildschirm wandern, als Bailey zur Tür hereinstürmte und meine komplette Aufmerksamkeit für sich beanspruchte.

Sie wirkte wütend – war gleichzeitig aber so blass, dass ich befürchtete, sie würde jeden Moment ohnmächtig werden. Ich sprang auf.

»Atlas. Sie haben Atlas verhaftet. Vor dem Möbelhaus. *Sie bringen ihn bis zur Verhandlung ins Gefängnis.*«

Ein Lachen löste sich aus meiner Kehle. Das war ein schlechter Scherz, oder? Doch Baileys Ausdruck sagte etwas anderes – und die Nachrichtensprecherin auch, die gerade die Aufnahmen vom Parkplatz kommentierte, die über den Bildschirm flackerten.

Bevor ich etwas dazu sagen konnte, stürmte Alvaro von draußen herein. Von oben hörte man polternde Schritte und als Nächstes schlitterte Kade in den Raum. Der kollektive Schock war beinahe greifbar.

»Er hat mir gesagt, es ist unmöglich, dass irgendeiner von euch jemals nochmal belangt wird!«, stieß Bailey aus und warf die Hände in die Luft. »Aber das klang nicht, als hätten sie nichts in der Hand!«

»*Mit der Verhaftung des stadtbekannten Atlas Wallin gelangten auch weitere Informationen über die Wölfe an die Öffentlichkeit, die wir in Kürze in einer Sondersendung ausführlich diskutieren werden. Es soll sich dabei um Material handeln, das direkt aus erster Hand stammt.*«

»Hier diskutiert niemand irgendetwas«, knurrte Alvaro, das Smartphone bereits in der Hand.

Bailey war unterdessen noch bleicher geworden.

»Was?«, fragte ich sofort.

»Oh nein. Nein, nein, nein. Das ... *fuck*. Die Server der Firmen ... sind die mit denen hier im Haus verbunden? Oder sind es zwei verschiedene Systeme?«

Alvaro drehte sich in ihre Richtung. »Zwei verschiedene, wieso?«

»Und welche Informationen über diesen Ort hier lagern auf den Geschäftsservern?«

»Keine.«

»Wunderbar. Alle anderen Server gehen *jetzt* offline. Komplett. Nehmt sie vom Netz, verbrennt sie, ist mir egal.

Aber sie müssen sofort aufhören, irgendwelche Informationen zu senden.«

»Wieso?«, fragte ich.

»Weil es unserem kleinen, miesen Freund Carlos doch gelungen ist, irgendetwas einzuschleusen. Das ist kein Zufall. All die Jahre ist es niemandem gelungen, an euch heranzukommen – und dann gibt es einen solchen Vorfall, und plötzlich stehen irgendwelche hochrangigen Beamten vor Atlas, wollen ihn verhaften? Nein, das ist kein Zufall. Die Teile gehen vom Netz. Sofort.«

Alvaro nickte. »Ich kümmere mich darum.«

»Außerdem bleiben vorerst *alle* hier. Keiner geht. Vermutlich werden wir beschattet und überwacht, sobald wir Miami auch nur betreten. Wir brauchen einen Anwalt, einen Termin im Gefängnis und irgendwer muss dem Polizeipräsidenten einen Besuch abstatten. Er bleibt da nicht länger als notwendig – die zerfetzen ihn, wenn sie rausfinden, wer er ist.« Einfach so riss Bailey das Kommando an sich … und keiner von uns sagte etwas dagegen.

Die Erinnerung daran, was nach ihrem Verschwinden geschehen war, war immer noch frisch. Nicht einer von uns hatte mit derart kühlem Kopf reagiert. Wie sie ihre Gefühle beiseiteschob und sich auf das Wesentliche konzentrierte, erinnerte mich wieder daran, warum sie so wichtig für uns war.

»Okay. Keine Panik. Wir kriegen das hin«, meinte ich, vor allem aber für mich selbst.

Kade öffnete den Mund, doch bevor er irgendetwas sagen konnte, wurde er von der Türklingel unterbrochen.

Hier klingelte niemand. Nicht nur, weil Alvaro normalerweise draußen stand und diese Dinge regelte, sondern weil es nicht notwendig war.

Ich kniff die Augen zusammen, im Bruchteil einer Sekunde hatte Bailey zwei Pistolen gezogen und mit so einer

Präzision auf die Haustür gerichtet, dass es mir eiskalt den Rücken herablief.

Irgendetwas verriet mir, dass mit ihr nicht mehr zu spaßen war, seit sie Atlas in ihrer Gegenwart abgeführt hatten.

Kade räusperte sich. »Ist offen«, rief er.

Gespannt ruhten unsere Blicke auf der Tür.

ZEHN SEKUNDEN SPÄTER …

Oh no.

Die Tür wurde nur langsam geöffnet, sodass es eine halbe Ewigkeit dauerte, bis wir einen Blick auf die Person dahinter erhaschen konnten. Als Erstes stieg mir der penetrante Geruch von Eisen in die Nase.

Dann holte mich der Schock schlagartig ein, als ich die blutüberströmte Person mit einem Mal identifizieren konnte.

»Waffen runter«, wies ich Bailey an, ohne in ihre Richtung zu blicken. Stattdessen stürzte ich zur Tür.

»Was zur Hölle«, stieß ich aus, als ich zum Stehen kam und den Kopf schüttelte. Blut klebte beinahe an jedem Zentimeter der Haut unseres unerwarteten Besuchers. An den Klamotten, den Fingern, im Gesicht und in den Haaren.

Die Frage, was geschehen war, lag mir auf der Zunge. »Geht's dir gut?«, fragte ich stattdessen.

»Wenn du damit meinst, ob ich verletzt bin: Bin ich nicht. Ansonsten, den Umständen entsprechend.«

Diese sogenannten Umstände interessierten mich brennend.

Ich streckte die Hand aus. »Willst du nicht reinkommen, *Makuahine*?«

Atlas war verhaftet worden.

Irgendwer leakte vertrauliche Informationen über die Wölfe.

Und Ylva war blutüberströmt vor unserer Haustür aufgetaucht.

Irgendetwas sagte mir, dass wir knietief in der Scheiße steckten.

DANKSAGUNG

Ich schreibe diese Danksagung, während ich gerade an der Korrektur dieses Bandes sitze – und gleichzeitig aber auch schon an Band Drei arbeite. Das ist nur möglich, weil ich so viele tolle Menschen kennengelernt habe, die genau das möglich machen. Ohne euch wäre ich aufgeschmissen. Und mit euch meine ich vor allem die Ladies, die sich dazu entschlossen haben, als Testleser mit mir zusammenzuarbeiten. Jacky, Sanny, Enya, Irene, Denise, Alina, Susanne, Antje, Ann-Kristin, Daniela, Nina und Anne! Mit euch habe ich Testleser gefunden, die sich in jeder Hinsicht perfekt ergänzen, und ich bin froh um jedes Feedback, das ich von euch zu lesen bekomme.

Natürlich sind auch ganz viele andere Leute an der Entstehung eines Buches beteiligt – die Verlagsleute beispielsweise. Auch denen möchte ich an dieser Stelle danken.

Die Geschichte
ist selbstverständlich
noch nicht zu Ende.

In Band 3 geht es weiter!